dtv

Die Liebe steht im Mittelpunkt dieser neun Geschichten, die der Herausgeber für dieses Buch aus dem reichen Erzählschatz der Selma Lagerlöf ausgewählt hat. Sie zeigen viele Facetten dieser Himmelsmacht, der sich niemand entziehen kann. Glück und Leiden, Hoffnung, Sehnsucht und Enttäuschung, Begehren und Entsagen – all dieses fängt die Nobelpreisträgerin in ihren meisterhaften Erzählungen ein. Nicht das Happy End steht im Vordergrund, sondern die einfühlsame Darstellung der vielfältigen, wechselnden und oft widersprüchlichen Empfindungen der Menschen.

Selma Lagerlöf wurde am 10. November 1858 auf dem Familiensitz Mårbacka (Värmland), Schweden, geboren. Nach ihrer Ausbildung war sie zehn Jahre lang als Lehrerin tätig. In dieser Zeit erschien 1891 ihr erster Roman ›Gösta Berling‹, mit dem sie Weltruhm errang. 1909 erhielt Selma Lagerlöf den Nobelpreis für Literatur, 1914 wurde sie als erste Frau Mitglied der Schwedischen Akademie. Sie starb am 16. März 1940.

Holger Wolandt, der Herausgeber, ist Skandinavist und Übersetzer und lebt mit seiner Familie in Stockholm.

Selma Lagerlöf

Liebesgeschichten

Aus dem Schwedischen von
Marie Franzos

Mit einem Nachwort herausgegeben
von Holger Wolandt

Deutscher Taschenbuch Verlag

Von Selma Lagerlöf
sind im Deutschen Taschenbuch Verlag erschienen:
Geschichten von Trollen und Menschen (13594)
Weihnachtsgeschichten (13603)
Gösta Berling (19114)
Nils Holgerssons schönste Abenteuer
mit den Wildgänsen (70547)

Originalausgabe
Mai 2008
Deutscher Taschenbuch Verlag GmbH & Co. KG,
München
www.dtv.de

Umschlagkonzept: Balk & Brumshagen
Umschlagbild: ›Im Juni. Mädchen mit Löwenzahn‹
(1899) von Laurits Andersen Ring
Gesetzt aus der Aldus 10,25/12·
Gesamtherstellung: Druckerei C. H. Beck, Nördlingen
Gedruckt auf säurefreiem, chlorfrei gebleichtem Papier
Printed in Germany · ISBN 978-3-423-13661-7

Inhalt

Das Flaumvögelchen

I

Ich glaube, ich sehe sie vor mir, wie sie wegfuhren. Ganz deutlich sehe ich seinen steifen Zylinder mit der großen geschwungenen Krempe, so wie man sie in den vierziger Jahren trug, seine helle Weste und seine Halsbinde. Ich sehe auch sein schönes, glattrasiertes Gesicht, seinen hohen steifen Kragen und die anmutige Würde in jeder seiner Bewegungen. Er sitzt rechts in der Kutsche und faßt gerade die Zügel zusammen, und neben ihm sitzt das kleine Frauenzimmerchen. Gott segne sie! Sie sehe ich noch deutlicher. Wie auf einem Bilde habe ich das schmale kleine Gesichtchen vor mir und den Hut, der es umschließt und der unter dem Kinn geknüpft ist, das dunkelbraune glattgekämmte Haar und den großen Schal mit den gestickten Seidenblumen. Aber die Kutsche, in der sie fahren, hat natürlich einen Sitz mit grünen gedrechselten Stäbchen, und natürlich ist es das Pferd des Gastwirts, das sie die erste Meile ziehen soll, eins von den kleinen, fetten Braunen.

In sie bin ich vom ersten Augenblicke an verliebt gewesen. Es ist keine Vernunft darin, denn sie ist das unbedeutendste kleine flatternde Dingelchen, aber alle die Blicke zu sehen, die ihr folgen, als sie fortfährt, das hat mich gefangen. Fürs erste sehe ich, wie Vater und Mutter ihr nachschauen, wie sie da in der Tür des Bäkkerladens stehen, Vater hat sogar Tränen in den Augen, aber Mutter hat jetzt keine Zeit zum Weinen. Mutter muß ihre Augen benützen, um ihrem Töchterchen nachzusehen, solange sie ihr noch winken kann. Und dann gibt es natürlich fröhliche Grüße von den Kindern des Hintergäßchens und schelmische Blicke von allen den niedlichen Handwerkertöchtern hinter Fenstern und Türspalten und träumerische Blicke von ein paar jungen Gesellen und Lehrlingen. Aber alle nicken ihr Glückauf und Auf Wiedersehen zu. Und dann kommen unruhige Blicke von armen alten Mütterchen, die herauskommen und knicksen und die Brillen abnehmen, um zu sehen, wie sie in ihrem Staat vorbeifährt. Aber ich kann nicht sehen, daß ihr ein einziger unfreundlicher Blick folgt, nein, nicht so lang die Straße ist. Als sie nicht mehr zu sehen ist, wischt sich Vater rasch mit dem Ärmel die Tränen aus den Augen.

»Sei nur nicht traurig, Mutter!« sagt er. »Du wirst sehen, daß sie sich zu helfen weiß. Das Flaumvögelchen, Mutter, weiß sich zu helfen, so klein es ist.«

»Vater«, sagt Mutter mit starker Betonung, »du sprichst so seltsam. Warum sollte Anne-Marie sich nicht zu helfen wissen? Sie ist so gut wie irgendeine.«

»Das ist sie freilich, Mutter, aber dennoch, Mutter, dennoch. Nein, wahrhaftig, ich wollte nicht an ihrer Stelle sein und dorthin fahren, wohin sie jetzt fährt! Nein, wahrhaftig nicht!«

»Ei was, wohin solltest du wohl fahren, du häßlicher alter Bäckermeister«, sagt Mutter, die sieht, daß Vater so besorgt um sein Mädchen ist, daß man ihn mit einem kleinen Scherz aufmuntern muß. Und Vater lacht, denn das kommt ihm ebenso leicht an wie das Weinen. Und dann gehen die Alten wieder in den Laden.

Indessen ist das Flaumvögelchen, das kleine Flöckchen, das Seidenblütchen recht guten Muts, wie es da über den Weg fährt. Ein bißchen bange vor dem Bräutigam ist sie freilich noch; aber eigentlich ist dem Flaumvögelchen vor allen Menschen ein bißchen bange, und das kommt ihr zugute, denn darum sind alle Menschen nur bestrebt, ihr zu zeigen, daß sie nicht so gefährlich sind.

Nie hat sie solchen Respekt vor Moritz gehabt wie heute. Als sie das Hintergäßchen und alle ihre Freunde hinter sich gelassen haben, findet sie, daß Moritz förmlich zu etwas Großem anschwillt. Der Hut, der Kragen und die Polissons werden ganz steif, und die Krawatte bläht sich. Die Stimme wird ihm gleichsam dick im Halse und kommt nur schwer hervor. Sie fühlt sich dabei ein klein wenig beklommen, aber es ist doch eine Pracht, Moritz so großartig zu sehen.

Moritz ist so klug, er hat so viel zu ermahnen – es ist kaum zu glauben –, aber Moritz spricht ihr den ganzen Weg nur Vernunft zu. Aber seht ihr, so ist Moritz. Er fragt das Flaumvögelchen, ob sie auch recht versteht, was diese Reise für ihn bedeutet, ob sie glaubt, daß es sich nur um eine Lustfahrt über die Landstraße handle? Eine sechs Meilen lange Reise in der guten Kutsche, mit dem Bräutigam daneben, das konnte freilich wie eine richtige Lustpartie aussehen. Und man fuhr ja auf einen prächtigen Landsitz, sollte bei einem reichen Onkel zu Gaste sein. Sie glaubte wohl, daß das alles nur ein Spaß war, wie?

Ach, wenn er wüßte, daß sie sich gestern auf diese Fahrt in langen Gesprächen mit Mutter vorbereitet hatte, bevor sie sich niederlegten, und mit einer langen Reihe ängstlicher Träume bei Nacht und mit Gebeten und Tränen. Aber sie stellt sich ganz dumm, nur um es desto mehr zu genießen, wie weise Moritz ist. Er liebt es, dies zu zeigen, und sie gönnt es ihm gern, ach wie gern.

»Es ist eigentlich ganz schrecklich, daß du so reizend bist«, sagt Moritz. Denn darum hatte er sie ja liebgewonnen, und das war doch, bei Licht besehen, sehr dumm von ihm. Sein Vater war durchaus nicht damit einverstanden. Und seine Mutter, er durfte gar nicht daran denken, was für Lärm sie geschlagen hatte, als er ihr mitteilte, daß er sich mit einem armen Mädchen aus dem Hintergäßchen verlobt hatte, einem Mädchen, das keine Erziehung und keine Talente hatte und das nicht einmal schön war, nur reizend.

In Moritz' Augen war natürlich die Tochter eines Bäkkermeisters ebensogut wie der Sohn des Bürgermeisters, aber nicht alle hatten so freie Anschauungen wie er. Und wenn Moritz nicht seinen reichen Onkel gehabt hätte, dann hätte wohl gar nichts aus der ganzen Sache werden können, denn er, der nur Student war, hatte ja nichts, auf Grund dessen er heiraten konnte. Aber wenn sie nun den Onkel für sich gewinnen konnten, dann war alles gut.

Ich sehe sie so deutlich, wie sie über die Landstraße fahren. Sie macht eine unglückliche kleine Miene, während sie seiner Weisheit lauscht. Aber wie vergnügt sie ist in ihren Gedanken. Wie verständig Moritz ist! Und wenn er davon spricht, welche Opfer er für sie bringt, dann ist das nur seine Art zu sagen, wie lieb er sie hat.

Und wenn sie vielleicht auch erwartet hatte, daß er an einem solchen Tage zu zweien vielleicht ein bißchen anders sein würde, als wenn sie daheim bei Mutter saßen – aber das wäre nicht recht von Moritz gewesen –, sie ist doch stolz auf ihn.

Er erzählte ihr gerade, was Onkel für ein Mensch ist. Ein so mächtiger Mann ist er, daß, wenn er sie nur beschützen will, sie allsogleich im Hafen des Glücks landen. Onkel Theodor ist so unglaublich reich. Elf Hochöfen hat er und außerdem Güter und Höfe und Grubenanteile. Und von all dem ist Moritz der direkte Erbe. Aber ein bißchen schwer ist Onkel zu behandeln, wenn es jemand ist, der ihm nicht gefällt. Wenn er mit Moritz' Frau nicht einverstanden ist, kann er alles einem andern hinterlassen.

Das kleine Gesichtchen wird immer farbloser und schmäler, Moritz aber wird immer steifer und schwillt förmlich an. Es ist ja nicht viel Aussicht, daß Anne-Marie Onkel den Kopf so verdrehen kann wie Moritz. Onkel ist ein ganz andrer Mann. Sein Geschmack, ja Moritz hat keine besondre Meinung von seinem Geschmack, aber er glaubt, so irgend etwas recht Lebhaftes, etwas blitzend Rotbäckiges, das müßte Onkel gefallen. Außerdem ist er solch ein eingefleischter Junggeselle – findet, daß Frauenzimmer nur lästig sind. Aber das einzige, was nötig ist, ist ja nur, daß sie Onkel nicht zu sehr mißfällt. Für das übrige will Moritz schon sorgen. Aber sie darf kein Gänschen sein. Weint sie –! Ach, wenn sie nicht mutiger aussieht, wenn sie ankommen, dann wird Onkel ihnen beiden schnurstracks den Laufpaß geben. Sie ist in ihrem eignen Interesse froh, daß Onkel nicht so klug ist wie Moritz. Es kann doch wohl kein Unrecht gegen Moritz sein, zu denken, daß es gut ist, daß Onkel ein ganz andrer Mensch ist wie er. Denn man denke, wenn Moritz Onkel wäre und zwei arme junge Leutchen kämen zu ihm gefahren, um ihren Lebensunterhalt zu erbitten, dann würde ihnen Moritz, der so verständig ist, sicherlich raten, jeder zu sich nach Hause zu fahren und mit dem Heiraten so lange zu warten, bis sie etwas hätten, wovon sie leben könnten. Obgleich Onkel gewiß in seiner Weise schrecklich war. Er trank so viel und gab so große Feste, bei denen es ganz wild herging. Und er verstand es gar nicht, hauszuhalten. Er konnte glauben, daß alle Menschen ihn betrogen, und ließ sich darüber kein graues Haar wachsen. Und leichtsinnig –! Der Bürgermeister hatte ihm durch Moritz ein paar Aktien einer Unternehmung geschickt, die nicht recht gehen wollten, aber Onkel kaufte sie ihm sicherlich ab, hatte Moritz gesagt. Onkel fragte nicht danach, wofür er sein Geld verschleuderte. Er hatte schon auf dem Markte in der Stadt gestanden und den Gassenjungen Silbermünzen hingestreut. Und in einer Nacht ein paar tausend Reichstaler zu verspielen und seine Pfeife mit Zehnreichstalerbanknoten anzuzünden, das gehörte zu dem Alltäglichsten, was Onkel tat.

So fuhren sie, und so plauderten sie, während sie fuhren.

Gegen Abend kamen sie an. Onkels »Residenz«, wie er zu sagen pflegte, war keine Fabrik. Sie lag fern von allem Kohlenrauch und allen Hammerschlägen auf dem Abhang einer großen Anhöhe, mit einer weiten Aussicht über Seen und langgestreckte Berge. Sie war stattlich angelegt, mit Waldwiesen und Birkenhainen ringsherum, aber es gab so gut wie gar keine Felder, denn die Besitzung war eben kein Landgut, sondern ein Lustschloß.

Das junge Paar fuhr eine Allee aus Birken und Ulmen hinauf. Sie fuhren zuletzt durch ein paar niedrige dichte Tannenhecken, und dann sollten sie in den Hof einschwenken.

Aber gerade da, wo der Weg eine Biegung macht, war eine Triumphpforte errichtet, und da stand Onkel mit seinen Untergebenen und grüßte. Seht, das hätte das Flaumvögelchen niemals von Moritz geglaubt, daß er ihr einen solchen Empfang bereiten würde. Es wurde ihr gleich ganz leicht ums Herz. Und sie faßte seine Hand und drückte sie zum Dank. Mehr konnte sie im Augenblick nicht tun, denn sie waren mitten unter der Triumphpforte.

Und da stand er, der allbekannte Mann, der Gutsherr Theodor Fristedt, groß und schwarzbärtig und strahlend vor Wohlwollen. Er schwenkte den Hut und rief hurra, und die ganze Volksschar rief hurra, und Anne-Marie traten die Tränen in die Augen, und zugleich lächelte sie. Und natürlich mußten ihr alle vom ersten Augenblick an gut sein, allein schon wegen der Art, wie sie Moritz ansah. Denn sie dachte ja, daß sie alle seinetwegen da seien, und sie mußte ihre Blicke von dem ganzen Staat abwenden, nur um ihn anzusehen, wie er mit einer großen Geste den Hut abnahm und so schön und königlich grüßte. Ach, was für einen Blick sie ihm da zuwarf! Onkel Theodor blieb fast im Hurra stecken und geriet in einen Fluch, als er ihn sah. Nein, das Flaumvögelchen wünschte gewiß keinem Menschen auf Erden etwas Böses, aber wenn es wirklich so gewesen wäre, daß das Ganze Moritz gehört hätte, so würde es wirklich gut gepaßt haben. Es war weihevoll zu sehen, wie er da auf der Schwelle stand und sich zu den Leuten wendete, um zu danken. Onkel Theodor war ja auch stattlich, aber was hatte er für ein Auftreten gegen Moritz. Er half ihr nur aus dem Wagen und nahm ihren Schal und ihren Hut wie ein Bedienter, während Moritz den Hut von seiner weißen Stirn lüftete und sagte: »Habt Dank, meine Kinder!« Nein, Onkel Theodor hatte wirklich gar kein Benehmen, denn als er jetzt von seinen Onkelrechten Gebrauch machte und sie in die Arme nahm und küßte und merkte, daß sie mitten im Kusse Moritz ansah, da fluchte er wirklich, fluchte sehr häßlich. Das Flaumvögelchen war es nicht gewohnt, jemanden abstoßend zu finden, aber es würde sicherlich kein leichtes Stück Arbeit sein, Onkel Theodor zu gefallen.

»Morgen«, sagte Onkel, »gibt es hier große Abendgesellschaft und Ball, aber heute sollen sich die jungen

Herrschaften von der Reise ausruhen. Jetzt essen wir nur zu Abend, und dann gehen wir zu Bett.«

Sie werden in einen Salon geführt und dann allein gelassen. Onkel Theodor schießt hinaus wie ein Pfeil. Fünf Minuten später fährt er in seinem großen Wagen die Allee hinab, und der Kutscher fährt so schnell, daß die Pferde wie gespannte Riemen dem Boden entlang liegen. Es vergehen noch fünf Minuten, aber dann ist Onkel wieder da, und jetzt sitzt eine alte Frau neben ihm im Wagen.

Und herein kommt er, am Arme eine freundliche, gesprächige Dame führend, die er »Frau Bergrätin« nennt. Und diese schließt Anne-Marie gleich in die Arme, aber Moritz begrüßt sie etwas steifer. Und das muß sie ja. Niemand kann sich mit Moritz Freiheiten erlauben.

Auf jeden Fall ist Anne-Marie sehr froh, daß diese gesprächige alte Dame gekommen ist. Sie und Onkel haben eine so lustige Art, miteinander zu scherzen. Sie fühlt sich bald ganz wie daheim in dem fremden Hause. Aber dann, als sie sich gegenseitig gute Nacht gesagt haben und Anne-Marie in ihr kleines Stübchen gekommen ist, geschieht etwas so Peinliches und Ärgerliches.

Onkel und Moritz gehen unten im Garten auf und ab, und das Flaumvögelchen merkt, daß Moritz seine Zukunftspläne auseinandersetzt. Onkel scheint gar nichts zu sagen, er geht nur und köpft mit seinem Stock Grashalme. Aber Moritz wird ihn schon bald zu überzeugen wissen, daß er nichts Besseres tun kann, als Moritz eine Verwalterstelle auf einem seiner Hammerwerke zu geben, wenn er ihm nicht gleich ein ganzes Hammerwerk geben will. Moritz hat so viel Sinn fürs Praktische, seit er sich verliebt hat. Er pflegt oft zu sagen: »Ist es nicht am besten, wenn ich, da ich doch einmal ein großer Gutsbesitzer werden soll, gleich damit anfange, mich in die Dinge einzuarbeiten? Welchen Zweck hat es für mich, das Hofgerichtsexamen zu machen?«

Sie gehen gerade unter ihrem Fenster, und nichts hindert sie, zu sehen, daß sie dort sitzt, aber da sie sich nicht darum kümmern, kann niemand verlangen, daß sie nicht hören soll, was sie sagen. Es ist wirklich ebensosehr ihre Angelegenheit wie die Moritz'.

Da bleibt Onkel Theodor plötzlich stehen, und er sieht böse aus. Er sieht ganz wütend aus, findet sie, und sie ist nahe daran, Moritz zuzurufen, er möge sich in acht nehmen. Aber es ist zu spät, denn schon hat Onkel Theodor Moritz an der Brust gepackt, sein Jabot zerknittert und schüttelt ihn so, daß er sich windet wie ein Aal. Dann schleudert er ihn mit solcher Kraft von sich, daß Moritz nach rückwärts stolpert und gefallen wäre, wenn er sich nicht an einen Baum gestützt hätte. Und da bleibt nun Moritz stehen und sagt: »Wie?« Ja, was sollte er wohl sonst sagen?

Ah, nie hat sie Moritz' Selbstbeherrschung so bewundert. Er stürzt sich nicht auf Onkel Theodor, um mit ihm zu kämpfen. Er sieht nur ruhig überlegen aus, nur unschuldig erstaunt. Sie versteht, daß er sich beherrscht, damit die ganze Reise nicht fruchtlos ist. Er denkt an sie und beherrscht sich.

Armer Moritz, es stellt sich heraus, daß Onkel um ihretwillen auf ihn böse ist. Er fragt, ob Moritz nicht weiß, daß sein Onkel Junggeselle ist und sein Haus ein Junggesellenhaus, daß er seine Braut hergebracht hat, ohne ihre Mutter mitzunehmen. Ihre Mutter – das Flaumvögelchen ist für Moritz beleidigt. Mutter hat es sich doch selbst verbeten und gesagt, daß sie die Bäckerei nicht verlassen könne. Das antwortet auch Moritz, aber sein Onkel läßt keine Entschuldigungen gelten. – Na, und die Bürgermeisterin, die hätte ihrem Sohn wohl den Gefallen tun können. Ja, wenn sie zu hochmütig war, dann hätten sie lieber da bleiben können, wo sie waren. Was würden sie denn jetzt angefangen haben, wenn die Bergrätin nicht hätte kommen können? Und wie konnten denn überhaupt Bräutigam und Braut so zu zweien durchs Land ziehen! – So, so, Moritz sei nicht gefährlich. Nein, das hatte er auch nie geglaubt, aber die Zungen der Leute sind gefährlich. – Na, und dann schließlich noch die Kutsche, dieser alte Rumpelkasten. Hatte Moritz nicht das lächerlichste Vehikel in der ganzen Stadt aufgestöbert? Das Kind sechs Meilen in einer alten Kutsche zu rütteln, und ihn, Onkel Theodor, eine Triumphpforte für solch einen Leiterwagen errichten zu lassen! – Wahrhaftig, er hatte nicht übel Lust, ihn ordentlich bei den Ohren zu nehmen! Onkel Theodor für solch einen alten Karren hurra rufen zu lassen! Er dort unten treibt es gar zu bunt, sie bewundert Moritz, der allem so ruhig standhält. Sie hätte eigentlich nicht übel Lust, sich einzumischen und Moritz zu verteidigen, aber sie glaubt nicht, daß es ihm recht wäre.

Und bevor sie einschläft, liegt sie da und rechnet sich vor, was sie alles hätte sagen wollen, um Moritz zu verteidigen. Dann schläft sie ein und fährt wieder auf, und im Ohr klingt ihr ein altes Rätsel:

Es steht ein Hund auf einem Stein
Und bellt wohl in das Land hinein.
Er hieß wie du, wie er, wie sie.
Wie hieß er doch, so sag doch wie!
Wie hieß der Hund?
Der Hund hieß Wie.

Das Rätsel hatte sie als Kind oft geärgert, solch dummer Hund. Aber jetzt im Halbschlummer vermengt sie den Hund »Wie« mit Moritz, und es kommt ihr vor, als habe der Hund seine weiße Stirn. Dann lacht sie. Das Lachen kommt ihr ebenso leicht an wie das Weinen. Das hat sie von Vater geerbt.

II

Wie ist »das« gekommen? Das, was sie nicht beim Namen zu nennen wagt.

»Das« ist wohl gekommen wie der Tau ins Gras, wie die Farbe in die Rose, wie die Süßigkeit in die Beere, unmerklich und zart, ohne sich vorher anzukündigen. Es ist ja auch gleichgültig, wie »das« gekommen ist und was »das« ist. Gut oder böse, schön oder häßlich, »das« ist das Verbotene, das es gar nicht geben sollte. »Das« macht sie ängstlich, sündhaft, unglücklich.

An »das« will sie nie mehr denken. »Das« muß ausgerissen und fortgeschleudert werden, und doch ist es nichts, was sich greifen und fangen läßt. Sie verschließt sich davor, und »das« kommt doch herein. »Das« treibt das Blut aus ihren Adern und fließt selbst darin, es treibt die Gedanken aus dem Hirn und regiert dort, es tanzt durch die Nerven und zittert bis in die Fingerspitzen. Es ist überall in ihr. Wenn sie alles fortnehmen könnte, woraus ihr Körper sonst besteht und nur »das« übrig ließe, würde es einen vollen Abdruck von ihr geben. Und dennoch war »das« nichts. Nie will sie an »das« denken, und stets muß sie an »das« denken. Wie ist sie so schlecht geworden. Und dann forscht sie und grübelt, wie »das« gekommen ist. Ach, Flaumvögelchen! Wie weich ist unser Sinn und wie leicht geweckt unser Herz!

Sie war sicher, daß »das« nicht beim Frühstück gekommen war, nein, ganz gewiß nicht beim Frühstück. Da war sie nur ängstlich und scheu gewesen. Es hatte sie so sehr erschüttert, als sie zum Frühstück hinabkam und Moritz nicht vorfand, nur Onkel Theodor und die Bergrätin.

Es war ja nur klug von Moritz gewesen, daß er auf die Jagd gegangen war, obgleich unmöglich herauszufinden war, was er jetzt zur Mitsommerzeit jagte, wie auch die Bergrätin bemerkte. Aber er wußte natürlich, daß er am besten tat, wenn er sich ein paar Stunden von Onkel fernhielt, bis der wieder gut wurde. Er konnte sich ja gewiß gar nicht denken, daß sie so schüchtern war, daß sie beinahe ohnmächtig wurde, als sie ihn nicht vorfand und sich mit Onkel und der Bergrätin allein sah. Moritz war nie schüchtern gewesen. Er wußte nicht, was für eine Qual das war.

Dieses Frühstück, dieses Frühstück! Onkel hatte gleich damit angefangen, die Bergrätin zu fragen, ob sie die Geschichte von Sigrid der Schönen gehört habe. Er fragte nicht das Flaumvögelchen, und sie wäre auch nicht imstande gewesen zu antworten. Die Bergrätin kannte die Geschichte gut, aber er erzählte sie dennoch. Da erinnerte sich Anne-Marie, daß Moritz Onkel ausgelacht hatte, weil er in seinem ganzen Hause nur zwei Bücher habe, und das waren die Sagen von Afzelius und Nösselts ›Allgemeine Weltgeschichte für Frauenzimmer‹. »Aber die kennt er auch«, hatte Moritz gesagt.

Anne-Marie hatte die Geschichte schön gefunden. Es gefiel ihr, daß Bengt Magnusson Perlen auf den Friesrock nähen ließ. Sie sah Moritz vor sich, wie königlich stolz er ausgesehen haben würde, wenn er befohlen hätte, die Perlen anzunähen. Das war gerade etwas, was Moritz gut zu Gesicht gestanden hätte.

Aber als Onkel in der Geschichte dahin kam, wo erzählt wird, wie Bengt Magnusson in den Wald ritt, um der Begegnung mit seinem erzürnten Bruder auszuweichen und statt dessen seine junge Frau dem Sturm überließ, da wurde es ganz deutlich, daß Onkel verstand, daß Moritz nur auf die Jagd gegangen war, um seinem Zorn auszuweichen, und daß er wußte, wie sie dasaß und daran dachte, ihn zu gewinnen. – – Ja, gestern, da hatten sie freilich Pläne schmieden können, Moritz und sie, wie sie mit Onkel kokettieren sollte, aber heute war kein Gedanke daran, sie auszuführen. Ah, nie hatte sie sich so dumm benommen! Das ganze Blut schoß ihr ins Gesicht, und Messer und Gabel fielen mit gewaltigem Geklapper aus ihren Händen auf den Teller.

Doch Onkel Theodor hatte kein Erbarmen gezeigt, sondern die Geschichte fortgesetzt, bis er zu dem guten Jarlworte kam: »Hätte mein Bruder dies nicht getan, wahrlich, ich tät es selber.« Das hatte er mit so lustigem Tonfall gesagt, daß sie aufsehen und dem Blick seiner lachenden braunen Augen begegnen mußte.

Und als er da die Angst in ihren Augen sah, da hatte er zu lachen angefangen wie ein richtiger Junge. »Was glauben Sie, Frau Bergrätin«, hatte er gerufen, »was Bengt Magnusson sich dachte, als er heimkam und das hörte: ›Hätte mein Bruder …‹, ich denke, das nächste Mal ist er daheim geblieben.«

Dem Flaumvögelchen traten die Tränen in die Augen, und als Onkel dies sah, begann er immer heftiger zu lachen. »Ja, das ist eine schöne Mittlerin, die mein Brudersohn sich da ausgesucht hat«, schien er sagen zu wollen. »Du bist ganz aus der Rolle gefallen, mein kleines Mädchen.« Und jedesmal, wenn sie ihn ansah, hatten die braunen Augen wiederholt: »Hätte mein Bruder dies nicht getan, wahrlich, ich tät es selber.« Eigentlich war das Flaumvögelchen nicht ganz sicher, ob die Augen Brudersohn sagten. Und nun denke man, wie sie sich betragen hatte. Sie hatte laut zu weinen angefangen und war aus dem Zimmer gestürzt. Aber nicht damals war »das« gekommen, auch nicht auf dem Vormittagsspaziergang.

Da handelte es sich um etwas ganz andres. Da war sie ganz hingerissen vor Freude über die schöne Besitzung und darüber, der Natur so nahe zu sein. Es war, als hätte sie etwas wiedergefunden, was sie vor langer, langer Zeit verloren hatte.

Bäckermamsell, Stadtmädchen, ja dafür hielt man sie. Aber als sie den Fuß auf den Kiesweg gesetzt hatte, war sie auf einmal ein Landkind geworden. Sie hatte sogleich erkannt, daß sie aufs Land gehörte.

Als sie sich nur ein wenig beruhigt hatte, hatte sie sich auf eigne Faust herausgewagt, um das Gut zu besichtigen. Sie hatte sich unten auf dem Kiesplatz vor dem Eingang umgesehen. Und ganz von selbst war der Hut auf den Arm gewandert, den Schal warf sie ab und begann sich hin und her zu wiegen. Dann stemmte sie die Hand in die Hüfte und zog Luft in die Lungen ein, daß sich die Nasenflügel zusammenzogen.

Ach, wie beherzt hatte sie sich doch gefühlt!

Sie hatte ein paar Versuche gemacht, ruhig und sittlich unten im Garten herumzugehen, aber das hatte sie nicht gelockt. Mit einer raschen Wendung hatte sie sich zu den großen angebauten Wirtschaftsgebäuden begeben. Sie war einer Stallmagd begegnet und hatte ein paar Worte mit ihr gesprochen. Sie war erstaunt zu hören, wie frisch ihre eigne Stimme klang. Und sie fühlte, wie flott es sich ausnahm, wie sie, den Kopf stolz erhoben und zur Seite gewandt, mit raschen nachlässigen Bewegungen, eine kleine sausende Gerte in der Hand, in den Stall trat.

Der war jedoch nicht so, wie sie ihn sich gedacht hatte. Keine langen Reihen gehörnter Wesen gab es da, denen sie imponieren konnte, denn die waren alle draußen auf der Weide. Ein einsames Kälbchen stand da und sah ihr erwartungsvoll entgegen. Sie ging auf das Tierchen zu, stellte sich auf die Zehenspitzen, hielt das Kleid mit der einen Hand gerafft und berührte mit der äußersten Spitze der andern die Stirn des Kalbes.

Da das Kalb aber nicht der Ansicht zu sein schien, daß es damit genug sei, sondern seine lange Zunge herausstreckte, überließ sie ihm gnädigst ihren kleinen Finger zum Ablecken. Aber dabei hatte sie denn doch nicht umhin können, sich umzusehen, gleichsam einen Bewunderer dieser Heldentat suchend, und da hatte sie Onkel Theodor lachend in der Stalltüre stehen sehen.

Dann hatte er sie auf ihrem Spaziergang begleitet. Aber da war »das« gewiß nicht gekommen. Da war nur das höchst Merkwürdige und Seltsame eingetroffen, daß sie vor Onkel Theodor keine Angst mehr hatte. Es war mit ihm wie mit Mutter, er schien alle ihre Fehler und Schwächen zu kennen, und das war ein so beruhigendes Gefühl. Da brauchte man sich nicht besser zu zeigen, als man war.

Onkel Theodor hatte sie in den Garten führen wollen und zu den Terrassen am Teich, aber das war nicht nach ihrem Geschmack. Sie wollte wissen, was in allen diesen großen Gebäuden war.

Da ging er geduldig mit ihr in die Milchkammer und in den Eiskeller, in den Weinkeller und in den Kartoffelkeller. Er nahm alles der Reihe nach durch und zeigte ihr die Speisekammer und die Holzkammer und den Wagenschuppen und die Rollkammer. Dann führte er sie durch den Stall der Arbeitspferde und durch den der Wagenpferde, er ließ sie die Sattelkammer und das Bedientenzimmer sehen und die Knechtestube und die Werkstatt. Sie war ein wenig verwirrt von allen diesen Räumen, die Onkel Theodor nötig gefunden hatte, in seinem Hause einzurichten, aber ihr Herz glühte vor Entzücken bei dem Gedanken, wie herrlich es sein mußte, über dies alles zu walten und zu schalten, so daß sie gar nicht müde wurde, obgleich sie auch die Schafställe und die Schweineställe durchwanderten und zu den Hühnern und den Kaninchen hineinguckten. Sie untersuchte gewissenhaft die Webekammer und die Molkerei, die Räucherkammer und die Schmiede, alles in wachsender Begeisterung. Dann gingen sie über große Dachböden, Trockenböden für Wäsche und Trockenböden für Holz, Heuböden und Böden für trocknes Laub, das die Schafe zu fressen bekommen. Die schlummernde Hausmutter in ihr erwachte beim Anblick dieser Vollkommenheit zu Leben und Bewußtsein. Aber den tiefsten Eindruck machten ihr das große Bräuhaus und die zwei niedlichen Backstuben mit dem weiten Ofen und den großen Tischen.

»Das sollte Mutter sehen«, sagte sie.

Dort in der Backstube hatten sie gesessen und sich ausgeruht, und sie hatte von daheim erzählt. Das konnte sie Onkel gegenüber so leicht. Er war schon wie ein Freund, obwohl seine braunen Augen über alles lachten, was sie sagte.

Daheim war es so still, kein Leben, keine Abwechslung. Sie war als Kind kränklich gewesen, und darum behüteten die Eltern sie so und ließen sie gar nichts tun. Nur zum Spaß durfte sie mit in der Backstube oder im Laden sein ... Und wie sie so erzählte, war es ihr auch herausgerutscht, daß Vater sie sein Flaumvögelchen nannte. In diesem Zusammenhange hatte sie auch gesagt: »Zu Hause verwöhnen sie mich alle, außer Moritz, darum habe ich ihn so lieb. Er geht so klug mit mir um, er nennt mich auch nie Flaumvögelchen, nur Anne-Marie. Moritz ist so vortrefflich.«

Ach, wie es in Onkels Augen tanzt und lacht. Sie hätte ihn mit der Gerte schlagen können. Und sie wiederholte noch einmal mit tränenerstickter Stimme: »Moritz ist so vortrefflich.«

»Ja, ich weiß, ich weiß«, hatte Onkel da geantwortet. »Er soll ja mein Erbe sein.« Worauf sie ausgerufen hatte: »Ach, Onkel Theodor, warum heiraten Sie nicht? Denken Sie doch, wie glücklich das Mädchen sein müßte, das Frau in einem solchen Schlosse wird?«

»Wie stände es dann mit Moritz' Erbe?« hatte Onkel ganz gleichmütig gefragt.

Da war sie für lange Zeit verstummt, denn sie konnte Onkel nicht sagen, daß sie und Moritz nicht nach dem Erbe fragten, denn das taten sie doch gerade. Sie grübelte, ob es sehr häßlich war, daß sie es taten. Sie hatte plötzlich das Gefühl, als müßte sie Onkel um Verzeihung bitten für irgendein großes Unrecht, das sie ihm angetan habe. Aber das konnte sie auch nicht.

Als sie wieder ins Haus kamen, lief ihnen Onkels Hund entgegen. Das war ein kleines, kleines Dingelchen auf den allerschmalsten Beinen, mit wedelnden Ohrläppchen und Gazellenaugen, ein Nichts mit einem kleinen gellenden Stimmchen.

»Du wunderst dich wohl, daß ich einen so kleinen Hund habe«, hatte Onkel Theodor gesagt.

»Ja, wirklich«, hatte sie da geantwortet.

»Aber siehst du, nicht ich habe mir Jenny zum Hund gewählt, sondern Jenny hat mich zum Herrn genommen. Willst du die Geschichte hören, Flaumvögelchen?« Von dem Wort hatte er gleich Besitz ergriffen. Ja, das hatte sie gewollt, obgleich sie sich denken konnte, daß wieder irgendeine Neckerei dahintersteckte.

»Ja, siehst du, als Jenny zum ersten Male herkam, lag sie einer feinen Frau aus der Stadt auf dem Schoße und hatte ein Deckchen auf dem Rücken und ein Tüchlein um den Kopf. Pst, Jenny, es ist wahr, das hattest du! Und ich dachte mir, das ist doch ein wahres Jammertierchen. Aber siehst du, als das Hundeviehchen hier auf den Landboden kam, da müssen irgendwelche Kindheitserinnerungen in ihm erwacht sein. Es kratzte und schlug um sich und wollte durchaus die Decke herunterzerren. Und dann betrug sich Jenny ganz wie die großen Hunde hier, so daß wir sagten, sie müsse ganz gewiß auf dem Lande aufgewachsen sein.

Sie legte sich draußen auf die Schwelle und warf nicht einmal einen Blick auf das Salonsofa, und sie jagte die Hühner und stahl der Katze die Milch und kläffte die Bettler an und fuhr den Pferden an die Beine, als Besuch kam. Wir hatten unsre Lust und Freude daran zu sehen, wie sie sich benahm. Denke dir doch, solch ein kleines Ding, das nur in einem Korb gelegen hat und auf dem Arm getragen wurde. Es war ja wunderlich. – Und dann, weißt du, als sie fortfahren sollten, wollte Jenny nicht mit. Sie stand auf der Treppe und winselte so jämmerlich und sprang an mir hinauf und bettelte förmlich, denke dir nur, bleiben zu dürfen. So wußten wir uns keinen andern Rat, als sie da zu lassen. Wir waren ganz gerührt über dies Hündchen, das so klein war und doch ein richtiger Landhund sein wollte. Aber das hätte ich doch nie geglaubt, daß ich mir noch einmal einen Schoßhund halten würde, vielleicht bekomme ich auch noch bald eine Frau.«

Oh, wie schrecklich ist es doch, wenn man so schüchtern, so unerzogen ist. Sie hätte wohl gerne wissen mögen, ob Onkel sehr erstaunt gewesen war, als sie so ungestüm fortstürzte. Aber es war ganz, als hätte er sie gemeint, als er von Jenny sprach. Und das hatte er vielleicht gar nicht. Aber immerhin – ja, ja, sie war so verlegen gewesen. Sie hatte nicht bleiben können. Aber nicht damals war »das« gekommen, nicht damals.

So war es wohl am Abend, bei dem Ball. Noch nie hatte sie sich so gut auf einem Ball unterhalten! Aber wenn jemand gefragt hätte, ob sie viel getanzt habe, dann hätte sie sich wohl besinnen und sagen müssen, das habe sie nicht. Aber das war eben das beste Zeichen, wie gut sie sich unterhalten hatte, daß sie es gar nicht merkte, daß sie vernachlässigt worden war.

Es war für sie schon eine solche Unterhaltung gewesen, Moritz anzusehen. Gerade weil sie beim Frühstück ein kleines, kleines bißchen streng gegen ihn gewesen war und gestern abend über ihn gelacht hatte, war es ihr eine solche Freude gewesen, ihn auf dem Ball zu sehen. Nie war er ihr so schön und so überlegen vorgekommen.

Er hatte gewiß das Gefühl gehabt, daß sie sich zurückgesetzt fühlte, weil er nicht nur mit ihr gesprochen und getanzt hatte. Aber es hatte ihr genug Vergnügen gemacht, zu sehen, wie beliebt Moritz bei allen war. Als ob sie ihre Liebe zur allgemeinen Betrachtung hätte ausstellen wollen! Ah, so dumm war das Flaumvögelchen nicht!

Moritz tanzte viele Tänze mit der schönen Elisabeth Westling. Aber das hatte sie gar nicht beunruhigt, denn Moritz war immer wieder auf sie zugekommen und hatte geflüstert: »Du siehst, ich kann da nicht nein sagen, wir sind Kindheitsfreunde. Und sie sind es hier auf dem Lande so gar nicht gewöhnt, einen Kavalier zu haben, der in der großen Welt gewesen ist und tanzen und konversieren kann. Du mußt mich heute abend schon den Gutsbesitzerstöchtern leihen, Anne-Marie.«

Aber Onkel ging Moritz gewissermaßen aus dem Wege. »Sei du heut abend Hausherr«, sagte er zu ihm, und das war Moritz. Er kam zu allen, er führte den Tanz an, führte das Trinken an und hielt Reden auf die schöne Gegend und auf die Damen. Er war großartig. Onkel sowohl wie sie hatten die Blicke auf Moritz geheftet, und so hatten sich ihre Blicke getroffen. Da hatte Onkel gelächelt und ihr zugenickt. Onkel war sicherlich stolz auf Moritz. Es hatte sie vorher ein wenig bedrückt, daß Onkel seinen Neffen nicht recht zu schätzen wußte. Gegen Morgen war Onkel recht laut und lärmend geworden. Da hatte er sich am Tanze beteiligen wollen, aber die Mädchen wichen ihm aus, wenn er zu ihnen kam, und taten, als wären sie schon engagiert.

»Tanze mit Anne-Marie«, hatte Moritz zu Onkel Theodor gesagt, und das hatte natürlich ein wenig protegierend geklungen. Sie erschrak so sehr, daß sie förmlich zusammenfuhr.

Onkel war auch verletzt, drehte sich um und ging ins Rauchzimmer.

Aber da war Moritz auf sie zugetreten und hatte mit harter, harter Stimme gesagt:

»Du verdirbst mir aber auch alles, Anne-Marie. Mußt du so ein Gesicht machen, wenn Onkel mit dir tanzen will. Wenn du nur wüßtest, was er mir gestern über dich sagte. Du mußt auch etwas tun, Anne-Marie. Glaubst du, daß es recht ist, alles mir zu überlassen?«

»Was willst du denn, daß ich tun soll, Moritz?«

»Ach, jetzt nichts, jetzt ist der Karren schon verfahren. Denke, was ich heute abend alles gewonnen habe! Aber jetzt ist es verloren.«

»Ich bitte Onkel gern um Entschuldigung, wenn du es willst, Moritz.« Und sie meinte es auch. Es tat ihr wirklich leid, Onkel verstimmt zu haben.

»Es wäre natürlich das einzig Richtige, aber von jemandem, der so lächerlich schüchtern ist wie du, kann man ja nichts verlangen.«

Da hatte sie nichts geantwortet, sondern war geradewegs in das Rauchzimmer gegangen, das jetzt beinahe leer war. Onkel hatte sich in einen Lehnstuhl geworfen.

»Warum wollen Sie nicht mit mir tanzen, Onkel?« hatte sie gefragt.

Onkel Theodors Augen waren zugefallen. Er schlug sie auf und sah sie lange an. Es war der schmerzvollste Blick, den sie je gesehen hatte. Sie ahnte nun, wie einem Gefangenen zumute sein mag, wenn er an seine Fesseln denkt. Es sah aus, als sei Onkel sehr, sehr traurig. Als brauchte er sie viel nötiger als Moritz, denn Moritz brauchte niemanden. Er war so prächtig, wie er war. Da legte sie ihre Hand ganz leicht und liebkosend auf Onkel Theodors Arm.

Mit einem Male hatte er frisches Leben in den Augen. Er begann mit seiner großen Hand ihr Haar zu streicheln. »Mütterchen«, sagte er.

Da kam »das« über sie, während er ihr Haar streichelte. Es kam geschlichen, es kam gekrochen, es kam gehuscht und geraschelt, so wie die Heinzelmännchen durch den dunklen Wald ziehen.

III

Eines Abends liegen feine, weiche Wölkchen am Himmel, eines Abends ist es still und lau, eines Abends schweben kleine weiße Fläumchen von Espen und Pappeln durch die Luft.

Es ist schon spät, und niemand ist mehr auf, nur Onkel Theodor, der draußen im Garten umhergeht und überlegt, wie er den jungen Mann und das junge Mädchen voneinander trennen könnte.

Denn nie, nie, in alle Ewigkeit soll es geschehen, daß Moritz an ihrer Seite vom Hofe wegfährt, während Onkel Theodor auf der Schwelle steht und ihnen glückliche Reise wünscht.

Ist es denn überhaupt möglich, sie ziehen zu lassen, nachdem sie drei Tage hindurch das Haus mit zwitschernder Fröhlichkeit erfüllt, nachdem sie ihn in ihrer stillen Weise daran gewöhnt hat, daß sie für alle denkt und sorgt, nachdem er sich daran gewöhnt hat, dies weiche geschmeidige kleine Wesen überall umherstreifen zu sehen. Onkel Theodor sagt zu sich selbst, daß das nicht möglich ist. Er kann sie nicht mehr entbehren.

In demselben Augenblick stößt er an einen abgeblühten Löwenzahn, und wie die Entschlüsse der Menschen und die Versprechungen der Menschen zerstreut sich das weiße Flaumbällchen, und die weißen Federchen fliegen eilig davon und verschwinden.

Die Nacht ist nicht kalt, wie die Nächte in dieser Gegend zu sein pflegen. Die Wärme wird unter der grauen Wolkendecke zurückgehalten. Die Winde zeigen ein seltenes Mal Erbarmen und verhalten sich still. Onkel Theodor sieht sie, das Flaumvögelchen. Sie weint, weil Moritz sie verlassen hat. Aber er zieht sie an sich und küßt die Tränen fort.

Weich und fein fliegen die weißen Fläumchen von den großen reifen Kätzchen der Bäume. So leicht, daß die Luft sie kaum fallen lassen will, so klein und zart, daß sie kaum auf dem Boden sichtbar werden. Onkel Theodor lacht sich ins Fäustchen, als er an Moritz denkt. In Gedanken tritt er am nächsten Morgen in sein Zimmer, als dieser noch im Bette liegt. »Höre, Moritz«, will er ihm sagen. »Ich möchte dir keine falschen Hoffnungen machen. Wenn du dieses Mädchen heiratest, so hast du keinen Pfennig von mir zu erwarten. Ich will nicht mit dazu helfen, deine Zukunft zu vernichten.«

»Mißfällt sie Ihnen so sehr, Onkel?« wird Moritz dann fragen.

»Nein, du, im Gegenteil, es ist ein nettes Mädchen, aber doch nichts für dich. Du mußt ein Prachtweib haben wie Elisabeth Westling. Sei nun verständig, Moritz, was wird aus dir, wenn du um dieses Kindes willen deine Studien abbrichst und auf ein Gut gehst. Dazu taugst du nicht, mein Junge. Dazu ist etwas andres nötig, als den Hut schön zu schwingen und zu sagen: ›Habt Dank, meine Kinder!‹ Du bist ja zum Beamten wie geschaffen. Du kannst Minister werden.«

»Wenn Sie eine so gute Meinung von mir haben, Onkel«, antwortet dann Moritz, »so helfen Sie mir doch, mein Examen zu machen, und lassen Sie uns dann heiraten!«

»Nein, das nicht, du, das ganz gewiß nicht. Was, glaubst du, würde aus deiner Karriere werden, wenn du einen solchen Ballast mitschleppen müßtest, wie es eine Frau ist. Das Pferd, das den Brotwagen ziehen muß, galoppiert nicht. Denke dir nun die Bäckermamsell als Ministerfrau! Nein, du darfst dich nicht vor zehn Jahren verloben, nicht bevor du avanciert bist. Was wäre die Folge, wenn ich es euch ermögliche, zu heiraten. Jedes Jahr würdet ihr zu mir kommen und um Geld betteln. Und das würden wir alle bald satt kriegen.«

»Aber Onkel, ich bin doch ein Ehrenmann. Schließlich habe ich mich doch verlobt.«

»Höre mich nun an, Moritz! Was ist besser? Daß sie zehn Jahre herumgeht und auf dich wartet und du sie dann doch nicht heiratest oder daß du gleich ein Ende machst. Nein, sei nun entschlossen, stehe auf, steige in deine alte Kutsche und fahre heim, bevor sie aufwacht. Es schickt sich ja ohnehin nicht, daß Bräutigam und Braut so zu zweien über Land ziehen. Ich werde schon für das Mädchen sorgen, wenn du nur von diesem Wahnwitz abstehst. Die Bergrätin wird sie nach Hause bringen, ich werde den schönsten Wagen anspannen lassen. Du sollst von mir ein Jahresgehalt bekommen, so daß du dir wegen der Zukunft keine Sorgen zu machen brauchst. Sieh mal, sei verständig, du machst deinen Eltern Freude, wenn du mir gehorchst. Reise jetzt ab, ohne sie zu sehen! Ich werde ihr schon Vernunft zusprechen. Sie will gewiß deinem Glück nicht im Wege stehen. Versuche nur nicht, sie zu treffen, ehe du fährst, sonst könntest du wieder schwankend werden, denn sie ist reizend.«

Und nach diesen Worten faßt Moritz einen heldenmütigen Entschluß und reist ab.

Und wenn er fort ist, was wird dann geschehen? Ah, er wird sie darauf vorbereiten, daß Moritz fort ist, ihr zeigen, daß Moritz ihrer nicht würdig war, sie dahin bringen, ihn zu verachten. Und wenn sie sich dann an seiner Brust ausgeweint hat, wird er sie ganz behutsam, ganz vorsichtig verstehen lassen, was er fühlt, sie locken, sie gewinnen.

Die Fläumchen fahren fort zu fallen. Onkel Theodor streckt seine große Hand aus und fängt ein Flöckchen auf.

Wie fein, wie leicht, wie zart! Er bleibt stehen und sieht es an.

Sie fahren fort, rings um ihn zu fallen, Flocke um Flocke. Was wird dann mit ihnen geschehen? Sie werden vom Winde gejagt, von der Erde beschmutzt, von schweren Füßen zertreten werden.

Onkel Theodor ist es, als fielen diese leichten Fläumchen mit der größten Schwere auf ihn nieder. Wer will der Wind, wer will die Erde, wer will die Schuhsohle sein, wenn es diesen Kleinen, diesen Wehrlosen gilt? Und infolge seiner staunenerregenden Kenntnisse in Nösselts Weltgeschichte fällt ihm sofort eine Episode daraus ein, die sich mit seinen Gedanken vergleichen läßt.

Es war anbrechender Morgen, nicht sinkende Nacht wie jetzt. Es war ein Felsenstrand, und unten am Meere saß ein schöner Jüngling mit einem Pantherfell über der Schulter, mit Weinlaub in den Locken, den Thyrsos in der Hand. Wer er war? Ah, Gott Bacchus selbst.

Und der Felsenstrand war Naxos. Was der Gott sah, war Griechenlands Meer. Das Schiff mit den schwarzen Segeln, das rasch zum Horizont entfloh, ward von Theseus gelenkt, und in der Grotte, deren Eingang sich hoch in einem Absatz der steilen Strandberge öffnete, schlummerte Ariadne.

Und in der Nacht hatte der junge Gott gedacht: »Ist wohl der sterbliche Jüngling würdig der himmlischen Maid?« Und um Theseus zu prüfen, hatte er ihn in einem Traume mit dem Verluste des Lebens bedroht, wenn er nicht sogleich Ariadne verließ. Da hatte sich dieser ungesäumt erhoben, war zum Schiffe geeilt und über die Wellen geflohen, ohne auch nur die Jungfrau zu wecken, um ihr Lebewohl zu sagen.

Nun saß Gott Bacchus lächelnd da, von den süßesten Hoffnungen gewiegt, und harrte Ariadnes. Die Sonne ging auf, der Morgenwind erhob sich. Er überließ sich lächelnden Träumen. Er würde die Verlassene schon zu trösten wissen, er, Gott Bacchus selbst.

Da kam sie. Mit strahlendem Lächeln trat sie aus der Grotte. Ihre Augen suchten Theseus, sie irrten immer weiter fort, zum Ankerplatz des Schiffes, über die Wellen – zu den schwarzen Segeln –

Und dann mit einem schneidenden Schrei, ohne Besinnung, ohne Zaudern, hinab ins Meer, hinab in Tod und Vergessenheit.

Und da saß nun Gott Bacchus, der Tröster.

So ging es zu. So war es geschehen. Onkel Theodor erinnert sich freilich, daß Nösselt ein paar Worte hinzufügt, daß mitleidige Dichter behaupten, Ariadne hätte sich von Bacchus trösten lassen. Aber die Mitleidigen hatten sicherlich unrecht. Ariadne ließ sich nicht trösten.

Lieber Gott, weil sie so gut und süß ist, daß er sie lieben muß, darum soll sie unglücklich gemacht werden! Zum Lohn für das schöne, sanfte Lächeln, das sie ihm geschenkt hat, weil ihre kleine weiche Hand sich vertrauensvoll in die seine gelegt, weil sie nicht gezürnt hat, wenn er sie neckte, darum soll sie ihren Bräutigam verlieren und unglücklich gemacht werden.

Für welches Verbrechen soll sie verurteilt werden? Weil sie ihn dazu gebracht hat, im Allerinnersten seiner Seele einen Raum zu entdecken, der bis dahin ganz rein und unbesetzt gewesen ist und nur auf solch ein kleines, zartes und mütterliches Frauenwesen gewartet zu haben scheint, oder weil sie schon jetzt über ihn Macht hat, so daß er kaum wagt, einmal zu fluchen, wenn sie es hört. Warum soll sie gestraft werden?

Ach, armer Bacchus, armer Onkel Theodor! Es ist nicht gut, es mit diesen Feinen, Lichten, Daunenweichen zu tun zu haben. – Sie springen ins Meer, wenn sie die schwarzen Segel sehen.

Onkel Theodor flucht in aller Stille darüber, daß das Flaumvögelchen nicht schwarzhaarig, rotwangig, grobgliedrig ist.

Da fällt wieder ein Flöckchen, und es fängt an zu sprechen: »Ich hätte dir all dein Lebtag folgen sollen. Ich hätte dir am Spieltisch eine Warnung ins Ohr geflüstert. Ich hätte das Weinglas fortgerückt. Von mir würdest du es geduldet haben.« – »Das hätte ich«, flüstert er, »das hätte ich.«

Ein andres kommt und spricht ebenfalls: »Ich hätte dein großes Haus regieren und es traulich und warm machen sollen. Ich hätte dich durch die öden Gefilde des Alters geleitet. Ich hätte dein Herdfeuer entzündet, wäre dir Auge und Stab gewesen. Würde ich nicht dazu getaugt haben?« – »Liebes, kleines Fläumchen«, antwortet er, »freilich hättest du das.«

Noch ein Flöckchen kommt geflogen, und es spricht: »Wie bin ich doch zu beklagen. Morgen fährt mein Bräutigam von mir fort, ohne mir auch nur Lebewohl zu sagen. Morgen werde ich weinen, den ganzen Tag weinen, denn ich werde es als solch eine Schmach empfinden, daß ich für Moritz nicht gut genug bin. Und wenn ich heimkomme, wie werde ich da über meines Vaters Schwelle treten können. Das ganze Hintergäßchen entlang wird man flüstern und zischeln, wenn ich mich zeige. Alle werden sich fragen, was ich wohl Böses verbrochen habe, weil ich so schlecht behandelt worden bin. Kann ich dafür, daß du mich liebst?« Er antwortet mit erstickter Stimme: »Sprich nicht so, kleines Fläumchen! Es ist noch zu früh, um so zu sprechen.«

Die ganze Nacht geht er draußen umher, und endlich gegen Mitternacht kommt ein wenig Dunkelheit. Da gerät er in große Angst; diese dumpfe schwüle Luft scheint stille zu stehen, aus Angst vor irgendeiner Missetat, die am Morgen begangen werden soll. Da sucht er die Nacht zu beschwichtigen, indem er ganz laut sagt: »Ich werde es nicht tun.«

Aber da begibt sich das Seltsamste. Die Nacht gerät in solch eine zitternde Angst. Jetzt sind es nicht mehr die kleinen Fläumchen, die fallen, nein, rings um ihn rauschen große und kleine Flügel. Er hört, daß etwas entflieht, aber er weiß nicht, wohin.

Das Fliehende streicht an ihm vorbei, es berührt seine Wange, es streift seine Kleider und seine Hände, und er begreift, was es ist. Es sind die Blätter, die von den Bäumen fallen, die Blumen, die auf ihren Stengeln welken, die Flügel, die von den Schmetterlingen fortfliegen, der Gesang, der die Vögel verläßt.

Und er weiß, wenn die Sonne aufgeht, wird sein Lustgarten ganz verwüstet sein. Leerer, kahler, stummer Winter wird da herrschen, kein Schmetterlingsspiel, kein Vogelgezwitscher.

Er bleibt im Freien, bis das Licht wiederkehrt, und er ist beinahe erstaunt, als er die dunklen Laubmassen der Ahornbäume sieht. »Ja so«, sagt er, »was war es dann, was verwüstet wurde, wenn nicht der Garten? Hier fehlt ja nicht einmal ein Grashälmchen. Potztausend, ich selber bin es, der fortab durch Kälte und Winter wandern muß, nicht der Garten. Es ist, als wäre der ganze Lebensmut entflohen. Ah, du alter Narr, das geht wohl auch vorüber, wie alles andre. Das ist doch wahrlich zu viel Aufhebens um so ein kleines Frauenzimmerchen.«

IV

Wie schrecklich unbescheiden »das« sich an dem Morgen beträgt, an dem sie fortfahren sollen. An den zwei Tagen, die sie nach dem Balle hier gewesen sind, ist »das« eher etwas Anfeuerndes, etwas Belebendes gewesen, aber jetzt, wo das Flaumvögelchen fort soll, wo »das« einsieht, daß es im Ernst aus ist, daß es keine Rolle in ihrem Leben spielen darf, da verwandelt es sich in eine Todesschwere, in eine Todeskälte. Es ist, als müßte sie einen versteinerten Körper über die Treppen hinab ins Frühstückszimmer schleppen. Sie reicht eine schwere kalte Hand aus Stein, als sie grüßt, sie spricht mit einer trägen Steinzunge, sie lächelt mit harten Steinlippen. Das ist eine Arbeit. Aber wer wird sich nicht freuen, wenn er daran denkt, daß alles an diesem Morgen so abgemacht wird, wie es die gute alte Treue und Ehre erfordert.

Onkel Theodor wendet sich beim Frühstück an das Flaumvögelchen und erklärt mit wunderlich ungefüger Stimme, daß er sich entschlossen hat, Moritz die Verwalterstelle in der Laxåhütte zu geben, aber da der genannte junge Mann, fährt Onkel mit einem angestrengten Versuch seinen gewöhnlichen Gesprächston beizubehalten, fort, in praktischen Beschäftigungen nicht allzu bewandert ist, so kann er den Platz nicht früher antreten, ehe er nicht eine Gattin an seiner Seite hat. Hat sie, Mamsell Flaumvögelchen, ihre Myrte so gut gepflegt, daß sie im September Kranz und Krone tragen kann?

Sie fühlt, wie er dasitzt und ihr ins Gesicht sieht. Sie weiß, daß er einen Blick zum Dank haben will, aber sie sieht nicht auf.

Moritz hingegen springt in die Höhe. Er umarmt Onkel und treibt es ganz schrecklich. »Aber, Anne-Marie, warum dankst du Onkel nicht? Du mußt Onkel Theodor streicheln, Anne-Marie. Die Laxåhütte ist das Herrlichste auf der Welt. Nun, Anne-Marie!«

Jetzt schlägt sie die Augen auf. Es stehen Tränen darin, und durch diese fällt auf Moritz ein Blick, voll Angst und Vorwurf. Daß er nicht versteht, daß er durchaus mit bloßem Licht in den Pulverkeller gehen muß.

Dann wendet sie sich an Onkel Theodor, aber nicht in

der schüchternen, kindlichen Art wie zuvor, sondern mit einer Grandezza im Benehmen wie eine gefangene Königin.

»Sie tun zu viel für uns, Onkel«, sagt sie nur.

Damit ist alles nach den Forderungen der Ehre und des Anstandes abgemacht. Es ist kein Wort mehr über die Sache zu verlieren. Er hat ihr nicht den Glauben an den Mann, den sie liebt, geraubt. Sie hat sich nicht verraten. Sie ist dem Manne treu, der sie zu seiner Braut gemacht hat, obgleich sie nur ein armes Mädchen aus einem Bäckerladen im Hintergäßchen ist.

Und jetzt kann der Wagen vorfahren, der Mantelsack geschnürt, der Eßkorb gefüllt werden.

Onkel Theodor steht vom Tisch auf. Er stellt sich an das Fenster. Von dem Moment an, da sie sich mit tränenvollem Blick ihm zugewendet hat, ist er ganz von Sinnen. Er ist ganz toll, imstande, sich auf sie zu stürzen, sie an seine Brust zu ziehen und Moritz zuzurufen, er möge nur kommen und sie von dort losreißen, wenn er es kann.

Er hält die Hände in den Taschen. Die geballten Fäuste zucken krampfhaft.

Kann er es zulassen, daß sie den Hut aufsetzt, daß sie der Bergrätin Lebewohl sagt?

Da steht er wieder auf dem Felsen von Naxos und will die Geliebte stehlen. Nein, nicht stehlen! Warum nicht ehrlich und männlich vortreten und sagen: »Ich bin dein Nebenbuhler, Moritz. Deine Braut mag zwischen uns wählen. Ihr seid noch nicht verheiratet, es ist keine Sünde, wenn ich versuche, sie dir abwendig zu machen. Hüte sie wohl, ich will alle Mittel anwenden.«

Dann wäre Moritz gewarnt, und sie wüßte, wonach sie sich zu richten hätte.

Es knackt in den Knöcheln, als er wieder die Fäuste

ballt. Wie würde Moritz über den alten Onkel lachen, wenn er vorträte und dies erklärte! Und wozu sollte es dienen? Sollte er sie erschrecken, damit es ihm dann nicht einmal mehr gestattet war, ihnen in Zukunft zu helfen?

Aber wie wird es jetzt gehen, wenn sie herankommt, um ihm Lebewohl zu sagen? Er ist nahe daran, ihr zuzuschreien, sich vor ihm zu hüten und sich drei Schritt entfernt zu halten.

Er bleibt am Fenster stehen und wendet ihnen den Rücken, während sie mit dem Ankleiden und dem Füllen des Eßkorbes beschäftigt sind. Werden sie denn nie fertig? Jetzt hat er es schon tausendmal durchlebt. Er hat ihr die Hand gegeben, sie geküßt, ihr in den Wagen geholfen. Er hat es so oft getan, daß er sie schon fort glaubt.

Er hat ihr auch Glück gewünscht. Glück ... Kann sie mit Moritz glücklich werden? Sie hat diesen Morgen nicht glücklich ausgesehen. Oh, doch gewiß. Sie weinte ja vor Freude.

Während er so dasteht, sagt Moritz plötzlich zu Anne-Marie: »Was für ein Dummkopf ich bin. Ich habe ja ganz vergessen, mit Onkel von Papas Aktien zu sprechen.«

»Ich denke, es wäre am besten, du ließest es«, antwortet das Flaumvögelchen. »Es ist vielleicht nicht recht.«

»Ach Unsinn, Anne-Marie. Die Aktien tragen gerade augenblicklich nichts. Aber wer weiß, ob sie nicht eines Tages besser werden? Und übrigens, was macht das Onkel? Solch eine Kleinigkeit ...«

Sie unterbricht mit ungewöhnlicher Heftigkeit, beinahe mit Angst. »Ich bitte dich, Moritz, tue es nicht! Laß mich dieses einzige Mal recht behalten.« Er sieht sie an, ein bißchen verletzt. »Dieses einzige Mal. Als wenn ich dir gegenüber ein Tyrann wäre. Nein, weißt du, das kann ich nicht, schon wegen dieses Wortes finde ich, daß ich nicht nachgeben darf.«

»Hänge dich nicht an ein Wort, Moritz. Hier handelt es sich um mehr als um Höflichkeit und Phrasen. Ich finde es nicht schön von dir, Onkel übervorteilen zu wollen, wo er so gut gegen uns war.«

»Aber ich bitte dich, Anne-Marie! Was verstehst du von Geschäften?« – Sein ganzes Wesen ist noch aufreizend ruhig und überlegen. Er sieht sie an, wie ein Schulmeister einen guten Schüler, der sich gerade am Prüfungstage dumm anstellt.

»Daß du gar nicht verstehst, um was es sich handelt«, ruft sie aus. Und sie ringt verzweifelt die Hände.

»Ich muß wirklich jetzt mit Onkel sprechen«, sagt Moritz, »wenn schon aus keinem andern Grunde, so um ihm zu zeigen, daß es sich hier um keinen Betrug handelt. So wie du dich benimmst, könnte Onkel wirklich glauben, daß wir, mein Vater und ich, ein paar Schurken sind.«

Und er kommt auf Onkel Theodor zu und erklärt ihm, welche Bewandtnis es mit diesen Aktien hat, die sein Vater ihm verkaufen will. Onkel Theodor hört so gut zu, wie er kann. Er versteht sogleich, daß sein Bruder, der Bürgermeister, eine schlechte Spekulation gemacht hat und sich vor Verlusten schützen will. Aber was weiter, was weiter? Solche Gefälligkeiten pflegt er ja der ganzen Familie zu erweisen. Aber eigentlich denkt er nicht daran, sondern an das Flaumvögelchen. Er wüßte zu gern, was in dem empörten Blick liegt, den sie Moritz zuwirft. Liebe ist es gerade nicht.

Und nun, mitten in seiner Verzweiflung über das Opfer, das er bringen mußte, beginnt ein schwacher Hoffnungsstrahl vor ihm aufzudämmern. Er steht da und starrt wie ein Mann, der in einem Zimmer, in dem ein Geist umgeht, liegt und sieht, wie ein heller Nebel aus dem Boden emporsteigt, sich verdichtet und wächst und zu greifbarer Wirklichkeit wird.

»Komm mit mir in mein Zimmer, Moritz«, sagt er, »dann kannst du das Geld gleich haben.«

Aber während er spricht, ruht sein Blick auf dem Flaumvögelchen, um zu sehen, ob »das Geistchen« zum Sprechen bewogen werden kann. Aber noch sieht er sie nur in stummer Verzweiflung.

Doch kaum sitzt er am Pult in seinem Zimmer, als die Türe sich öffnet und Anne-Marie hereinkommt. »Onkel Theodor«, sagt sie sehr fest und entschlossen, »kaufen Sie doch diese Papiere nicht.«

Ach, welcher Mut, Flaumvögelchen! Wer hätte dir so etwas zugetraut, der dich vor drei Tagen an Moritz' Seite im Wagen sah, wo du bei jedem Wort, das er sagte, zusammenzuschrumpfen und immer kleiner zu werden schienst.

Jetzt braucht sie auch ihren ganzen Mut, denn jetzt wird Moritz ernstlich böse.

»Schweig«, zischt er sie an und brüllt darauf, um von Onkel Theodor, der am Pult sitzt und Banknoten zählt, richtig gehört zu werden. »Was fällt dir denn ein? Die Aktien tragen jetzt keine Zinsen, das habe ich Onkel gesagt, aber Onkel weiß ebenso gut wie ich, daß sie welche tragen werden. Glaubst du, daß Onkel sich so von einem, wie ich, übers Ohr hauen läßt? Onkel wird von diesen Dingen wohl mehr verstehen als irgend jemand von uns. Ist es je meine Absicht gewesen, diese Aktien für gut auszugeben? Habe ich je etwas anderes gesagt, als daß dies für jemanden, der in der Lage ist, zu warten, ein gutes Geschäft werden kann?«

Onkel Theodor sagt nichts, er reicht Moritz nur ein

paar Banknoten. Er möchte wissen, ob dies den Geist zum Sprechen bringen wird.

»Onkel«, sagt die kleine, unerbittliche Wahrheitsverkünderin – denn es ist ja eine bekannte Sache, daß niemand unerbittlicher sein kann als diese Daunenweichen, diese Zartbesaiteten, wenn sie einmal so weit sind –, »diese Aktien sind keinen Pfifferling wert und werden nie etwas wert sein. Das wissen wir zu Hause alle.«

»Anne-Marie, du stempelst mich zu einem Schurken –«

Sie fährt mit den Augen über ihn hin, so, als wären ihre Blicke die Schneiden einer Schere, und sie schneidet ihm Lappen um Lappen alles ab, womit sie ihn herausstaffiert hat, und als sie ihn zuletzt in der ganzen Nacktheit seiner Eigenliebe und seines Eigennutzes sieht, fällt ihr schreckliches kleines Zünglein das Urteil über ihn:

»Was bist du denn anderes?«

»Anne-Marie!«

»Ja, was sind wir alle beide anderes«, fährt das unbarmherzige Zünglein fort, das, nun es in Gang ist, es am besten findet, die Dinge klarzulegen, die ihr Gewissen zermartern, seit sie angefangen hat, daran zu denken, daß auch der reiche Mann, dem dieses große Schloß gehört, ein Herz hat, das leiden und sich sehnen kann. Und nun, wo die Zunge so vortrefflich in Gang ist und alle Scheu gewichen zu sein scheint, sagt sie:

»Als wir uns daheim in die Kutsche setzten, was dachten wir da? Wovon sprachen wir auf dem Wege? Wie wir ihn dort für uns gewinnen wollten. ›Du mußt flott sein, Anne-Marie‹, sagtest du. ›Und du mußt schlau sein, Moritz‹, sagte ich. Wir dachten nur daran, uns einzuschmeicheln. Viel wollten wir haben, und nichts wollten wir geben, nichts anderes als Verstellung. Wir wollten nicht sagen: Hilf uns, weil wir arm sind und uns lieb haben, sondern wir wollten schmeicheln und heucheln, bis Onkel in dich oder in mich vernarrt war, das war unsere Absicht. Aber wir wollten nichts zurückgeben, weder Liebe noch Achtung, nicht einmal Dankbarkeit. Und warum bist du nicht allein gefahren, warum mußte ich mit? Du wolltest mich ihm zeigen, du wolltest, daß ich, daß ich ...« Onkel Theodor springt auf, als er sieht, wie Moritz die Hand gegen sie erhebt. Denn jetzt hat er fertig gerechnet und verfolgt das, was geschieht, mit einem Herzen, in dem die Hoffnung wächst. Und es ist, als flöge sein Herz nun weit auf, um sie zu empfangen, als sie jetzt aufschreit und in seine Arme flieht, in seine Arme flieht ohne Zaudern und Bedenken, ganz, als gäbe es keinen anderen Platz auf Erden, zu dem sie fliehen könnte.

»Onkel, er will mich schlagen!«

Und sie schmiegt sich fest, fest an ihn.

Aber Moritz ist jetzt wieder ganz ruhig. »Verzeih meine Heftigkeit, Anne-Marie«, sagt er. »Es regte mich auf, dich in Onkels Gegenwart so kindisch sprechen zu hören. Aber Onkel wird auch verstehen, daß du eben nur ein Kind bist. Dennoch gebe ich zu, daß keine, wenn auch noch so gerechte Empörung einem Manne das Recht gibt, eine Frau zu schlagen. Komm jetzt her und küsse mich. Du brauchst bei niemandem Schutz gegen mich zu suchen.«

Sie rührt sich nicht, sie wendet sich nicht um, sie klammert sich nur fest.

»Flaumvögelchen, soll ich ihn dich nehmen lassen?« flüstert Onkel Theodor.

Und sie antwortet nur mit einem Zittern, das auch seinen ganzen Körper durcheilt.

Aber Onkel Theodor fühlt sich so frisch, so gehoben.

Er ist jetzt ganz außerstande, den vollkommenen Neffen wie früher im richtigen Licht seiner Vollkommenheit zu sehen. Er wagt es, mit ihm zu scherzen. »Moritz«, sagt er, »du überraschst mich. Die Liebe macht dich schwach. Kannst du so mir nichts, dir nichts verzeihen, daß sie dich einen Schurken nennt? Du mußt sogleich mit ihr brechen. Deine Ehre, Moritz, denke an deine Ehre! Nichts in der Welt kann einer Frau gestatten, einen Mann zu beleidigen. Setze dich in deine Kutsche, mein Junge, und fahre ohne dieses verlorne Wesen von hier fort. Das ist nur Recht und Gerechtigkeit nach einer solchen Beschimpfung.«

Und während er seine Rede beschließt, legt er seine großen Hände um ihr Köpfchen und richtet es empor, so daß er ihre Stirn küssen kann.

»Verlasse dieses verlorene Wesen«, wiederholt er.

Aber jetzt fängt auch Moritz zu verstehen an. Er sieht, wie es in Onkel Theodors Augen funkelt und wie ein fortwährendes Lächeln um seine Lippen spielt.

»Komm, Anne-Marie.«

Sie zuckt zusammen. Jetzt ruft er sie als der, dem sie sich anverlobt hat. Es ist, als müßte sie gehen. Und sie läßt Onkel Theodor so hastig los, daß er es nicht verhindern kann, aber sie kann auch nicht zu Moritz gehen, darum gleitet sie zu Boden, und da bleibt sie sitzen und schluchzt.

»Fahre allein in deinem Leiterwagen nach Hause, Moritz«, sagt Onkel Theodor scharf. »Diese junge Dame ist bis auf weiteres in meinem Hause zu Gast, und ich gedenke sie vor deinen Übergriffen in Schutz zu nehmen.«

Und er denkt nicht mehr an Moritz, sondern ist nur darauf bedacht, sie emporzuziehen, ihre Tränen zu trocknen und ihr zuzuflüstern, daß er sie liebt.

Und Moritz, der sie so sieht, die eine weinend, den andern tröstend, ruft aus: »Ach, das ist alles abgekartet. Ich bin betrogen. Das ist eine Komödie. Man stiehlt mir meine Braut, und man verhöhnt mich obendrein. Man läßt mich nach einer rufen, die gar nicht kommen will. Ich beglückwünsche dich zu diesem Handel, Anne-Marie.«

Und während er hinausstürzt und die Türe zuwirft, ruft er aus: »Glückssucherin!«

Onkel Theodor macht eine Bewegung, wie um ihm nachzueilen und ihn zu züchtigen, aber das Flaumvögelchen hält ihn zurück.

»Ach, Onkel Theodor, laß doch immerhin Moritz das letzte Wort behalten. Moritz hat immer recht. Eine Glückssucherin, das bin ich ja gerade, Onkel Theodor.«

Und sie schmiegt sich wieder an ihn, ohne zu zögern, ohne zu fragen. Und Onkel Theodor ist ganz verwirrt, eben weinte sie noch und jetzt lacht sie, eben sollte sie den einen heiraten und jetzt küßte sie einen andern. Da hebt sie das Köpfchen und lächelt: »Jetzt bin ich dein kleines Hündchen. Du kannst mich nicht loswerden.«

»Flaumvögelchen«, sagt der Gutsherr mit seiner barschesten Stimme. »Das hast du schon die ganze Zeit gewußt.«

Sie begann zu flüstern: »Hätte mein Bruder ...«

»Und du wolltest doch, Flaumvögelchen ... Moritz kann froh sein, daß er dich los wird. Solch ein dummes, lügnerisches, heuchelndes Flaumvögelchen, solch ein ungerechtes, kleines, wetterwendisches Fläumchen, solch ein, solch ein ...«

Ach Flaumvögelchen, ach Seidenblümchen! Du warst wohl nicht nur eine Glückssucherin, du warst wohl auch eine Glücksbringerin, sonst würde wohl nicht so viel von deinem lieblichen Frieden den Platz umschweben, wo du gewohnt hast. Noch heute wird das Haus von großen Ahornbäumen beschattet, und die Birkenstämme stehen weiß und fleckenlos von der Wurzel bis zum Wipfel da. Noch heute sonnt sich die Natter friedlich auf ihrem Hügel, und im Parkteich schwimmt ein Kühling, der so alt ist, daß kein Junge es über das Herz bringt, ihn zu angeln. Und wenn ich hinkomme, da fühle ich, daß Feierfriede in der Luft liegt, und es ist, als sängen Vögel und Blumen noch ihre schönen Lieder dir zum Preise.

Der Stein im See

Es war einmal im siebzehnten Jahrhundert ein armer Geistlicher, der auf der Kanzel der Broer Kirche in Värmland stand und seine Predigt las. Die Bankreihen unter ihm waren voll von Leuten, die ganz stumm und andächtig dasaßen, die Frühlingssonne schien durch die kleinen Fensterscheiben und verjagte die Winterkälte aus dem ungeheizten Gotteshaus, der Küster stand Wache, um einen jeden zu wecken, der es sich etwa einfallen lassen sollte, einzuschlummern, alles ging, wie es sollte, und dem Prediger war froh ums Herz wie dem Sämann, wenn er gute Saat in wohlgepflügte Erde streut.

Der Prediger war groß und ungeschlacht, mit starker Stimme und gewaltigen Fäusten, ein ganzer Kerl. Er war so dunkel, daß, wer ihn sah, ohne zu wissen, wer er war, beinahe vor ihm erschrecken konnte. Das schwarze Haar fiel ihm nach Bauernart bis auf die Schultern und hing tief in die Stirn. Die Augenbrauen zogen sich grob wie Stricke über die strengen Augen, und kaum wurde die Haut der Wangen ein bißchen lichter, fing schon der buschige schwarze Bart an und verdeckte den unteren Teil des Gesichts. Als der Geistliche ungefähr zur Mitte seiner Predigt gekommen war, hörte er vor der Kirche Pferdegetrappel und laute Menschenstimmen. »Da sind welche, die zum Gottesdienst zu spät kommen. Wenn sie doch den Verstand hätten, draußen zu bleiben, bis die Predigt aus ist«, dachte er. »Wenn sie jetzt hereinkommen, so stören sie doch nur, und sie haben ja auch keine Erbauung davon, eine halbe Predigt zu hören.« Aber es ging nicht so, wie der Geistliche wünschte. Die Neuankömmlinge kamen vielmehr gleich darauf über den Steinboden des Waffenhauses getrappelt, geradewegs auf die Kirchentüre zu. Sie gingen schwer, und sie sprachen laut. Es sah aus, als wollten sie so viel Lärm machen, als ihnen nur möglich war.

Obgleich er ruhig weitersprach, merkte der Prediger doch, daß dieser und jener unter seinen Zuhörern schon aus seiner Andacht gerissen war und den Kopf zur Türe drehte. Er wünschte inbrünstig, daß die Kommenden sich doch wenigstens auf einer der hintersten Bänke niederlassen und nicht in die Nähe der Kanzel vordringen möchten.

Aber auch diese Hoffnung erfüllte sich nicht. Die Kirchentüren wurden mit Lärm und Getöse aufgerissen, und den großen Gang herauf kam ein Zug von gut zwanzig Menschen. Nach all dem Lärm, den sie gemacht hatten, hätte man eine Schar betrunkener Kriegsknechte erwarten können, doch nein, es war eine hochgewachsene junge Bauerstochter, die an der Spitze des Zuges ging, und lauter friedliche Bauersleute folgten ihr nach. Sie war blond und schön, trug pelzverbrämte Kleider aus weißem Fries und hatte so viel Silbergeschmeide um Hals und Gürtel, daß es wohl seine zwölf, dreizehn Pfund wiegen mochte. Die hinterher kamen, waren alle dunkel gekleidet. Es waren Alte und Junge darunter, Mannsbilder und Weibsleute. Der Geistliche sah, daß es Herrschaft und Gesinde eines großen Bauernhofes sein mußten, die da zur Kirche gekommen waren.

Es fiel dem Geistlichen schwer, in seiner Predigt fortzufahren, denn jetzt hatte die ganze Gemeinde ihre Gedanken von dem Gottesdienst abgewandt und starrte nur immerzu die Neuangekommenen an. Und das war auch nicht zu verwundern, denn sie betrugen sich nicht so, wie sie sollten, wenn sie in ein Gotteshaus traten. Sie verhielten sich wohl jetzt, nachdem sie unter die Kirchenwölbung getreten waren, schweigend, aber gerade als sie an der Kanzel vorbeigehen wollten, blieb die junge stattliche Bauerstochter stehen und fing an, den Geistlichen anzugaffen, als hätte sie nie seinesgleichen gesehen. Sie machte die anderen auf ihn aufmerksam, und nun blieben sie allesamt stehen und betrachteten ihn mit erstaunten Gebärden, ganz als wäre er ein wunderliches Tier in einer Jahrmarktbude.

Der Prediger war sich wohl bewußt, daß er ein geringer Mann war. Er war nicht Propst, er war nicht Pastor, er war nur ein armer Hilfsgeistlicher, der von Kirchspiel zu Kirchspiel geschickt wurde. Er war an Demütigungen und Verachtung gewöhnt, aber dieses Angaffen war doch etwas, was er nicht dulden zu müssen glaubte. Hier stand er als ein Verkünder von Gottes Wort, und hier durfte ihm niemand Mißachtung zeigen. Die grobe Faust erhob sich und fiel mit solcher Wucht auf die Kanzel nieder, daß es in der ganzen Kirche widerhallte.

Er wollte es damit nicht genug sein lassen. Dem Faustschlag sollten auch noch ein paar strenge Worte an die Friedensstörer folgen, aber dazu kam es nicht. Er sah noch einmal in das trotzige Gesicht der Bauerstochter, bevor er zu reden anfing, und dann wurde nichts aus der Strafpredigt. Er beugte sich über sein Heft und predigte zu Ende, ohne auch nur einen einzigen Blick mehr in die Kirche zu werfen. Als der Geistliche dann in die Sakristei kam, war kein Mensch drinnen. Er setzte sich auf ein kleines schmales Bänkchen, stützte den Kopf in die Hände und starrte vor sich hin. Er sah ganz verstört aus.

Das Unglück war, daß er dieser Tage mit dem Küster davon gesprochen hatte, wie kümmerlich er es hatte. Denn er bekam ja für seine Arbeit so gut wie keinen

Lohn. Er war der Hilfsgeistliche eines armen Vikars, der selbst kaum genug zum Leben hatte. Er konnte nichts verlangen, wo nichts zu holen war.

Auch war er kein alleinstehender Mann. Er war verheiratet gewesen und hatte für drei kleine Kinder zwischen zwei und fünf Jahren zu sorgen. Er hatte es so schwer, daß er schon an das Konsistorium geschrieben hatte, man möchte ihm doch um Gottes Barmherzigkeit willen zu einer anderen Stelle verhelfen. Hier wohnte er ja in einer kleinen Hütte, die aus einem einzigen Raum bestand. Er hatte nicht die Mittel, sich Knecht oder Magd zu halten, und der Hunger war täglicher Gast bei ihm. Niemandem in der ganzen Gemeinde ging es so erbärmlich wie ihm. Er mußte von hier fort. Da hatte ihm der Küster gesagt, er könne doch etwas tun, das besser sei, als seiner Wege zu gehen. Der Prediger hatte zu wissen verlangt, was dies wäre, und darauf hatte der Küster zurückgefragt, ob er denn etwas dagegen habe, noch einmal zu heiraten.

Hier im Kirchspiel war eine reiche Bauerstochter. Die hatte noch keinem Freier ihr Jawort gegeben, sondern führte ihre große Wirtschaft selbst. Aber wer konnte wissen, was sie sagen würde, wenn nun der Prediger – sie war ja nicht mehr ganz so jung, aber ein stattliches Frauenzimmer. Der Prediger hatte sie wohl noch nicht gesehen, denn sie wohnte in einem entlegenen Winkel des großen Kirchspiels. Sie hatte mehrere Meilen zur Kirche und kam auch höchstens zweimal im Jahre hin. Zu seinen Zeiten war sie noch nicht da gewesen.

Der Küster hatte die Sache so gut darzustellen gewußt, daß der Prediger ihm die Erlaubnis gegeben hatte, nicht gerade zu freien, aber doch sich ein wenig zu erkundigen, ob sie, Gudrun Ivarsdotter, daran denken würde, ihn zu heiraten.

Er hatte ja begriffen, daß sie alt und häßlich sein

mußte, und vielleicht war sie auch noch obendrein böse, aber danach hatte er nicht gefragt. Er hatte nur daran gedacht, daß, wenn er sie bekäme, die kleinen Kinder nicht mehr über Hunger zu klagen brauchten. Nun, in der Kirche, gerade als er seine Strafpredigt beginnen wollte, war es ihm klar geworden, daß das die reiche Bauerstochter war, um die er geworben hatte, und die nun gekommen war, um ihm Bescheid zu geben.

Sie war in dieser Weise gekommen, um dem armen Geistlichen zu zeigen, daß sie viel zu gut für ihn war, und darin mußte er ihr recht geben. Wenn er doch nur dem Küster nicht aufs Wort geglaubt hätte! Hätte er nur gewußt, daß sie noch jung und schön war, so wäre er dieser neuen Demütigung entgangen! Er blieb lange in der Sakristei sitzen, um Gudrun Ivarsdotter und all den anderen Zeit zu lassen, sich wegzubegeben, bis er über den Kirchenhügel ging. Aber sie hatte sich offenbar nicht beeilt, denn als er die Sakristeitür öffnete, war sie noch da. Sie wollte sich eben in den Sattel schwingen und war auf einen Stein gestiegen, der zur Bequemlichkeit der Reitenden gerade vor das Kirchentor gelegt worden war. Ihr Knecht, der das Pferd hielt, konnte es nicht still halten, so daß es ihr ein ums andere Mal mißlang, auf den hohen Quersattel hinaufzukommen.

Da trat der Prediger rasch heran. Er faßte Gudrun mit seinen starken Armen, hob sie hoch in die Höhe und setzte sie dann derb in den Sattel.

Sie war wahrlich nicht auf den Mund gefallen, aber sie fand kein Wort der Erwiderung, sondern ritt schweigend fort.

Nach diesem Frühlingssonntag begann für den armen Hilfsgeistlichen wie für die ganze Gemeinde eine Zeit, die schlimmer war als alles, was sie je miterlebt hatten.

Der Frühling hatte schon im April so schön begonnen, daß es beinahe sommerlich warm gewesen war. Schnee und Eis verschwanden, der Boden grünte, die Bäume schlugen aus, und die Leute mußten sich sputen, so sehr sie nur konnten, um die Saat in die Erde zu bringen. Dafür, daß es April war, fiel merkwürdig wenig Regen, aber um so mehr würde wohl im Mai nachkommen. Regen bekam man immer noch genug, da brauchte einem nicht bange zu sein. Von dieser Ware gab es eher zu viel als zu wenig.

Aber der Mai wurde trocken und windig, nur hier und da gab es einen kurzen Schauer. Die Leute erwarteten, daß der Regen zu Pfingsten kommen würde, wenn schon nicht früher, aber der Pfingstsonntag brach blank und klar an wie alle anderen Tage, und in der Nacht zum Pfingstmontag wurde es so kalt, daß es fror. Der Frost griff ungleich an, wie gewöhnlich. Manche Felder wurden ganz zerstört, aber viele hielten sich noch, und das Gras auf Wiesen und Angern sah ganz gut aus. Es fehlte eben nur der Regen.

Der Johannistag pflegte ja ebenso große Macht zu haben, den Regen anzuziehen, wie Pfingsten, und am Johannisabend stiegen denn auch dunkle Wolken am Himmel auf. Es gab ein heftiges Gewitter, und etliche Hagelkörner kamen herabgeprasselt, das war alles.

Dann wölbte sich der Himmel ganze drei Monate lang klar und wolkenlos. Die Erde wurde so erhitzt wie ein Backofen. Nacht und Tag waren gleich schwül und drückend.

Das Gras wurde braun gebrannt und verkümmerte. Das Korn bekam Ähren, als die Halme noch keine Handbreit aus der Erde standen. Alles wurde frühzeitig reif, und die Ernte war leicht zu bergen. Aber dafür fanden sich auch große klaffende Lücken in Scheuern und Vorratshäusern.

Den Sommer über wurde die ganze Gegend von großen Waldbränden heimgesucht. Es war kaum möglich, ein Feld zu schwenden, ohne daß das Feuer auf den Wald übergriff. Es war noch gut, daß es auf den Äckern so wenig zu tun gab, denn man mußte beständig in den Wald eilen, um dort zu löschen.

Gegen Ende August wurden die Nächte lang und dunkel, die Sonne büßte ihre Kraft ein, jetzt mußte es den Wolken doch endlich möglich sein, sich zu sammeln. Das taten sie auch, sie ballten sich so dicht und schwer zusammen, daß der Regen gar nicht die Macht hatte, aus ihnen hervorzubrechen. Um diese Zeit begann das Wasser in Quellen und Bächen zu versiegen. Die Mühlen standen still, und die Getreide zu mahlen hatten, mußten ihre alten Handmühlen hervorsuchen. Im Walde verdorrte alles Futter, die Herden kehrten von selbst auf die Höfe zurück, als wollten sie die Bauersleute um Hilfe anflehen.

Jetzt waren die Menschen nicht mehr im Zweifel darüber, daß ihnen ein Notjahr bevorstand. Sie wanderten alle aus den Häusern in den Wald, um für ihr Vieh Moos, Flechten und Laub einzusammeln. Ihr eigenes Brot mischten sie bald mit Waldbeeren, bald mit feingehacktem Stroh, bald mit getrockneter, zerstoßener Rinde.

Im Oktober mußte schließlich doch Regen kommen. Es konnte der Ernte ja nicht mehr helfen, aber es wäre doch ein Gutes, wenn man Wasser für Mensch und Vieh bekäme und die Mühlen in Gang setzen könnte. Aber der Oktober wurde klar und wolkenlos, nahezu wie ein Sommermonat. In diesen Monat fiel der Jahrmarkt, und der pflegte immer schlechtes Wetter anzuziehen wie alle großen Feiertage. Der Markttag brach auch mit scharfem Nordwind und bitterer Kälte an, aber Regen brachte er keinen.

Jetzt waren es nicht nur die zahmen Tiere, die dem Dorfe zustrebten, jetzt kamen auch die Waldtiere zu den Menschenwohnungen geschlichen, um zu sehen, ob es nicht da etwas zu essen und zu trinken gäbe.

Die Menschen konnten sich auch nicht still verhalten. Sie begannen auf die Wanderschaft zu gehen, wie die Tiere. Ganze Familien griffen zum Bettelstab und zogen fort, um zu sehen, ob es anderswo Bauernhöfe gäbe, wo man genug hatte und noch austeilen konnte. Im November kam endlich ein wenig Niederschlag. Es war Schnee. Hartgefroren fiel er zu Boden, er reichte nicht zur Schlittenbahn, er reichte zu gar nichts, es war gerade nur so viel, daß man die ausgedörrte Erde nicht mehr sah.

Im Dezember, als sich das harte Jahr endlich seinem Ende zuneigte und alles schon so schlimm war, daß es nicht mehr schlimmer werden konnte, traf den armen Prediger doch erst seine schwerste Prüfung. Er wurde eines Tages kurz vor Weihnachten mehrere Meilen weit weg in die Waldgegend zu einer armen Fischerswitwe gerufen. Nach langer Wanderung kam er zu einer kleinen Hütte, die am Ufer eines langen Sees lag. In der ganzen Umgegend sah er nicht ein Wohnhaus, keine Felder, keine Ställe, nur Wald. Die elende Hütte lag ganz einsam und verlassen da, den öden See vor sich, den stummen Wald im Rücken.

Dort drinnen hatte er eine todkranke Frau gefunden und sechs Kinder, die bald elternlos sein mußten. Ihr Vater war im Sommer vorangegangen, und nun sollten sie auch ohne Mutter bleiben.

Das älteste der Kinder zählte zehn Jahre, das jüngste nicht mehr als drei. Keines von ihnen konnte sich schon nützlich machen oder etwas für seinen Unterhalt verdienen. Alle brauchten sie noch Hilfe, und man mußte ihnen Kleider und Nahrung geben, ihnen Wartung und Pflege angedeihen lassen, wenn sie nicht zugrunde gehen sollten.

Alle hatten sie die Mutter umstanden, als sie das heilige Abendmahl empfing, und sie hatte von ihnen zum Prediger geschaut und vom Prediger zu ihnen. Sie hatte die Augen nicht geschlossen, immer nur geschaut und geschaut. Aber sie hatte nicht mit Worten gebeten. Es gibt Wünsche, die zu groß sind, als daß man sie aussprechen könnte.

Der Geistliche hatte sie gefragt, ob sie denn keine Nachbarn habe. Doch, das hatte sie. Eine Meile weiter den Rottner-See hinauf lag ein großes Gehöft, das einer gewissen Gudrun Ivarsdotter gehörte. Die Fischersfrau hatte sich vor einigen Tagen zu ihr geschleppt und ihr von den Kindern gesprochen, aber sie hatte sich ihrer nicht annehmen wollen.

Dies setzte den Prediger keineswegs in Erstaunen. Es war ja nicht zu erwarten, daß solch eine trotzige, selbstzufriedene Jungfer wie Gudrun einer so großen Kinderschar zu Hilfe kommen würde. Es war wohl auch gar nicht wünschenswert.

Die Augen der kranken Frau hatten mit solcher Herzensangst auf dem Prediger geruht, daß er es schließlich nicht mehr in der Hütte aushalten konnte. Er mußte ins Freie gehen, um nicht etwas zu versprechen, das er ja doch beim besten Willen nicht halten konnte. Er ging von der Hütte zum Seeufer hinunter. Das Wasser stand so tief, daß der Seegrund bis weit hinaus sichtbar war, und er begann, dorthin zu wandern. Er ging da allein und hilflos durch das Ödland und fühlte sich zu Tode bedrückt von der neuen Bürde, die er sich auferlegen mußte. »Wenn es doch ein anderes Jahr gewesen wäre«, dachte er, »wie kann ich es auf mich nehmen, für noch sechs Schnäbel Essen zu schaffen, wo ich die drei nicht satt machen kann, für die ich schon zu sorgen habe?«

Er hatte geglaubt, daß er im Frühjahr arm gewesen war. Aber was war das gegen die Armut gewesen, die ihn heute bedrückte? Jetzt war ja auch bei anderen Menschen keine Hilfe zu finden.

Plötzlich bemerkte er einen Stein, der dicht am Wasser lag. Es waren Buchstaben eingehauen, und er ging näher heran, um zu lesen. Er konnte ein M und ein paar X unterscheiden und dachte sich, daß da wohl, in den Stein eingeritzt, eine Jahreszahl gestanden hatte. Irgend jemand hatte in längst vergangenen Zeiten bezeichnen wollen, wie tief das Wasser in diesem Jahre zurückgetreten war.

Der Prediger blieb vor dem Steine stehen und suchte die Jahreszahl zu entziffern. Es wollte ihm nicht glücken, aber es mußte wohl etwas darin liegen, das ihm gleichsam Erleichterung und Trost brachte. Das Wasser hatte ebenso tief gestanden wie heute, aber die Menschen waren doch nicht untergegangen. Sie hatten, was ihnen auferlegt war, getragen und weiter gelebt.

Rasch ergriff er einen scharfkantigen Kiesel und begann die Zahl des Notjahres, das er nun selbst durchlebt hatte, in den Stein zu klopfen.

Er setzte die Jahreszahl 1640 in den Stein, so gut er es ohne Stemmeisen und Hammer konnte. Aber als dies getan war, war es ihm nicht genug.

Jeden Tag hatte er in langen Gebeten zu Gott um Hilfe gefleht. Nun wollte er noch ein Gebet zu ihm emporsenden, aus der großen stummen Einsamkeit hier oben in der Wildnis.

Und er begann in den Stein zu graben, was sein Herz in dieser Unglückszeit stündlich rief: Gott, hilf uns. Es war eine Arbeit, die seine ganze Kraft erforderte. Aber sie tat ihm wohl. Während er das Gebet in den Stein ritzte, dünkte es ihn, daß der weite graue See und die schwarzen Tannen der Ufer und der niedrige schwere Winterhimmel zu einem großen Gotteshause wurden.

Es tat ihm gut, all die Angst, die er mit sich herumtrug, in den Stein pressen zu können. Er ritzte die Klageschreie all der Hungernden und Dürstenden ein. Er führte das Wort für die Tiere, die in der Hut der Menschen und in der Wildnis lebten, für die gewaltigen Tannen, die auf den Bergen verschmachteten, und für das kleinste Hälmchen auf dem Anger. Mit jedem Buchstaben, den er in den Stein einschrieb, wurde er mutiger. Er fühlte, wie ihm Kraft zuströmte. Er hatte keine Angst mehr, irgendeine Bürde auf sich zu nehmen, wie schwer sie auch immer sein mochte. Gott würde ihm sicherlich beistehen.

Ein paar Tage darauf war Weihnachtsabend.

An diesem Tage herrschte bei dem Hilfsgeistlichen keinerlei Not. Man hatte ihm vom Pfarrhof und auch von anderen Seiten Weihnachtsspeisen geschickt. Nach dem Mittagessen war er mit all den neun Kindern bei einem der Nachbarn in der Weihnachtsbadestube gewesen, und dann hatte er sich mit ihnen daheim in der Hütte im Weihnachtsstroh getummelt, bis sie so müde waren, daß sie sich auf dem raschelnden gelben Christusbettlein ausgestreckt hatten und eingeschlummert waren.

Der Prediger hätte auch Lust gehabt, sich ins Stroh zu legen und zu schlafen, aber er hatte an anderes zu denken. Es begann zu dunkeln, und er mußte die Gerstengrütze aufs Feuer setzen.

Von dem Augenblick an, in dem die Grütze kochte, wagte der Prediger den Kochlöffel nicht fortzulegen, sondern rührte und rührte die ganze Zeit. Hoch aufgeschossen, wie er war, mußte er beim Rühren so gebückt stehen, daß ihm der Rücken vor Müdigkeit schmerzte. Aber er ließ sich das nicht anfechten, sondern schien in vortrefflicher Weihnachtsstimmung zu sein.

Seine Lage war in keiner Weise erfreulicher geworden, er war ebenso elend daran wie zuvor, aber er hatte mehr Zuversicht. Es würde ihm schon in der einen oder anderen Weise Hilfe kommen, dessen war er gewiß.

Mit einem Mal runzelte der Prediger die dichten schwarzen Brauen. Er hörte, daß jemand auf die Türklinke drückte und herein wollte. Freilich war es in der ganzen Gemeinde bekannt, daß er seine eigene Haushälterin sein mußte, aber es war ihm doch nicht recht, Besuch zu bekommen, wenn er mit Weiberhantierung beschäftigt war.

Er griff nach den Kesselringen, als wollte er die Gerstengrütze vom Feuer wegstellen, aber er überlegte es sich wieder.

Es war wohl nur der Küster, der kam, um nachzusehen, wie es ihm und den Kindern am Weihnachtsabend erging, und vor ihm brauchte er ja keine Scheu zu haben.

Doch als die Tür aufging, sah er, daß es nicht der Küster war, sondern eine hochgewachsene Weibsperson, die da hereinkam. Er meinte auch sogleich zu wissen, wer sie war, obschon es unten bei der Türe so dunkel war, daß er ihr Gesicht nicht sehen konnte.

»Ja, das ist mir eine schöne Bescherung«, dachte er. »So etwas hat sie gewiß noch nicht erlebt. Jetzt hat sie etwas, worüber sie von Weihnachten bis zum Johannistag lachen kann!«

Die Fremde zog sachte die Türe hinter sich zu und kam zum Herd heran, die Hand zum Gruße ausgestreckt. Es war Gudrun Ivarsdotter, aber sie sah gar nicht mehr aus wie die störrische Bauerstochter, die in die Kirche geritten kam, um mit ihrem Freier Spott zu treiben. Sie war sehr bleich, und sie sah schwach und elend drein, so, als wäre sie eben erst von einer schweren Krankheit genesen. Wie es in ihrem Innern aussah, konnte der Prediger nicht wissen, aber sie schien nicht einmal zu merken, was für eine Arbeit er da unter den Händen hatte.

Der Geistliche sagte nichts, um sie willkommen zu heißen, er legte nur ganz geschwind den Kochlöffel weg und beeilte sich, ihr einen Schemel zum Sitzen hinzurücken. Es war eine so große Veränderung in ihr vorgegangen. Es war ihm eine solche Überraschung, sie so still und schwach vor sich zu sehen. Sie rührte ihn, und die Stimme wollte ihm durchaus nicht aus der Kehle hervor.

So mußte also Gudrun das Gespräch eröffnen. Und sie sprach wie jemand, der weder scheu noch unruhig ist, weil er eben erst einen großen Schrecken durchgemacht hat, der ihm alle andere Furcht genommen hat. Die ganze Zeit sah sie ins Feuer. Sie konnte die Augen nicht davon weg wenden.

Sie wollte den Prediger nach all den armen Fischerskindern fragen, sagte sie. Konnte es möglich sein, daß er sie alle miteinander zu sich genommen hatte?

Der Prediger hatte den Grützlöffel wieder ergriffen. Aber jetzt legte er ihn abermals fort und riß ein brennendes Scheit aus dem Herde und beleuchtete die Hütte, wo die Kinder im Weihnachtsstroh lagen und schliefen.

»Ich mein' schon, daß sie alle miteinander da sind«, sagte er.

»Aber wie ist das nur möglich?« wunderte sich Gudrun. Die Kranke war in der vorigen Woche bei ihr gewesen und hatte sie gefragt, ob sie sich der Kinder annehmen könne. Und sie hatte geglaubt, nein darauf sagen zu müssen. Es war doch ein so schlimmes Jahr, daß sie für ihre eigenen Leute nichts zu essen hatte. Aber immerhin konnte sie doch mehr aufbringen als er.

»So viel wie ihre Mutter gehabt hat, habe ich vielleicht auch noch«, sagte der Prediger. »Die Kinder da sind das Hungern gewöhnt.«

Sie sprach weiter, als hätte sie seinen Einwand nicht gehört. »Ich war nicht imstande, sie aus meinen Gedanken zu bringen. Gestern ritt ich nach dem Fischerhaus, um zu sehen, wie es ihnen erging, aber da waren sie schon fort. Ich traf nur ein paar Männer, die die Leiche holen wollten, und sie sagten, daß die Kinder hier beim Hilfsgeistlichen seien.«

»Ja, da sind sie gerade an den Rechten gekommen.«

Jetzt, zum ersten Male, wandte sie sich ihm zu und sah ihm gerade ins Gesicht. Er verstand wohl nicht, wie sie es meinte, dachte sie.

Er rührte rascher und rascher in dem Kessel herum: »Ach, ich schaffe es wohl mit Gottes Hilfe«, sagte er kurz. Dieselbe Verlegenheit, die früher über den Prediger gekommen, war wieder da. Er hätte über sie weinen mögen. Was war es wohl, das sie so verändert hatte, daß sie jetzt Mitleid fühlte, auch mit ihm? Er wußte nicht, was er sagen sollte, um seine Rührung nicht zu verraten. Gudrun kam ihm nicht zu Hilfe. Sie saß da, das Gesicht in die Hände gestützt, und blickte ins Feuer. Sie dachte wohl an das, was sie so verwandelt hatte.

»Das wird ein seltsamer Weihnachtsabend für deine Leute, Gudrun, wenn du fern bist«, sagte er schließlich.

»Ja, es war auch nicht die Absicht, daß es so kommen sollte. Ich machte mich ganz frühmorgens auf, und ich glaubte, ich würde um diese Zeit längst wieder daheim sein.«

»Bist du auf dem Wege aufgehalten worden?«

»Nur dadurch, daß es zu regnen anfing; aber der Boden war doch gefroren, und da wurde es so glatt, daß das Pferd nicht vorwärts wollte.«

Wieder bekam er großes Mitleid mit ihr. Er hätte mit dabei sein mögen, um ihr zu helfen, aber das wollte er nicht sagen.

»Das ist ein merkwürdiges Jahr, in dem es am Weihnachtsabend regnet«, sagte er statt dessen, denn er mußte ja seine Worte sorgsam wählen, damit die Stimme nicht ins Schwanken kam.

»Ja, das steht fest, ein schweres und wunderliches Jahr«, sagte sie, »nicht einmal solch eine kleine Fahrt konnte ich machen, ohne daß mir dabei etwas in die Quere kam. Ich bin erst bei Einbruch der Dunkelheit ins Dorf gekommen.«

»Vielleicht hast du das Pferd hier draußen stehen, Gudrun?« fragte der Geistliche hastig. Er wäre froh gewesen, wenn er Gelegenheit gefunden hätte, etwas für sie zu tun.

»Nein«, sagte sie, »ich habe es beim Propst eingestellt. Ich bin es gewöhnt, dort einzukehren. Ich habe ja zwei Jahre im Pfarrhof gelernt.«

»Ich glaube, das hat mir der Küster erzählt«, sagte der Prediger.

»Ich werde wohl über Nacht dort bleiben müssen«, sagte sie, und da sie keine Antwort darauf bekam, fuhr sie fort: »Ich habe den Kindern etwas mitgebracht. Ich bringe es morgen, das Gehen war heut abend so schwer.«

»Es wird jederzeit willkommen sein.«

Das war nüchterne Rede – der Prediger begann seiner Erregung Herr zu werden. Er mußte daran denken, wie wunderlich es doch war, daß Gudrun selbst gekommen war. Wenn sie ihm und den Kindern nur Weihnachtsspeisen schicken wollte, hätte es ja genügt, einen Knecht auszusenden.

Gudrun hatte dagesessen und mit einem Finger Figuren auf die Herdplatte gezeichnet. Jetzt schlug sie plötzlich die Augen zu ihm auf.

»Damals im Frühling, als ich in die Kirche kam und die Predigt störte, hab' ich mich nicht recht benommen«, sagte sie. – Nun fand der Geistliche Gelegenheit, ein Wort zu sagen, was ihm schon lange auf der Zunge gelegen war, und er fiel eifrig ein:

»Niemand hatte mir gesagt, wie du bist, Gudrun. Ich wußte nicht, wie falsch ich angeklopft hatte.«

»Ich habe mich doch auf jeden Fall falsch benommen«, beharrte sie. Jetzt wurde er abermals gerührt, weil es mit ihrem Stolz so ganz aus war. Er hätte ihr gerne gesagt, wie schön er es fand, daß sie ihr Unrecht eingestand, aber er konnte es nicht herausbringen.

Auch in ihrer Stimme waren Tränen, aber sie dachte nicht daran, sie zu verbergen, sondern fuhr fort, das auszusprechen, was sie zu sagen gekommen war. Sie wollte wissen, ob er sich noch entsinne, was er damals gesagt hatte, als er sie aufs Pferd setzte. Er hatte gewünscht, sie möge so weit fort ziehen, daß sie ihm nie mehr unter die Augen kommen konnte. Sie wollte jetzt wissen, ob er etwas Bestimmtes damit gemeint hatte.

»Nein«, sagte der Prediger, »ich sagte nur so, weil ich zornig war.«

»Ja, zuerst glaubte ich auch nicht, daß es etwas anderes zu bedeuten hätte.«

Nun wandte sie die Augen wieder von seinem Gesicht ab und begann auf der Herdplatte zu zeichnen.

»Es ist heuer soviel Unglück über mich gekommen«, sagte sie. »Ich bin seit diesem Tage wie verfolgt gewesen.«

»Du siehst aus, als wärst du krank gewesen.«

»Nein, Krankheit war es nicht, die mich heimgesucht hat, ich habe mich gegrämt.«

»Ihr habt wohl oben in der Waldgegend viel unter der Dürre zu leiden gehabt«, warf der Prediger hin.

»Es war die Dürre, und es war allerlei anderes Unglück«, erwiderte Gudrun. »Aber der große Waldbrand war das ärgste. Mir ist mein ganzer Wald verbrannt, und alles, was in dem Walde war, ist auch dahin.«

»Du bist doch wohl nicht obdachlos?« rief er aus.

»Nein, nein, der Hof steht, aber all mein Vieh ist umgekommen. Und das war das Schlimmste.«

»Ah«, sagte er nur, aber nun ließ er endlich den Kochlöffel sinken. Er begriff, daß sie nach all den toten Tieren starrte, wenn sie so ins Feuer sah. Das hatte sie gebrochen.

»Ich habe viele Leute unter mir«, sagte sie. »Es ist hart, nicht zu wissen, was man ihnen zu essen geben soll, wenn es keine Milch und keine Butter gibt –«

»Darum konntest du die Kinder nicht aufnehmen?«

»Ja – nein, nicht nur darum.«

»Ich wundere mich, daß ich nichts davon gehört habe«, sagte der Prediger nachdenklich, »aber es war wohl so, daß ich nicht auf die hören wollte, die von dir gesprochen haben. Ich hatte Angst vor dir.«

Er sah, wie Gudruns Gesicht von einem flüchtigen Lächeln erhellt wurde.

»Ich habe noch mehr Angst vor dir gehabt.«

»Angst?« sagte er und war noch verdutzter über dies als über alles andere, was er sie hatte sagen hören.

»Du hast Angst vor mir gehabt?«

»Ja, seit diesem Sonntage«, sagte sie und sah wieder ganz erschrocken aus, als sie davon sprach.

»Hast du geglaubt, daß ich dir all das Unglück schickte?« rief er heftig.

»Ja, ich glaubte, du wolltest mich aus der Gegend verjagen.«

»Aber du hättest doch daran denken müssen, daß ich ein Priester bin.«

»Ja, gerade deshalb. Priester haben ja mehr Macht als wir anderen.«

Der Prediger wußte nicht, ob er lachen oder weinen sollte. Er begann mit eifrigen Einwänden, aber sie unterbrach ihn.

»Daheim im Rottner-See ist ein Stein mit Hexenzeichen. Der liegt meistens auf dem Seegrund verborgen, aber in großen Unglückszeiten kommt er zum Vorschein. Meine Leute haben erzählt, du hättest ihn gesehen und noch größere Unglücksrunen eingezeichnet, als schon darin standen.«

»Ist dort oben an deinem See niemand, der lesen kann?« fragte der Prediger.

»Doch, ich kann's«, sagte Gudrun. »Ich habe den Stein gestern gesehen und die Inschrift gelesen.«

Sie stieß einen tiefen Seufzer aus wie bei der Erinnerung an eine schwere Bürde, die von ihr genommen war.

»Nun will ich auch sagen, warum ich mich der armen Fischerkinder nicht annehmen wollte. Ich dachte, all meinen Hausrat zusammenzupacken und zu meinen Verwandten zu ziehen, die drüben auf der anderen Seite des Gebirges in einem anderen Tal wohnen.«

»Aber jetzt willst du bleiben?«

»Ich fürchtete mich nicht mehr so sehr vor dir, als ich sah, was du geschrieben hattest.«

»So hat denn Gott schon geholfen«, sagte der Geistliche.

»Ich dachte, wer dies Gebet eingegraben und sechs arme Kinder zu sich genommen hat, der kann kein harter Mann sein«, sagte Gudrun sanft.

Er stand ein wenig abseits vom Feuer und sah sie an. »Du hast das mit den Kindern als Vorwand genommen, um herzukommen und mich um Barmherzigkeit zu bitten?« sagte er ein wenig zögernd, denn es war ja schwer für ihn, es in seinen Kopf zu bringen, daß sie Angst vor ihm gehabt hatte.

»Ja«, sagte sie. Es klang wie ein ängstlicher Seufzer.

»Du willst, daß ich dir verspreche, dich nicht mehr zu verfolgen, dir nicht mehr Unglück zu senden, so daß du es wagen kannst, daheim zu bleiben?«

Sie hielt die Hände vor die Augen und antwortete nichts, bewegte nur den Kopf ein wenig. Es konnte kein Zweifel sein, daß er sie recht verstanden hatte und daß es das war, was sie zu ihm geführt hatte.

»Was soll ich dir nur sagen, damit du mir glaubst und nie mehr Angst vor mir hast?«, sagte er mit einem starken Zittern in der Stimme.

»Ich habe dir schon gesagt, daß auch ich Furcht vor dir gehabt habe, ich vor dir, den ganzen Sommer«, fuhr er fort. »Ich wäre froh gewesen, wenn ich gehört hätte, du seist über die Berge in ein andres Tal gezogen. Denn wärst du so weit fortgewesen, dann wäre meine Sehnsucht nicht so arg geworden. Es ist schlimmer zu wissen, daß die, der man gut ist, ganz nahe ist, ohne trennende Berge. – Jetzt siehst du vielleicht ein, daß du vor mir keine Angst zu haben brauchst?« fügte er mit einem kleinen Lachen hinzu, das recht wehmütig und mutlos klang. Er wartete ungeduldig darauf, daß sie etwas sagte, aber sie saß ganz still da. Er wußte gar nicht, ob sie ihn hörte.

»Du warst heut abend so, daß ich dir dies sagen konnte«, fuhr er fort. »Ich glaube nicht, daß du dich über mich lustig machen wirst.«

Endlich hob sie den Kopf. In ihren Augenwinkeln schimmerten Tränen.

»Ich bin wohl von Sinn und Verstand«, sagte sie,

»aber denke nur, ich finde, es war schon wert, all das durchzumachen, was ich diesen Sommer erleiden mußte, nur um diese Worte von dir zu hören.«

Er wußte nicht, ob er es wagen sollte, zu glauben, daß er recht gehört hatte.

»Ich will, daß du bleibst, wo du jetzt bist«, rief er dann aus. »Daß du nie von mir gehst! Diesen Fluch will ich über dich verhängen.«

Er trat näher an sie heran, und sie wich nicht zurück. Aber als er gerade ihre eine Hand an sich gezogen hatte, hörte man ein starkes Zischen und Prasseln vom Herde. Es war die Gerstengrütze, die überkochte.

Der Prediger wandte sich, so rasch er konnte, dem Feuer zu, aber Gudrun kam ihm zuvor. Sie faßte die Kesselringe und hob den Kessel vom Feuer. Aber es war zu spät. Die Grütze brodelte aus dem Kessel und lief über die Herdplatte. Die brennenden Scheite zischten und prasselten, starker Rauch und furchtbarer Dampf erfüllte die Stube. Die Kinder sprangen erschrocken aus dem Stroh auf, und die Kleinsten begannen zu weinen.

Aber mitten drin fing Gudrun zu lachen an. Das Herz schlug ihr rasch und sorglos in der Brust, und sie fühlte, wie sie wieder die alte wurde.

»Ja, nun siehst du, wie es in diesem Haushalt zugeht«, sagte er.

»Du mußt freilich hexen können, du schwarzer Priester, um eine Frau in dein Haus zu kriegen.«

»Ich weiß schon, wer mir meine Frau geschickt hat«, sagte der Prediger. »Die Hexen nicht.«

Plötzlich wurde Gudrun wieder ernst.

»So ist es wohl *er*, zu dem du gebetet hast, als du deine Bitte in den Stein schriebst, der mich hierher gesandt hat«, sagte sie.

Es heißt, daß der Stein im Rottner-See sich in diesem Jahr der Not und des Schreckens, das wir nun durchleben, wieder gezeigt hat. Die Leute in Värmland glauben, daß er Unheil verkündet, und das mag wohl sein. Aber vielleicht auch soll uns die Kunde, die er von der Not und von dem Glauben früherer Zeiten bringt, Mut einflößen, Zuversicht zu zeigen, Barmherzigkeit zu üben.

Wie der Adjunkt die Pfarrerstochter freite

Denkt nur, als der Adjunkt zum ersten Male um die Pfarrerstochter freite, wollte sie ihn nicht nehmen.

Die Pfarrerstochter war jung, dazumal. Nachts rollte sie das Haar in Papilloten, und am Tage trug sie es in großen schweren Locken. Sie hatte lange weiße Perlen als Ohrgehänge, und sie war sehr schön.

Die Pfarrerstochter war sehr umworben, ja geradezu von Freiern umringt. Sie ging eben einher und überlegte bei sich selbst, ob sie einen jungen Baron heiraten sollte, der nun sein väterliches Erbe angetreten hatte, oder ob es klüger sei, mit einem Vetter vorliebzunehmen, der gerade in Malmö zum Ratsherrn gewählt werden sollte.

Beide waren schöne Männer, aber der Adjunkt war häßlich. Namentlich seine Hände konnte die Pfarrerstochter nicht ansehen. In seiner Kindheit war er als Bettler auf der Landstraße umhergestrichen, und da waren sie so erfroren, daß sie immer rot und verschwollen aussahen.

Der Adjunkt sah auf seine alten Tage besser aus; da hatte er graues Haar. Als er jung war, schaute er gar zu wild und sonderbar drein, mit diesem Wald von schwarzen Haaren. Er hätte es wohl auch nie zum Propst und Dompropst gebracht, wenn er nicht recht früh graue Haare und Augenbrauen bekommen hätte. Vorher sah er wie ein Räuber aus, und das konnte ja nicht für einen Geistlichen passen.

Die Pfarrerstochter pflegte zu erzählen, daß, als der

Adjunkt in den Pfarrhof kam, um ihrem Vater bei seinen Predigten und bei der Führung der Kirchenbücher behilflich zu sein, und da einzog, die Schuhe an einem Stock über die Schulter gehängt, nicht viel gefehlt habe, und ihre Mutter hätte ihn für einen Zigeuner gehalten und ihn fortgewiesen. Die alte Pfarrerin konnte es nie lassen, um ihr Silber zu zittern, wenn der Adjunkt in das Eßzimmer kam, und der alte Pfarrer predigte Sonntag für Sonntag selbst, weil er sich nicht überwinden konnte, diesen wilden Räuber auf die Kanzel hinaufzulassen.

Als der Adjunkt im Pfarrhof aufgenommen wurde, verliebte er sich in die Pfarrerstochter. Das geschah schon beim ersten Mittagessen. Und dies war sicherlich nicht zu verwundern, denn die Pfarrerstochter hatte weiches, glänzendes, braunes Haar, sanfte graue Augen und eine klare rosige Haut. Außerdem war die Form des Gesichts ungemein schön, die Wangen rundeten sich weich und fein zum Halse hinab. Und in jeder Wange war ein kleines Grübchen, das sich noch heute zeigt, wenn sie lächelt.

Es erregte einen förmlichen Schrecken bei der Pfarrerstochter, als sie merkte, daß der Adjunkt ihr gut war. Sie wagte kaum allein in den Garten oder über die Landstraße zu gehen. Wer solche Augen hatte wie der Adjunkt, der konnte wohl auch auf die Idee kommen, ihr aufzulauern und sie zu entführen.

Der alte Pfarrer schrieb in aller Heimlichkeit an den Bischof und das Konsistorium und bat um einen andern Adjunkten. Der, den er jetzt hätte, wäre ein wahrer Wilder, und er könnte ihn nicht brauchen. Er würde wie ein Bauer bei Tische sitzen und die Ellenbogen auf das Tuch stützen. Er würde auf den Fußboden spucken und trüge grobe Schmierlederstiefel, die Spuren auf den Teppichen hinterließen.

Ganze vier Wochen ging der Adjunkt im Pfarrhof herum, ohne etwas zu tun zu haben. Der Pfarrer wollte ihn weder an die Kirchenbücher noch auf die Kanzel lassen. Der Adjunkt ging stumm umher und wartete, aber äußerte weder Erstaunen noch eine Klage. Er war vollauf damit beschäftigt, der Pfarrerstochter auf allen ihren Wegen und Stegen zu folgen. Sie pflegte in einem kleinen Giebelzimmerchen zu sitzen und zu weben. Der Adjunkt fand heraus, daß, wenn er über einen Heuboden kletterte und dann über einen Schuppen kroch, dessen Dach aus losen Klötzen bestand, er zu einer Luke kam, die einen Blick auf das Fenster der Webkammer ermöglichte. Und in dieser Luke saß der Adjunkt Stunde um Stunde zusammengekauert und sah die Pfarrerstochter bloßarmig und rotwangig am Webstuhl arbeiten. Es dauerte auch nicht lange, so entdeckte er, wo sie ihr Lieblingsplätzchen im Garten hatte. Der ganze Garten war natürlich von hohen Hecken umgeben, wie es in Schonen der Brauch ist, und man war da ebenso eingeschlossen wie in einer Stube. Aber es gab ein kleines Gatter, das auf die Felder hinausführte, und da pflegte die Pfarrerstochter stundenlang zu stehen und über die wogenden Felder zu blicken. Und während sie da stand, lag der Adjunkt ganz in der Nähe, in dem dichten Roggen verborgen, und verschlang sie mit den Augen.

Als jedoch einige Wochen vergangen waren, bekam der alte Pfarrer vom Bischof den Bescheid, daß er es so haben könnte, wie er es sich wünschte.

Der Pfarrer war darüber so erfreut, daß er keinen Augenblick zögern wollte, den Adjunkten zu verabschieden. Er steckte den Brief des Bischofs in die Tasche und begab sich hinunter in das Zimmer des Adjunkten.

Als der Pfarrer hereinkam, saß der junge Geistliche da und schrieb.

Er verfaßte eine Predigt, aber er geriet in solche Verlegenheit, als hätte er einen Liebesbrief geschrieben. Als der Pfarrer ihn fragte, was er denn da in die Schublade schiebe, konnte er kaum sagen, womit er sich beschäftigt hatte.

Der Alte wußte, daß er den Adjunkten jetzt los wurde, und darum war er milder gegen ihn gestimmt als früher. Und zum ersten Male begann er sich zu fragen, woher es wohl komme, daß der Adjunkt so war, und warum ein solcher wie er Priester geworden sei. Er begann ihn auszufragen.

Da erzählte der Adjunkt alles. Er hatte immer solche Lust gehabt zu predigen. Er hatte den Bäumen am Straßenrand gepredigt, als er mit seiner Mutter herumzog und bettelte. Er wußte nicht, wann er angefangen hatte, aber er hatte immer Geistlicher werden wollen, nur um predigen zu können.

Der Alte wunderte sich, daß er trotz seiner Armut in die Schule gehen konnte, und der Adjunkt fuhr fort zu erzählen. Er schien die ganze Schulzeit hindurch gefroren und gehungert zu haben. Aber in allen Bedrängnissen hatte er sich damit getröstet, an den Augenblick zu denken, in dem er seine Stimme erheben und in Gottes Haus reden durfte.

Ein ums andere Mal steckte der Propst die Hand in die Tasche, um den Brief des Bischofs herauszuziehen, aber er hatte jetzt nicht den Mut, nicht das Herz, es zu tun. Vielmehr bat er den Adjunkten, ihn die Predigt lesen zu lassen, an der er eben arbeitete. Er las sie und schüttelte den Kopf und ging seiner Wege, ohne ein Wort zu sagen. Aber am nächsten Sonntag predigte der Adjunkt, und er machte seine Sache gar nicht so übel.

Der alte Propst ging nun daran, den Adjunkten zu erziehen. Er lehrte ihn predigen und die Kirchenbücher führen, aber er versicherte oft und oft, er habe nie eine größere Selbstverleugnung geübt als an dem Tage, an dem er darauf verzichtete, ihn zu verabschieden.

Es ist einleuchtend: Wenn es einem klugen alten Manne so schwerfiel, sich mit dem jungen Geistlichen zu befreunden, mußte es doch noch viel schwerer für das Pfarrerstöchterlein sein, das so gefeiert und verwöhnt war und nicht mehr als zwanzig Jahre zählte. Es war ein schöner Sonntagnachmittag mitten im Sommer. Der Pfarrhof war voller Gäste, und sie befanden sich alle auf einer Spazierfahrt durch den großen Schloßwald. Die einzige, die daheim geblieben war, war die Pfarrerstochter. Sie sollte wohl auf das Haus achtgeben, denn auch die Dienstleute hatten Erlaubnis bekommen, auszugehen, so daß kein Knecht und keine Magd daheim weilte.

Der einzige, der nicht fort war, war der Adjunkt, aber die Pfarrerstochter wußte, daß er sich in die Annexgemeinde begeben sollte, um zu predigen. Sie hätte es vermutlich nicht gewagt, allein daheim zu bleiben, wenn sie nicht gewußt hätte, daß er fortgehen mußte.

Aber bevor der Adjunkt in die Kirche ging, wollte er sich mit einem Schluck Dünnbier aus dem Silberbecher erquicken, der immer auf dem Anrichtetisch im Speisesaal stand. Und als er in das Zimmer kam und die Pfarrerstochter da allein fand, da hielt er um sie an.

Sie antwortete ohne Bedenken nein, und er ging seiner Wege, ohne sie zu bitten oder zu drängen. Und die Pfarrerstochter war froh, daß dies Furchtbare jetzt überstanden war.

Sie ging in den Salon und drehte sich dort vor dem Spiegel. Als sie sah, wie fein und leicht und hell sie war, lachte sie über den schwarzen Adjunkten, der geglaubt hatte, er könnte sie bekommen.

Im selben Augenblick zuckte sie ganz erschrocken

zusammen. Was hörte sie denn da? Sie lauschte atemlos und angestrengt. Ja, da war bestimmt jemand, der im Nebenzimmer stand und weinte.

Sie vermutete, daß einer von den Gästen nach Hause gekommen war, und ging in den Eßsaal, um nachzusehen, wer es sein mochte. Dort drinnen hörte sie das Weinen sehr deutlich, aber sie sah keine lebende Seele im Zimmer. Der Eßsaal war groß, aber es gab da keine Stelle, wo jemand sich verbergen konnte. Nichtsdestoweniger guckte die Pfarrerstochter unter den Tisch und hinter die Rohrstühle. Sie sah in der Kaminecke nach, im Schrank und hinter den Türen. Es war kein Mensch im Zimmer. Aber während sie so suchte, hörte sie deutlich, wie jemand weinte. Und das Weinen kam von einer Stelle in der Nähe des Fensters, ungefähr da, wo der Adjunkt gestanden war, als er um sie gefreit hatte.

Die Pfarrerstochter versuchte sich selbst zu sagen, daß dies nur Einbildung sein konnte. Sie biß die Zähne zusammen und näherte sich mutig der Stelle, von der das Weinen ausging, und dachte, jetzt würde es wohl aufhören, aber es war keine Einbildung: Das Seufzen und Schluchzen war auch weiter zu hören. Jemand weinte hoffnungslos und verzweifelt, nur zwei Schritte von ihr entfernt. Es war ein solches Schluchzen, wie wenn ein Mensch sich niederwirft und die Hände vors Gesicht schlägt und sich zu Tode weinen will.

Schließlich hatte sie solche Angst, daß sie sich auf einen Stuhl setzen mußte, um nicht ohnmächtig umzusinken. Und da saß sie eine volle Viertelstunde ganz still und lauschte, wie der Unsichtbare weinte. Sie konnte kein Glied rühren, sie konnte nicht fliehen, sie konnte nicht rufen. Sie saß leichenblaß da, mit verschlungenen Händen, und bei jedem neuen Schluchzen zuckte sie vor Schrecken zusammen.

Ein einziges Mal während dieser ganzen Zeit regte sie sich. Es fiel ihr ein, daß das Weinen von jemandem vor dem Fenster kommen könnte. Sie zwang sich, aufzustehen, das Fenster zu öffnen und hinauszuschauen, aber der ganze Hof lag verödet da, und sie setzte sich wieder.

Es schien ihr, daß der Weinende von härterem Leid gequält sein müsse, als sie sich je hatte vorstellen können. Das war eine Seele, die sich in solcher Angst befand, daß Tod und Vernichtung Balsam für sie gewesen wären. Nichts auf der Welt konnte jemanden trösten, der so weinte.

Zum ersten Mal in ihrem Leben begriff sie, was Leiden heißt. Sie hätte mitweinen können, wäre sie nicht vor Schrecken gelähmt gewesen.

Es klang so jammervoll und gequält, als käme es von einer Seele, die aus dem Himmel verwiesen wurde. Dies dauerte, wie gesagt, eine Viertelstunde, bis die Glocke der Annexgemeinde zu läuten begann. Nun hatte der Küster den Adjunkten über den Feldweg herankommen sehen, und da hatte er zu läuten angefangen. Und es fiel ihr ein, daß sie sich gefreut hätte, wenn er gerade jetzt daheim gewesen wäre. Sie wäre glücklich gewesen, wenn sie jemand gehabt hätte, den sie zu sich rufen konnte.

Aber ungefähr zur gleichen Zeit, zu der das Läuten begann, hörte das Weinen auf. Doch – nun begann die Pfarrerstochter zu weinen. Sie war so aufgewühlt, daß sie weinte, bis die Hausgenossen von dem Ausflug zurückkehrten.

»Möchte niemand je um meinetwillen so weinen müssen!« dachte sie. »Möchte ich nie solchen Schmerz verursachen!«

Als sie Wagenräder rollen hörte, lief sie den Heimkehrenden entgegen und wollte natürlich gleich erzählen, was geschehen war. Aber da schlossen sich ihre

Lippen, und sie konnte nichts sagen. »Das war für dich«, sagte etwas in ihr, »du und kein anderer solltest es hören.«

Den ganzen Nachmittag hatte sie das Gefühl, daß sie sich in einer anderen Welt befand. Alles, was man tat, alles, wovon man sprach, schien ihr so seltsam fremd.

Aber plötzlich zuckte sie zusammen und war ganz hellwach. Sie stand gerade in der Küche und hörte die Mägde davon sprechen, daß der Adjunkt an diesem Nachmittag so seltsam gepredigt hatte. Jeder Mensch in der Kirche hätte weinen müssen.

Worüber hatte er gesprochen?

Er hatte von dem Jammer der sündigen Seelen gesprochen, die vom Paradiese ausgeschlossen sind.

Da erschrak die Pfarrerstochter. Sie glaubte, daß eine große Sünde auf ihr lastete, die sie sühnen mußte.

Nach dem Abendbrot, als der Adjunkt gute Nacht gesagt hatte, folgte ihm die Pfarrerstochter in den Vorraum.

»Herr Pastor, um Gottes willen, sagen Sie mir die Wahrheit!« sagte sie. »Haben Sie heute nachmittag geweint, als Sie zur Kirche gingen?«

»Das habe ich«, sagte er, »ich konnte es nicht lassen.«

Da wußte die Pfarrerstochter, daß er es war, den sie gehört hatte. Es war ein wunderliches Gefühl in ihrem Herzen, als sie begriff, daß seine Liebe zu ihr so groß war und daß er ein so tiefes Leid über ihre Weigerung empfunden hatte.

Sie fand es unbeschreiblich schön, so sehr geliebt zu werden, und sie dachte nicht mehr an ihre anderen Freier, und es kam ihr auch gar nicht mehr in den Sinn, wie häßlich und arm der Adjunkt war.

»Ich will nicht, Herr Pastor, daß Sie so unglücklich sind«, sagte sie. »Ich will versuchen, Ihnen gut zu sein.«

Die Geisterhand

Gerade als es ein Uhr schlug, kam jemand und klingelte an der Glocke des Doktors. Das erste Läuten hatte keinen Erfolg, aber als das zweite und dritte Läuten verrieten, daß es unerschütterlicher Ernst war, kam Doktors Karin durch die Küchentür, um zu sehen, was es gebe. Und als Karin eine Weile unterhandelt hatte, mußte sie sich darein finden, den Doktor zu wecken. Sie klopfte an die Schlafzimmertür.

»Es ist jemand da von der Braut vom Herrn Doktor. Der Herr Doktor muß hin.«

»Ist sie krank?« ertönte es von drinnen.

»Sie wissen nicht, was ihr fehlt. Sie glauben, daß sie etwas ›gesehen‹ hat.«

»Ja, ich lasse grüßen und komme.«

Der Doktor fragte nicht weiter. Er liebte es nicht, das Mägdegeschwätz über seine Braut zu hören.

Wenn es noch in einem finstern Gäßchen läge oder ein wenig außerhalb der Stadt in irgendeinem verwilderten Garten, wo unheimliche alte Bäume die Fensterscheiben peitschten, in solch einer stürmischen Winternacht! Aber mit der Kirche und der Sparkasse und der Kaserne und der Zuckerfabrik ganz in der Nähe! Sollte man nicht glauben, daß die Zuckerfabrik mit allem ihrem Rasseln und Kochen und den großen glühenden Dampfkesseln es dem Gespenst unbehaglich machen müßte. Aber nein – durchaus nicht.

Auf seine Weise konnte das Gespenst Bewunderung verdienen. Es hatte Energie, unglaubliche Energie und die Fähigkeit, sich im Bewußtsein der Leute zu erhalten. Man gab wohl zu, daß es sich jetzt etwa zwanzig Jahre nicht hatte sehen lassen, seit die Fräulein Burmann in die Geisterzimmer gezogen waren. Aber hatte jemand es vergessen! Das zeigte sich ja jetzt: Bloß weil Ellen ganz plötzlich krank geworden war, mußte es gleich heißen, sie hätte etwas »gesehen«.

Daß sie sich vor etwas erschreckt hätte, ja, das war wohl nicht unmöglich. Sie war prädestiniert, Gespenster zu sehen, weil sie ihr ganzes Leben mit den zwei nervösen, alten Tanten verbracht hatte. Und daß es ein Gespenst im Hause gab, hatte sie wohl immer gehört und geglaubt. Von Kindheit auf war ihre Phantasie durch das alles aufgereizt.

Als er das erste Mal auf Krankenbesuch bei den Tanten gewesen war, hatte sie ihm gleichsam triumphierend gesagt: »Hier ist das Geisterzimmer«, in einem Ton, als zeige sie eine Familienkostbarkeit.

»Sehen Sie, Herr Doktor, es geht nicht an, in diesem Zimmer Karten zu spielen.«

»Ach, warum nicht?«

»Ja, wenn einer der Spielenden den geringsten Fehler macht, den allerunbedeutendsten Kniff, da kommt eine Hand und legt sich neben ihm auf den Spieltisch.«

»Was für eine Hand?«

»Eine alte, häßliche Hand mit schweren Diamantringen auf den krummen Fingern und mit echten Spitzen ums Handgelenk.«

»Nun, und dann?«

»Ja, man sieht nichts als die Hand.«

»Aber woher kommt das?«

»Das weiß niemand, sie hat sich immer hier gezeigt.«

Sie hatte das sehr keck erzählt; aber wer konnte wissen, wer konnte wissen? Sie glaubte wohl an den Spuk.

»So kommt sie, sehen Sie, Herr Doktor, kommt die Tischkante heraufgeschlichen, dicht neben dem, der spielt. Hu, und dann weist sie mit einem großen, gekrümmten Finger auf eine der Karten! Sie hat Nägel wie Klauen.«

Nein wirklich, daran glauben konnte sie doch wohl nicht. Sie hatte ja gerade das Gespensterzimmer zu ihrem Zimmer erwählt ...

Der Doktor jagte an der großen Zuckerfabrik vorüber, wo die Arbeit die ganze Nacht fortging, und gelangte über die hohe Steintreppe in das Haus.

Gott erbarme sich, auch er war nahe daran, zu erschrecken. Im Stiegenhaus stand eine lange Gestalt, ganz in einen schwarzen Schal eingerollt. Tante Malin war selbst heruntergekommen, um ihm die Stiege hinaufzuleuchten.

»Wie geht es Ellen?« fragte der Doktor.

»Wie gut von dir, daß du so rasch gekommen bist«, sagte Tante Malin. »Ich weiß nicht, was sie hat. Du mußt kommen und selbst sehen.«

Sie sprang beinahe die Stiegen hinauf, so alt sie war. Der Doktor bekam erst jetzt den lebendigen Eindruck, daß wirklich Gefahr im Verzuge wäre.

Ärgerlich, wenn nun etwas dazwischenkommen sollte, mit dem kleinen Mädchen dort oben, das er sich zur Frau gewählt hatte! Er hatte in seinem ganzen Leben keine gesehen, die ihm besser gepaßt hätte. Recht schön, und keine andern Verwandten als die zwei alten Tanten, und natürlich streng erzogen, ans Heim gewöhnt, tüchtig im Häuslichen, friedfertig.

Als sie ins Vorzimmer kamen, wendete sich Tante Malin wieder an ihn.

»Wir erwachten mitten in der Nacht davon, daß sie so furchtbar schrie, und wir haben sie seitdem nicht beruhigen können. Wir wußten uns keinen andern Rat, als dich holen zu lassen.«

Sie öffnete die Tür zu Ellens Zimmer, steckte den Kopf hinein und sagte, daß er gekommen sei. Gleich darauf wurde er eingelassen.

Drinnen war es so hell, daß er im ersten Augenblick kaum etwas sehen konnte. Sie hatten wohl alles hereingebracht, was es in der Wohnung an Lampen und Leuchten gab. In dieser Beleuchtung wurde es einem klar, daß dies einst, in den Glanzzeiten des Hauses, der Festsaal gewesen war.

Also hier hatten sie an den Spieltischen gesessen, und gerade da hatte die Gespensterhand sich gezeigt. Das mußte einen Schrecken und einen Aufstand gegeben haben! Man brauchte nur seine Braut anzuschauen, um zu wissen, wie sie ausgesehen haben mochten.

Sie saß mitten im Zimmer in einem großen Lehnstuhl, sie hielt sich ganz aufrecht, sah sich mit wunderlich warnenden Blicken um, war bleich, von einer richtigen Totenfarbe, ihre Zähne schlugen aufeinander, und sie bebte.

Der Lehnstuhl war mitten ins Zimmer gerückt. Es war einer mit freien Füßen. Kein Möbel stand in der Nähe, nichts konnte darunter verborgen liegen und plötzlich hervorkriechen.

Sie achtete nicht auf die, die hereinkamen. Sie hielt jetzt die Augen fest, ganz fest auf den Schatten des Schrankes geheftet, der sich gegen die Ecke des Kachelofens streckte. Sie hatte den Schatten wohl im Verdacht, daß er ihr irgendeinen häßlichen Streich spielen wolle. Sie zog die Röcke an sich, wie um bereit zu sein, zu fliehen, wenn der Schatten sich verdichtete und sich als etwas entpuppte, vielleicht als eine große Hand mit Fingern und Klauen. Der Doktor rückte also in aller Eile eine

Lampe hinüber, so daß ihr Licht in die Ecke fiel. Sie sank wieder in den Stuhl.

Nun kam Tante Berta und stattete denselben Rapport ab wie Tante Malin.

»Wir erwachten davon, daß sie schrie, als wäre sie wahnsinnig geworden, und so ist sie dann die ganze Zeit gewesen. Sie will nur Licht haben, immer mehr Licht. Was, glaubst du, kann das sein?«

»Ein Schrecken, nichts als ein Schrecken«, flüsterte der Doktor.

So, nun waren ihre Blicke bemüht, sich hinter eine Gardine einzubohren. Er ging einmal ums Zimmer. Es konnte ja möglich sein, daß er entdeckte, was sie erschreckt hatte. Auf dem Schreibtisch lag ein tintenbekleckstes Briefpapier. Sie hatte etwas zu schreiben begonnen, aber die Feder war ihr aus der Hand gefallen und übers Papier gerollt. Ein Billett, das er ihr spätabends geschickt hatte, um zu fragen, ob sie und die Tanten am nächsten Tag einen Ausflug mit ihm machen wollten, lag dicht daneben.

Es war offenbar, daß sie sich an den Schreibtisch gesetzt hatte, um ihm zu antworten. Sie hatte eben »Mein gel ...« geschrieben. Dann war sie erschrocken und hatte die Feder fallen lassen.

Der Doktor fühlte, wie die Blicke der Tanten ihm folgten. Sie wunderten sich wohl, daß er kein Wort zu Ellen sagte. Das erste, was er tun mußte, war, alle aus dem Zimmer zu bringen, sowohl Tante Malin als auch Tante Berta und das Hausmädchen, damit sie den Schrecken nicht in ihr wach erhielten.

»Ich glaube, sie wird mir schon alles erzählen, wenn ich allein mit ihr sprechen kann«, sagte er und hatte rasch das Zimmer ausgeräumt.

Er zog einen Sessel heran und setzte sich neben sie.

Wunderbar, wie viele Gesichter ein Mensch haben kann! Er hätte Ellen kaum wiedererkannt. Ruhe, friedvolle Ruhe war das Hauptmerkmal ihres Aussehens. Er war davon bezaubert worden, daß er sie immer gleich ruhig fand: eine förmliche Meisterin in der Kunst, die Tanten zu behandeln. Sie sah kaum von der Stickerei auf, wie sehr sie auch zankten. Und dann hatte er einmal gleichsam eine Offenbarung gehabt. Einmal, als er heimkam, vermeinte er eines Abends eine zarte, geneigte Gestalt im Lampenscheine am Arbeitstisch sitzen zu sehen. Er hatte ein deutliches Bild des feinen Nackens und der kleinen Hände empfangen. Das ganze Zimmer war durch sie geschmückt. Darauf hatte er um sie angehalten.

Und jetzt! Nur bleiches Entsetzen und aufgescheuchte Wildheit. Gerade, was er nicht wollte. Eine hysterische Frau! Ah, Gott behüte, Gott behüte!

»Sag, Ellen, was hast du?«

Sie antwortete nicht.

»Mir mußt du es sagen, verstehst du?« sagte er ein bißchen streng.

Sie heftete die Augen auf ihn, es war, als blitze ein Schimmer von Hoffnung in ihnen auf.

»Du wirst ruhig werden, wenn du es sagst.«

Es war schade um ihre schönen, hellen Augen. Sie hatten auf dem, mit dem sie gesprochen hatte, immer mit einem Schimmer geruht, so still wie der der Sonne. Sie waren vielleicht glänzender jetzt. Aber das war ein Glanz, nach dem er eigentlich gar nicht fragte.

Sie kämpfte heftig mit sich selbst. Sie konnte den Unterkiefer nicht still halten. Sie stopfte ein Taschentuch zwischen die Zähne, damit man nicht hörte, wie sie aufeinanderschlugen.

Endlich hörte er sie ein paar Worte sagen. Sie saß da und schlug mit der einen Hand auf die andre und dachte laut. »Ich muß es ihm sagen. Ich muß, ich muß. Sie kommt sonst wieder. Ja, sie kommt wieder.«

Dann begann sie zu sprechen, und er wurde wunderlich herabgestimmt dabei. Es glich am ehesten der Stimmung, die über einen kommt, wenn man im Frack in einem feierlichen Aufzug geht, und es kommt ein Platzregen. Man fühlt, wie man seine ganze Größe und Würde einbüßt.

Sie gestand mit einem Male, daß sie ihn nicht liebhätte. Sie hätte ihn gern heiraten wollen, aber bloß, um von daheim wegzukommen.

Hätte es sich nicht um ihn selbst gehandelt, er hätte darüber lachen können, wie dieses Kind sich nach einem Mann gesehnt hatte. Nach dem ersten besten. Sie war so fest entschlossen, fortzukommen. Es war der Tanten wegen. Zwar waren die ja sehr gut gegen sie gewesen und wußten selbst nicht, wie sie sie quälten.

Sie sah ihn mit verzweifelten Augen an und bettelte gleichsam, er möchte sie doch verstehen und für sie fühlen. Er wußte ja, wie die Tanten waren, er hatte sie ja viele Jahre hindurch behandelt. Sie waren so eigen, so eigen, so voll fixer Ideen und Beängstigungen. Tante Malin erwartete immer eine Feuersbrunst, Tante Berta glaubte immer, daß sie auf der Straße überfahren werden würde. Er wußte, wie sie waren. Und, wenn sie, Ellen, weiter bei ihnen bliebe, würde sie ebenso wunderlich werden.

Aber sie wollte ein ordentlicher Mensch werden. Und sie hatte die Tanten gebeten, fortgehen und arbeiten zu dürfen. Das hatten die natürlich nicht erlauben wollen. Da könnte er doch begreifen, daß ihr nichts andres übriggeblieben wäre, als zu heiraten.

Der Doktor konnte es nicht lassen, sie zu fragen, ob sie bei einer Verheiratung mit jemand, aus dem sie sich nichts machte, nicht gefürchtet hätte, ein noch ärgeres Leben führen zu müssen als hier bei den Tanten.

Ach nein, ärger könnte es wohl nie sein. Ein Mann wäre wenigstens manchmal fort. Die Tanten wären den ganzen Tag zu Hause.

Nun, da sie schon so offenherzig wäre – ob es ihr nie in den Sinn gekommen wäre, ihn liebzuhaben? Sie schüttelte den Kopf; das war etwas, was ganz außerhalb des Denkbaren lag. Und warum? Ob er zu häßlich wäre? Nein; sie schlug beteuernd die Augen auf. Ob er langweilig wäre? Sie machte eine abwehrende Handbewegung. Was für ein Fehler also an ihm wäre? Er sei zu kalt. Ja so, er war zu kalt.

Der Doktor machte ein paar Schritte durchs Zimmer. Das war doch unglaublich, daß ein solches Kind da herumgegangen war und etwas Derartiges zusammengebraut hatte. Hatte sich von ihm küssen lassen, ohne eine Spur von Neigung für ihn zu empfinden. Und sie hatte ihre Rolle gar nicht schlecht gespielt. Er war der Betrogene gewesen. Und daß er so unsympathisch sein sollte, daß ein junges Mädchen gar nicht daran denken könnte, ihm gut zu sein ...!

Aber natürlich hatte sie bei den beiden Alten ein elendes Leben geführt. Er konnte schon begreifen, daß ihr viel daran gelegen hatte, sich zu verheiraten. Das war ihr wohl wie eine Erlösung fürs ganze Leben gewesen. Sie legte ihr Bekenntnis ab, ohne irgendein Erbarmen zu zeigen. Es fiel ihr gar nicht ein, daß sie ihn verletzte. Sie mußte wohl glauben, daß er gepanzert sei, ganz eisenhart.

Ihre Stimme erhob sich plötzlich zu einem Schrei. »Du weißt ja«, sagte sie, »daß alle, die falsch spielen, in diesem Zimmer hier die Hand sehen. Ich habe sie gesehen. Ich saß dort, dort.« Und sie wendete sich heftig zum Schreibtisch. »Dort hab ich sie gesehen. Glaubst du nicht, daß ich sie gesehen habe?« fuhr sie fort und bohrte ihre Augen in ihn, als wolle sie die Wahrheit hervorzwingen.

»Laß mich hören, wie es war«, sagte er beruhigend.

»Ja, du weißt doch, daß du mir am Abend geschrieben hattest, und ich wollte die Antwort schreiben, bevor ich mich niederlegte. Aber als ich mich an den Schreibtisch setzte, wurde ich unruhig und saß lange da und dachte, denn ich wußte nicht, wie ich die Überschrift schreiben sollte. Ich mußte ja ›geliebter‹ schreiben, aber das kam mir nicht recht vor. Es war das erste Mal, daß ich an dich schrieb. Ich fand, daß es schrecklich war, etwas zu schreiben, was nicht wahr war – aber schließlich schien es mir, daß ich nicht weniger schreiben könnte.«

»Ist ein so großer Unterschied zwischen dem, was man schreibt, und dem, was man sagt?«

»Du hattest mich nicht gefragt, ob ich dich liebte, nur ob ich deine Frau werden wollte –«

»Ah so!«

»Aber da, in demselben Augenblick, in demselben Augenblick, als ich begonnen hatte, das Wort zu schreiben, war die Hand da. Sie kam über die Tischkante heraufgeglitten, und ich glaube, ich saß da und starrte sie ein paar Sekunden an, bevor ich begriff, was es war. Ich schrie nicht gleich. Ich konnte gleichsam nicht verstehen, daß es etwas Übernatürliches war. Aber da legte sie sich über das Papier und zeigte mit den gekrümmten Fingern auf das Wort da.

Ich glaube, sie war froh, sie zitterte förmlich vor Freude. Es war falsches Spiel. Da wollte sie mit dabei sein.

Sie kam gekrochen, auf den gelben Fingern, wie eine große Spinne. Gerade, als hätte sie Eile. Es war so lange her, seit sie Anlaß gehabt hatte, hervorzukommen. Nun mußte sie sich sputen. Sie griff förmlich nach der Feder mit den feuchten, knochigen Fingern. Es war ja falsches Spiel. Da wollte sie mit dabei sein.

Ich schrie auf, als wäre es eine Schlange, und da verschwand sie, aber ich weiß nicht, ob sie nicht noch hier ist. Ich glaube, ich fühle, daß sie sich noch im Zimmer befindet. Und wenn sie wiederkommt, sterbe ich. Ich war nahe daran, zu sterben.«

»Nein, sie darf nicht wiederkommen«, sagte er tröstend.

»Ich weiß, daß ich eins tun muß«, sagte sie, »ich muß es tun, damit sie nicht wiederkommt. Aber es ist so furchtbar hart.«

Sie nahm den Verlobungsring vom Finger, steckte ihre kalte, zitternde Hand in die des Doktors und ließ den Ring zurück. Dann weinte sie in der Bitterkeit der Entsagung.

Der Doktor sagte nichts, er legte die Fingerspitzen aufeinander und ließ den Ring dazwischen hin und her gleiten.

Es wäre nicht so schwer, mit der Geisterhand fertig zu werden wie mit dem andern, meinte er. Die Hand hatte gleichsam seine Partei ergriffen, ihm ein wenig Rache verschafft. Er fühlte Sympathie für sie. Es ist wohl mit manchen Leuten so, dachte er, daß das Gewissen in der einen oder andern Weise über sie kommt, wie sehr sie auch versuchen, es zu betrügen. Es hat seine eignen verschwiegnen Wege. Da hatte nun seine kleine Braut alles aufs beste ausgeklügelt, um ein gutes Heim zu bekommen. Bloß ein bißchen Heuchelei brauchte sie sich aufzuerlegen, und alles Glück der Welt war ihr eigen. Und da kommt das Gewissen ganz still heran und gräbt seine Mine tief unten in der Seele und sprengt endlich alle Klugheit, alle Berechnung in einem Augenblick in die Luft.

Ja ja, ja ja. Sie hatte wohl geglaubt, daß sie so ein ganzes Leben würde weiterlügen können. Hatte wohl gesehen, wie es andern geglückt war. Aber da stellt es sich heraus, daß sie aus feinerem Stoff gemacht ist. Es ist ein Nachteil, einer verfeinerten Rasse von Gewissensmenschen anzugehören. Wenn man es am wenigsten erwartet, ist die Gewissenshalluzination da. Natürlich nimmt sie dann die Form an, die am nächsten zur Hand liegt. Es war ja sonnenklar, daß das Gewissen in diesem Zimmer zu einer Geisterhand werden mußte.

Er saß noch immer da und spielte mit dem Ring und ließ ihn von einem Finger zum andern gleiten. Er fühlte etwas andres als Zorn darüber, daß er sie nicht hatte gewinnen können. Er war beinahe betrübt. Sie fing jetzt wohl an, sich seiner zu erinnern, zu denken, daß ihm ein Unrecht widerfahren sei, denn sie beugte sich hinab und küßte seine Hand. »Verzeih mir«, sagte sie.

Es war merkwürdig, wie weich sie war. Wenn sie sich darüber klar geworden war, daß sie ein Unrecht getan hatte, wußte sie gar nicht, was sie alles anfangen sollte, um es zu sühnen. Es hatte wirklich keinen Zweck, sie länger zu quälen. Er brauchte ja nur geradeheraus zu sprechen, zu sagen, daß er nicht viel besser gewesen war als sie. Räsonnement auf beiden Seiten. Die eine hatte ein Heim, der andre eine Haushälterin gesucht. Es würde sie beruhigen, das zu hören.

Er sollte ihr sagen, daß es keine so bittre Enttäuschung für ihn hatte werden können. Er war nicht so furchtbar verliebt gewesen, er auch nicht.

Ja, gewiß, er hatte ja keinen Anlaß, die Qual länger hinauszuziehen. Das beste war, ein Ende zu machen. Alle zur Ruhe kommen zu lassen und morgen unverlobt zu erwachen.

Als er sich erhob, um zu gehen, traten ihm die Tränen

in die Augen. Es tat ihm doch weh, sie zu verlieren. Und nun war es das, was er ihr sagte.

Er begann damit, ihr unzusammenhängende Dinge zu sagen, daß sie ein Gewissensmensch sei, daß sie der feineren Rasse von Nervenmenschen angehöre, die gerade jetzt angefangen hätten, hier und dort aufzutauchen. Sie sei ihm gerade darum teuer. Gerade um dessentwillen, was ihr in dieser Nacht widerfahren sei, fiele es ihm schwer, auf sie zu verzichten. Sie sei frei, ja, natürlich, aber wenn sie einmal könne und wolle ...

Er sah sie erstaunt an. Quälte sie das nicht? Nein, jetzt erst verschwand die Starrheit aus ihren Zügen, und die Augen wurden ruhig. Sie saß mit halbgeöffnetem Mund und lauschte –

Er sprach davon, wie er das Leben für sie hätte ordnen wollen, sprach davon, wie er sich nach ihr gesehnt hatte. Er sprach ganz anders davon, als er vor einer halben Stunde gesprochen hätte. Aber er sah es auch ganz anders, jetzt, da er sie verlieren sollte. Er sprach viel schöner, als er es sich zugetraut hätte. Das Zusammenleben mit einem weichen, liebenswerten Wesen, ja, gerade das Zusammenleben mit ihr, nahm sich auf einmal sehr hold für seine Phantasie aus, und er sagte es ihr.

Als er näher trat und ihr die Hand zum Abschied reichte, kamen ihm noch einmal die Tränen in die Augen. Sie war so schön, gerade jetzt, die Farbe entzündete sich wieder auf ihren Wangen, sie war wie eine frischerblühte Blume. Sie sah ebenso froh aus wie jemand, der einer Todesgefahr entronnen ist.

Der Doktor stand mit ihrer Hand in der seinen und zog seine Schlüsse so rasch wie nie zuvor.

Sie verstand sich natürlich selbst nicht, nicht im geringsten. Ah! Er schöpfte tief Atem. Alle Niedergeschlagenheit war fort. Ein jubelndes Siegesgefühl durchblitzte ihn. Nur mit einer einzigen Anstrengung hatte er sich ihre Liebe ersprochen. Sie hatte ja nur gebraucht, daß er zeigte, daß er sie liebhatte.

Er nahm den Verlobungsring und steckte ihn ihr ruhig wieder auf den Ringfinger. »Keine Torheiten«, sagte er, als sie die Hand wegziehen wollte.

»Aber«, sagte sie. »Ich weiß nicht, ich wage nicht –«

»Ich wage es, ich«, sagte der Doktor, »ich war nie so, daß ich vor dem Glück davongelaufen bin.«

Er ging ins Vorzimmer hinaus, fand seinen Überrock und kam wieder herein, um seine Zigarre anzuzünden.

»Arme Kleine«, sagte er, während er ein paar Züge machte. »Bist jetzt wie gebunden und gefesselt, mich zu lieben, sollte ich meinen. Sonst kommt noch die Hand dort und preßt dir das Leben aus.«

Das Mädchen vom Moorhof

I

Es ist in einem Thingsaal, weit draußen auf dem Lande. Am Richtertisch, hoch oben im Saal, sitzt der Richter, ein großer, stark gebauter Mann mit breitem, grobgeschnittenem Gesicht. Schon mehrere Stunden lang hat er einen Fall nach dem andern entschieden, und schließlich ist etwas wie Überdruß und Düsterkeit über ihn gekommen. Es ist schwer zu sagen, ob es die Hitze und Schwüle im Gerichtssaal ist, die ihn bedrückt, oder die Schuld an dieser schlechten Laune die Beschäftigung mit allen diesen kleinlichen Zwistigkeiten trägt, die aus keinem andern Grunde entstanden zu sein scheinen, als um die Händelsucht und Unbarmherzigkeit und Geldgier der Menschen an den Tag zu bringen.

Er hat gerade mit einer der letzten Verhandlungen begonnen, die heute durchgeführt werden sollen. Es handelt sich um die Forderung eines Erziehungsbeitrages.

Dieser Fall ist schon am vorigen Gerichtstag verhandelt worden, und das Protokoll des früheren Prozesses wird eben verlesen. Daraus erfährt man fürs erste, daß die Klägerin eine arme Dienstmagd ist und der Beklagte ein verheirateter Mann.

Weiter geht aus dem Protokoll hervor, daß der Beklagte erklärt hat, die Klägerin habe ihn zu Unrecht und nur aus Gewinnsucht hierher laden lassen. Er gibt zu, daß die Klägerin eine Zeitlang auf seinem Hof in Dienst gestanden hat; er aber habe sich während dieser Zeit in keinerlei Liebeshändel mit ihr eingelassen, und sie habe kein Recht, irgendwelche Unterstützung von ihm zu begehren. Die Klägerin jedoch hat an ihrer Behauptung festgehalten; und nachdem einige Zeugen vernommen waren, ist dem Beklagten auferlegt worden, einen Eid zu leisten, wenn er nicht verurteilt werden wolle, der Klägerin die verlangte Unterstützung zu zahlen.

Beide Parteien haben sich eingefunden und stehen nebeneinander vor dem Gerichtstisch. Die Klägerin ist sehr jung und sieht ganz verschüchtert aus. Sie weint vor Scham und trocknet mühsam ihre Tränen mit einem zusammengeknüllten Taschentuch; es scheint, als könne sie es nicht auseinanderfalten. Sie trägt schwarze Kleider, die ziemlich neu und ungetragen aussehen, aber sie sitzen so schlecht, daß man versucht ist, zu glauben, sie habe sie sich ausgeliehen, um anständig vor Gericht erscheinen zu können. Was den Beklagten anlangt, so sieht man ihm gleich an, daß er ein wohlgestellter Mann ist. Er mag etwa vierzig Jahre alt sein und hat ein zuversichtliches und frisches Aussehen. Wie er da vor dem Richterstuhl steht, zeigt er eine sehr gute Haltung. Es sieht ja nicht aus, als fände er ein besonderes Vergnügen daran, da zu stehen, aber er macht auch durchaus keinen befangnen Eindruck.

Als das Protokoll verlesen ist, wendet sich der Richter an den Beklagten und fragt ihn, ob er an seinem Leugnen festhalte, und ob er bereit sei, den Eid zu schwören.

Auf diese Frage antwortet der Beklagte sogleich mit einem raschen Ja. Er fängt an, in seiner Westentasche zu suchen, und holt ein Zeugnis des Pfarrers darüber hervor, daß er die Wichtigkeit und Bedeutung des Eides kenne und kein Hinderungsgrund für ihn vorliege, ihn zu schwören.

Während dieser ganzen Zeit hat die Klägerin nicht

aufgehört zu weinen. Sie scheint unüberwindlich scheu zu sein und hält die Augen hartnäckig zu Boden geschlagen. Sie hat den Blick noch nicht so weit erhoben, daß sie dem Beklagten ins Gesicht sehen könnte. Als er nun sein Ja gesagt hat, zuckt sie zusammen. Sie tritt ein paar Schritte näher an den Richterstuhl heran, als hätte sie etwas einzuwenden; aber dann bleibt sie stehen. Es sei wohl nicht möglich, scheint sie zu sich selbst zu sagen, er könne nicht ja gesagt haben. – Ich habe nicht recht gehört …

Indessen nimmt der Richter das Zeugnis in die Hand und gibt zugleich dem Gerichtsdiener einen Wink. Der Gerichtsdiener tritt an den Tisch heran, um die Bibel zu nehmen und sie vor den Beklagten hinzulegen.

Die Klägerin hört, daß jemand an ihr vorbeigeht, und wird unruhig. Sie zwingt sich, den Blick so weit zu heben, daß sie über den Tisch hinsehen kann, und da bemerkt sie, daß der Gerichtsdiener die Bibel zurechtlegt.

Noch einmal sieht es aus, als wollte sie Einspruch erheben. Aber sie hält sich wieder zurück. – Es ist ja nicht möglich, daß er den Eid ablegt. Der Richter muß ihn doch daran hindern.

Der Richter war ein so kluger Mann, und er wußte gar wohl, was die Leute in seiner Heimat dachten und fühlten. Er müßte doch wissen, wie streng alle diese Menschen sind, sobald es sich um etwas handelt, was die Ehe betrifft. Sie kannten keine ärgere Sünde als die, die sie begangen hatte. Würde sie je so etwas aus sich selbst eingestanden haben, wenn es nicht wahr gewesen wäre? Der Richter könnte wohl wissen, welche furchtbare Verachtung sie sich zugezogen hatte. Und nicht nur Verachtung allein, sondern auch alles mögliche Elend. Niemand wollte sie in Dienst nehmen. Niemand wollte ihre Arbeit haben. Ihre eignen Eltern duldeten sie kaum in ihrer

Hütte, sondern sprachen jeden Tag davon, sie hinauszuwerfen. Nein, der Richter müßte wohl begreifen, daß sie keine Unterstützung von einem verheirateten Mann verlangt hätte, wenn ihr kein Recht darauf zustünde.

Der Richter könnte doch nicht glauben, daß sie in einer solchen Sache lüge, daß sie so furchtbares Unglück auf sich heraufbeschworen hätte, wenn sie einen andern hätte anklagen können, als einen verheirateten Mann. Und wenn er dies wüßte, müßte er den Eid doch verhindern.

Sie sieht, daß der Richter dasitzt und das Zeugnis des Pfarrers ein paarmal durchliest. Darum fängt sie zu glauben an, daß er eingreifen werde.

Es ist auch richtig, daß der Richter nachdenklich aussieht. Er heftet seine Blicke ein paarmal auf die Klägerin, aber dabei wird der Ausdruck des Ekels und des Überdrusses, der auf seinem Gesicht ruht, immer deutlicher. Es sieht aus, als wäre er ungünstig gegen sie gestimmt. Selbst wenn die Klägerin die Wahrheit spricht, – sie ist ja doch eine schlechte Person, und der Richter kann keine Teilnahme für sie empfinden. Es kommt manchmal vor, daß der Richter in einen Prozeß eingreift als ein guter und kluger Ratgeber, der die Parteien davor behütet, sich ganz und gar zugrunde zu richten. Aber diesmal ist er müde und unlustig, und er denkt an nichts andres, als dem gesetzlichen Verfahren seinen Lauf zu lassen.

Er legt das Zeugnis hin und sagt dem Beklagten mit ein paar Worten, er hoffe, daß dieser die verhängnisvollen Folgen eines falschen Schwurs genau bedacht habe. Der Beklagte hört ihn mit derselben Ruhe an, die er die ganze Zeit über an den Tag gelegt hat, und antwortet ehrerbietig und nicht ohne Würde.

Die Klägerin hört dies mit dem äußersten Schrecken. Sie macht ein paar heftige Bewegungen und preßt die

Hände zusammen. Nun will sie vor dem Richterstuhl sprechen. Sie kämpft einen furchtbaren Kampf mit ihrer Scheu und mit dem Schluchzen, das ihr die Kehle zusammenschnürt. Das Ende ist doch, daß sie kein hörbares Wort hervorbringen kann.

Der Eid soll also geleistet werden. Er wird ihn ablegen. Niemand wird ihn hindern, seine Seele zu verschwören.

Bis dahin hat sie nicht glauben können, daß es geschehen würde. Aber jetzt packt sie die Gewißheit, daß es unmittelbar bevorsteht, daß es im nächsten Augenblick geschehen wird. Ein Schrecken, der viel überwältigender ist als alles, was sie bisher gekannt hat, bemächtigt sich ihrer. Sie steht wie versteinert, sie weint nicht einmal mehr. Die Augen erstarren ihr im Kopfe.

Es ist also seine Absicht, sich um seines Weibes willen freizuschwören. Aber wenn er auch einen schweren Stand mit ihr haben sollte, – deshalb darf er doch nicht seiner Seele Seligkeit preisgeben.

Es gibt nichts Furchtbareres als einen Meineid. Es ist etwas Geheimnisvolles und Gräßliches um diese Sünde. Es gibt keine Gnade, keine Vergebung für sie. Die Tore des Abgrundes öffnen sich von selbst, wenn der Name des Meineidigen genannt wird.

Wenn sie jetzt die Blicke zu seinem Gesicht erhoben hätte, – sie hätte gefürchtet, es schon mit irgendeinem Zeichen der Verdammnis gebrandmarkt zu sehen, ihm aufgeprägt von Gottes Zorn.

Während sie so dasteht und immer größere Angst sich ihrer bemächtigt, hat der Richter dem Beklagten gezeigt, wie er die Finger auf die Bibel zu legen hat. Dann schlägt der Richter im Gesetzbuch nach, um die Eidesformel zu finden.

Als sie ihn die Finger auf das Buch legen sieht, macht sie noch einen Schritt zum Richterstuhl hin; und es sieht aus, als wollte sie sich über den Tisch beugen und seine Hand fortziehen.

Aber noch wird sie von einer letzten Hoffnung zurückgehalten. Sie glaubt, daß er jetzt im letzten Augenblick noch vom Schwur abstehen werde.

Der Richter hat die Seite im Gesetzbuch gefunden, nach der er gesucht hat; und jetzt beginnt er, den Eid laut und deutlich vorzusagen. Dann macht er eine Pause, damit der Beklagte seine Worte nachsprechen könne. Und der Beklagte fängt wirklich an, sie nachzusprechen; aber er macht einen kleinen Fehler, so daß der Richter von vorn anfangen muß.

Jetzt kann sie keinen Schimmer von Hoffnung mehr haben. Jetzt weiß sie, daß er falsch schwören, daß er Gottes Zorn für das zukünftige Leben auf sich herabschwören will.

Sie steht da und ringt in ihrer Hilflosigkeit die Hände. Und es ist alles ihre Schuld, weil sie ihn verklagt hat.

Aber sie war ja ohne Arbeit, sie hatte gehungert und gefroren. Das Kind lag im Sterben. An wen sonst hätte sie sich um Hilfe wenden sollen?

Nie hätte sie auch geglaubt, daß er eine so schreckliche Sünde begehen könnte.

Jetzt hat der Richter den Eid noch einmal vorgesprochen. In wenigen Augenblicken wird die Tat vollbracht sein. Jene Tat, von der es keine Umkehr gibt, die niemals gutgemacht, niemals ausgelöscht werden kann.

Gerade als der Beklagte anfängt, den Eid nachzusprechen, stürzt sie vor, schleudert seine ausgestreckte Hand beiseite und reißt die Bibel an sich.

Ein furchtbares Entsetzen hat ihr endlich Mut gegeben. Er darf seine Seele nicht verschwören. Er darf nicht.

Der Gerichtsdiener eilt sogleich herbei, sie zur Ordnung zu rufen und ihr die Bibel abzunehmen. Sie hat ungeheure Angst vor allem, was mit dem Gericht zusammenhängt, und sie glaubt, daß, was sie jetzt getan hat, sie auf die Festung bringen werde. Aber sie gibt die Bibel nicht her. Was es auch kosten möge, er darf den Eid nicht ablegen. Auch er, der schwören will, läuft herbei, um das Buch zu ergreifen; aber sie leistet auch ihm Widerstand.

»Du darfst den Eid nicht schwören!« ruft sie. »Du darfst nicht!«

Was jetzt vorgeht, erweckt natürlich das größte Staunen. Die Versammelten drängen zum Richtertisch, die Geschworenen erheben sich, der Protokollführer springt auf, das Tintenfaß in der Hand, damit es nicht umgestürzt werde.

Da ruft der Richter mit lauter, zorniger Stimme:

»Ruhe!«, und alle die Menschen bleiben regungslos stehen.

»Was fällt dir ein? Was hast du mit der Bibel zu schaffen?« fragt der Richter die Klägerin mit harter und strenger Stimme.

Nachdem sie ihrer Angst in einer Tat der Verzweiflung Luft gemacht hat, ist ihre Beklommenheit gewichen, so daß sie antworten kann: »Er darf den Eid nicht ablegen!«

»Sei still und gib das Buch zurück!« ruft der Richter. Aber sie gehorcht nicht, sondern umklammert das Buch mit beiden Händen.

»Er darf den Eid nicht ablegen!« ruft sie mit ungezügelter Heftigkeit.

»Ist es dir so sehr darum zu tun, den Prozeß zu gewinnen?« fragt der Richter in immer schärferem Ton.
»Ich will die Klage zurückziehen!« ruft sie mit lauter, schneidender Stimme. »Ich will ihn nicht zwingen, zu schwören!«

»Was schreist du da?« fragt der Richter. »Hast du den Verstand verloren?«

Sie ringt heftig nach Atem und versucht sich zu beruhigen. Sie hört selbst, wie sie schreit. Der Richter muß wohl glauben, daß sie toll geworden sei, weil sie, was sie will, nicht in ruhigen Worten sagen kann. Noch einmal kämpft sie mit sich selbst, um Macht über ihre Stimme zu erlangen, und diesmal gelingt es ihr. Sie sagt langsam, ernst, laut, während sie dem Richter gerade ins Gesicht sieht:

»Ich will die Klage zurückziehen. Er ist der Vater des Kindes. Aber ich hab' ihn noch lieb. Ich will nicht, daß er falsch schwört!«

Sie steht aufrecht und entschlossen vor dem Richtertisch und sieht dem Richter gerade in sein strenges Gesicht. Er sitzt da, beide Hände auf den Tisch gestützt; und lange, lange wendet er den Blick nicht von ihr. Während der Richter sie betrachtet, geht eine große Veränderung mit ihm vor. Alle Schlaffheit und Mißvergnügtheit, die in seinen Zügen gelegen hat, schwindet, und das große, grobe Gesicht wird durch die Rührung geradezu schön. Sieh da, denkt der Richter, sieh da, so ist mein Volk. Ich will mich nicht darüber beklagen, wo doch bei einer der Geringsten so viel Liebe und Gottesfurcht zu finden ist.

Plötzlich aber spürt der Richter, daß seine Augen sich mit Tränen füllen, und da zuckt er beinahe beschämt zusammen und wirft einen raschen Blick um sich. Da sieht er, daß die Schreiber und die Gerichtsdiener und die ganze lange Reihe der Beisitzer sich vorgebeugt haben, um das Mädchen anzusehen, das vor dem Richtertisch steht, die Bibel an die Brust gepreßt. Und er sieht einen Schimmer auf ihren Gesichtern, als hätten sie etwas richtig Schönes gesehen, das sie bis in das tiefste Herz erfreut hat.

Hierauf sieht der Richter auch über das versammelte Volk hin, und ihm ist, als säßen alle diese Menschen stumm und atemlos da, als hätten sie gerade jetzt das gehört, wonach sie sich am meisten sehnten.

Zuallerletzt sieht der Richter den Beklagten an. Jetzt ist er es, der mit gesenktem Kopf dasteht und zu Boden blickt.

Der Richter wendet sich abermals an das arme Mädchen. »Es soll so sein, wie du es willst«, sagt er. »Die Klage wird zurückgezogen«, diktiert er dem Protokollführer.

Der Beklagte macht eine Bewegung, als wolle er einen Einwand vorbringen. »Was denn? Was denn?« schreit ihn der Richter an. »Hast du vielleicht etwas dagegen?«

Der Beklagte läßt den Kopf noch tiefer sinken und sagt dann kaum hörbar: »Ach nein, es ist wohl am besten so.«

Der Richter sitzt noch einen Augenblick still, dann schiebt er den schweren Stuhl zurück, erhebt sich und geht um den Tisch herum zur Klägerin hin.

»Ich danke dir«, sagt er und reicht ihr die Hand.

Sie hat die Bibel jetzt fortgelegt und steht da und weint und trocknet die Tränen mit dem zusammengerollten Taschentuch.

»Ich danke dir«, sagt der Richter noch einmal und ergreift ihre Hand so leicht und behutsam, als wäre sie etwas gar Feines und Kostbares.

II

Niemand darf glauben, daß das Mädchen, das eine so schwere Stunde vor dem Gerichtstisch durchgemacht hatte, selbst meinte, sie habe etwas Rühmenswertes getan. Sie meinte im Gegenteil, daß sie vor der ganzen Gemeinde beschämt sei. Sie begriff nicht die Ehre, die darin lag, daß der Richter auf sie zugekommen war und ihr die Hand geschüttelt hatte. Sie glaubte, dies bedeutete nur, daß die Verhandlung zu Ende sei, und sie ihrer Wege gehen könne. Sie sah auch nicht, daß die Leute ihr freundliche Blicke zuwarfen, und daß ihr mehrere die Hand drücken wollten. Sie schlich sich nur davon und wollte fort. Aber unten an der Tür herrschte ein großes Gedränge.

Das Thing war zu Ende, und viele wollten wieder ins Freie. Sie drückte sich an die Wand und war wohl die letzte, die den Thingsaal verließ. Sie meinte, daß alle andern vor ihr hinausgehen müßten.

Als sie endlich ins Freie kam, stand Gudmund Erlandssons Wägelchen angespannt vor der Freitreppe. Gudmund saß darin, die Zügel in der Hand, und schien auf jemand zu warten. Sowie er ihrer unter allem Volk, das aus dem Thingsaal strömte, ansichtig wurde, rief er ihr zu: »Komm her, Helga! Du kannst mit mir fahren, wir haben denselben Weg.« Aber obgleich sie ihren Namen hörte, – sie konnte nicht glauben, daß er sie rief. Es war nicht möglich, daß Gudmund Erlandsson sie kutschieren wollte. Er war der schmuckste Bursche im ganzen Kirchspiel, jung und schön und aus gutem Hause und in Gunst bei allen Leuten. Sie konnte nicht glauben, daß er etwas mit ihr zu tun haben wolle. Sie ging, das Kopftuch tief in die Stirn geschoben, und eilte an ihm vorbei, ohne aufzusehen oder zu antworten.

»Hörst du nicht, Helga, daß du mit mir fahren kannst?« fragte Gudmund, und es lag ein so recht freundlicher Ton in der Stimme. Aber sie konnte es nicht in ihren Kopf hineinbringen, daß Gudmund es gut mit ihr meine. Sie glaubte, er wolle sie in der einen oder andern Weise verspotten und wartete nur darauf, die Umstehenden in Kichern und Lachen ausbrechen zu hören. Sie warf ihm einen erschrocknen und zornigen Blick zu und lief vom Thingplatz fort, um außer Hörweite zu sein, wenn das Lachen begänne. Gudmund war damals noch unverheiratet und wohnte bei seinen Eltern. Der Vater war ein kleiner Bauer.

Er hatte keinen großen Hof und war nicht vermögend, aber er konnte sorgenfrei leben. Der Sohn war zum Thing gefahren, um einige Urkunden für seinen Vater zu holen, aber da er noch eine andre Absicht mit seiner Fahrt verfolgte, hatte er sich sehr fein hergerichtet. Er hatte das neue Wägelchen genommen, dessen Lackierung keine Schramme aufwies; das Pferd hatte er gestriegelt, bis es wie Seide glänzte, und das Sattelzeug fein geputzt. Er hatte eine schmucke, rote Decke neben sich auf den Sitz gelegt, und sich selbst hatte er mit einem kurzen Jagdrock, einem kleinen grauen Filzhut und hohen Stiefeln geputzt, in die die Hosen hineingesteckt waren. Es war wohl kein Feiertagsgewand, aber er wußte, daß er männlich und stattlich darin aussah.

Als Gudmund am Morgen von daheim fortfuhr, hatte er allein im Wagen gesessen, aber er war in angenehme Gedanken versunken, und die Zeit war ihm nicht lang erschienen. Als er ungefähr auf halbem Wege war, fuhr er an einem armen Mädchen vorbei, das sehr langsam ging und aussah, als könnte es vor Müdigkeit kaum einen Fuß vor den andern setzen. Es war Herbst, der Weg war vom Regen aufgeweicht, und Gudmund sah, wie sie bei jedem Schritt tief in den Schmutz einsank. Er hielt an und fragte, wohin sie gehe, und als er erfuhr, daß sie zum Thing wolle, bot er ihr an, mitzufahren. Sie dankte und stieg rückwärts auf den Wagen, auf das schmale Brett, an dem der Heusack festgebunden war, ganz so, als wagte sie es nicht, die rote Decke neben Gudmund zu berühren. Es war auch nicht seine Absicht gewesen, daß sie sich neben ihn setze. Er wußte nicht, wer sie war, aber er vermutete, daß sie die Tochter irgendeines armen Kleinhäuslers wäre und fand, es sei wohl genug Ehre für sie, wenn sie rückwärts aufsitzen dürfte.

Als sie an einen Hügel kamen und das Pferd den Schritt verlangsamte, begann Gudmund zu plaudern.

Er wollte wissen, wie sie heiße und wo sie daheim sei. Als er hörte, daß sie Helga hieß und von einem Waldgütchen stammte, das man den Moorhof nannte, begann er unruhig zu werden. »Bist du immer daheim gewesen oder warst du im Dienst?« fragte er. Das letzte Jahr wäre sie daheim gewesen, früher hätte sie einen Dienstplatz gehabt. »Bei wem denn?« fragte Gudmund sehr hastig. Und es schien ihm, als daure es lange, bis die Antwort kam. »Im Sternhof, bei Per Martensson«, sagte sie endlich und senkte die Stimme, als wollte sie am liebsten nicht gehört werden. Aber Gudmund verstand sie doch. »Ja so, du bist also die«, sagte er, sprach aber den Satz nicht zu Ende. Er wendete sich ab, richtete sich gerade auf und sprach kein Wort mehr zu ihr.

Gudmund versetzte dem Pferde einen Hieb nach dem andern, fluchte laut über den schlechten Weg und schien recht schlechter Laune zu sein. Ein Weilchen verhielt sich das Mädchen still, aber bald fühlte Gudmund eine Hand auf seinem Arm. »Was willst du?« fragte er, ohne den Kopf zu wenden. Ja, er solle halten, damit sie abspringen könne. »Ach, warum denn?« sagte Gudmund in verächtlichem Tone. »Fährst du nicht gut?« – »Ja, danke, aber ich gehe doch lieber.« Gudmund kämpfte ein wenig mit sich selbst. Es war ärgerlich, daß er gerade an diesem Tage eine solche wie Helga aufgefordert hatte, mitzufahren. Aber er fand doch, daß er sie, nun er sie einmal in den Wagen genommen hatte, nicht wieder vertreiben könnte.

»Halte, Gudmund«, sagte das Mädchen noch einmal. Sie sprach sehr bestimmt, und Gudmund zog die Zügel an. – »Wenn sie durchaus aussteigen will«, dachte er, »brauche ich sie doch nicht zu zwingen, gegen ihren Willen zu fahren.« Sie war schon unten auf der Straße, bevor noch das Pferd ganz stehengeblieben war. – »Ich glaubte, du wußtest, wer ich bin, als du mir sagtest, ich kann mitfahren«, sprach sie, »sonst wäre ich gar nicht eingestiegen.« Gudmund sagte kurz: »Behüt Gott!« und fuhr weiter. Sie hatte wohl Grund gehabt, zu glauben, daß er sie kenne. Er hatte ja das Dirnlein vom Moorhof oftmals als Kind gesehen; aber sie hatte sich verändert, seit sie herangewachsen war. Zuerst war er sehr froh, die Reisekameradin los zu sein, aber allmählich begann er mit sich selbst unzufrieden zu werden. Er hätte kaum anders handeln können, aber er war nicht gern grausam gegen irgend jemand.

Ein kleines Weilchen, nachdem Gudmund sich von Helga getrennt hatte, bog er von der Straße ab, fuhr ein enges Gäßchen hinauf und kam zu einem prächtigen großen Bauernhof. Als Gudmund vor dem Hause anhielt, öffnete sich die Eingangstür, und eine der Töchter zeigte sich auf der Schwelle. Gudmund zog den Hut und grüßte, und dabei huschte eine leichte Röte über sein Gesicht. »Ich möchte wohl wissen, ob der Herr Amtmann daheim ist«, sagte er. – »Nein, Vater ist zum Thing gefahren«, antwortete die Tochter. – »So, so, ist er schon fort?« sagte Gudmund.

»Ich bin hergekommen, um zu fragen, ob der Herr Amtmann nicht mit mir fahren möchte. Ich will auch zum Thing.« – »Ach, Vater ist immer so überpünktlich«, klagte die Tochter. – »Es ist ja weiter kein Schade geschehen«, sagte Gudmund. – »Vater wäre gewiß gern mit einem so prächtigen Pferd und in einem so schmukken Wagen gefahren«, sagte das Mädchen freundlich. Gudmund lächelte ein wenig, als er das Lob hörte. – »Ja, da muß ich also wieder abziehen«, sagte er. – »Du willst nicht hereinkommen, Gudmund?« – »Danke schön, Hildur, aber ich muß ja zum Thing. Ich darf nicht zu spät kommen.« Gudmund fuhr nun geradewegs zum Thinghause. Er war sehr vergnügt und dachte nicht mehr an seine Begegnung mit Helga. Es war doch schön, daß gerade Hildur herausgekommen war, und daß sie den Wagen und die Decke und das Pferd und das Sattelzeug gesehen hatte. Sie hatte wohl alles bemerkt.

Es war das erste Mal, daß Gudmund auf einem Thing war. Er fand, daß es da sehr viel zu hören und zu erfahren gäbe, und blieb den ganzen Tag dort. Er saß im Thingsaal, als Helgas Sache geführt wurde, und sah, wie sie die Bibel an sich riß und Gerichtsdienern und Richter standhielt. Als alles zu Ende war und der Richter Helga die Hand gedrückt hatte, stand Gudmund hastig auf und verließ den Saal. Rasch spannte er das Pferd vor den Wagen und fuhr zur Treppe hin. Er fand, daß Helga sehr tapfer gewesen war, und nun wollte er sie ehren. Aber sie war so verschüchtert, daß sie seine Absicht nicht verstand, sondern sich vor der Ehre, die ihr zugedacht war, flüchtete.

An demselben Tag kam Gudmund spätabends zum Moorhof. Das war ein kleines Gehöft auf dem Abhang des bewaldeten Hügels, der das Kirchspiel abschloß. Der Weg, der hinführte, war nur im Winter bei Schlittenbahn fahrbar, und Gudmund hatte zu Fuß gehen müssen. Es war ihm recht sauer geworden, vorwärts zu kommen. Fast hätte er sich an Stock und Stein die Beine gebrochen, auch hatte er Bäche durchwaten müssen, die den Pfad an mehreren Stellen durchschnitten. Wäre nicht Vollmond gewesen, so hätte er überhaupt nicht hinfinden können; und er dachte, daß das ein beschwerlicher Weg wäre, den Helga an diesem Tag hatte gehen müssen.

Der Moorhof lag an einer ausgerodeten Stelle, etwa auf halber Höhe des Hügels. Gudmund war noch nie dort gewesen, aber er hatte den Ort oftmals unten vom Tale aus gesehen und kannte ihn genügend, um zu wissen, daß er richtig gegangen war.

Rings um die ausgerodete Stelle zog sich ein Reisigzaun, der sehr dicht und sehr schwer zu übersteigen war. Er sollte wohl gleichsam eine Wehr und ein Hort gegen die Wildnis sein, die das Gehöft umgab. Die Hütte selbst stand am oberen Rand der Einzäunung. Davor breitete sich ein abschüssiger Hof aus, mit kurzem, grünem Gras bewachsen, und unterhalb des Hofes lagen ein paar graue Schuppen und ein Keller mit grünem Torfdach. Es war ein geringes und ärmliches Anwesen, aber es ließ sich nicht leugnen, daß es dort oben schön war. Das Moor, nach dem das Gütchen seinen Namen hatte, lag irgendwo in der Nähe und sandte Nebel empor, die sich im Mondschein prachtvoll und silberglänzend heranwälzten und einen Kranz um den Hügel bildeten. Der höchste Gipfel ragte noch aus dem Nebel empor. Und der Kamm, der zackig von Tannen war, zeichnete sich scharf gegen den Himmel ab. Unten über dem Tal lag der Mondschein so hell, daß man die Felder und Gehöfte und einen geschlängelten Bach unterscheiden konnte, über dem der Nebel wie der leichteste Duft schwebte. Es war nicht weit dort hinunter, aber das Seltsame war, daß das Tal wie eine fremde Welt dalag, mit der das, was dem Wald angehörte, nichts gemein hatte. Es war, als wenn die Menschen, die hier auf dem Waldgut hausten, immer unter diesen Bäumen gehen müßten. Sie konnten unten im Tale ebensowenig fortkommen wie Auerhähne und Bergeulen und Luchse und Heidelbeerkraut.

Gudmund ging über die Wiese auf die Hütte zu. Durch das Fenster drang Feuerschein, die Scheiben waren nicht verhangen; er warf einen Blick hinein, um zu sehen, ob Helga in der Hütte wäre. Auf einem Tisch am Fenster brannte ein kleines Lämpchen, und davor saß der Hausvater und flickte alte Schuhe. Im Hintergrunde des Zimmers neben dem Herd, auf dem ein schwaches Feuer brannte, saß die Hausmutter. Sie hatte den Spinnrocken vor sich, aber sie hatte zu arbeiten aufgehört, um mit einem kleinen Kinde zu spielen. Sie hatte es aus der Wiege genommen, und man hörte es bis zu Gudmund hinaus, wie sie mit ihm lachte und scherzte. Ihr Gesicht war von vielen Runzeln durchfurcht, und sie sah strenge aus; aber wie sie sich so über das Kind beugte, bekam ihr Gesicht einen sanften Ausdruck, und sie lächelte dem Kleinen ebenso zärtlich zu wie nur seine eigene Mutter.

Gudmund spähte nach Helga aus, konnte sie aber in keinem Winkel der Hütte entdecken. Da schien es ihm am besten, draußen zu bleiben, bis sie käme. Er wunderte sich, daß sie noch nicht zu Hause war. Vielleicht wäre sie auf dem Heimweg bei Bekannten eingekehrt, sich auszuruhen und einen Imbiß zu nehmen? Aber bald müßte sie auf jeden Fall kommen, wenn sie vor Einbruch der Nacht unter Dach sein wollte.

Gudmund blieb eine Weile mitten im Hof stehen und horchte nach Schritten aus. Es war ganz ruhig. Kein Lüftchen regte sich. Es kam ihm vor, als ob ihn nie vorher eine solche Stille umgeben hätte. Es war, als hielte der ganze Wald den Atem an und stünde da und wartete auf etwas Merkwürdiges.

Niemand ging durch den Wald. Kein Zweiglein wurde geknickt, und kein Stein rollte. Helga war wohl noch lange nicht zu erwarten. »Ich möchte wohl wissen, was sie sagen wird, wenn sie sieht, daß ich hier bin«, dachte Gudmund. »Sie wird vielleicht schreien und in den Wald laufen und sich die ganze Nacht nicht heim wagen.«

Dabei fiel ihm ein, es sei doch sonderbar, daß er auf einmal soviel mit der Häuslerdirne zu schaffen hatte. Als er vom Thing heimkam, war er wie gewöhnlich zu seiner Mutter hineingegangen, ihr alles zu erzählen, was er während des Tages erlebt hatte. Gudmunds Mutter war klug und hochsinnig und hatte es immer verstanden, gegen den Sohn so zu sein, daß er noch ebensoviel Vertrauen zu ihr hatte wie einst als Kind. Seit mehreren Jahren war sie krank und konnte nicht gehen, sondern saß den ganzen Tag still in ihrem Lehnstuhl. Es war immer eine gute Stunde für sie, wenn Gudmund von einer Reise heimkam und ihr Neuigkeiten brachte.

Als Gudmund nun von Helga vom Moorhof erzählte, sah er, daß die Mutter gedankenvoll wurde. Lange saß sie stumm da und sah gerade vor sich hin. »Es scheint doch ein guter Kern in diesem Mädchen zu stecken«, sagte sie dann. »Man darf keinen verwerfen, weil er einmal ins Unglück gekommen ist. Es kann wohl sein, daß sie sich dem, der ihr jetzt beistünde, dankbar erweisen würde.«

Gudmund begriff sogleich, woran die Mutter dachte. Sie konnte sich nicht mehr selbst helfen, sondern mußte beständig jemand um sich haben, der ihr zu Diensten stand. Aber es war immer schwer, jemand zu finden, der auf diesem Platz bleiben wollte. Die Mutter war anspruchsvoll und nicht leicht zu befriedigen, und außerdem wollten alle jungen Mägde lieber eine andere Arbeit haben, bei der sie mehr Freiheit genossen. Nun war es sicherlich der Mutter eingefallen, daß sie die Helga vom Moorhof in Dienst nehmen könnte, und Gudmund fand, daß dies ein guter Vorschlag sei. Helga würde der Mutter sicherlich sehr ergeben sein. Es wäre wohl möglich, daß ihr auf diese Weise für lange geholfen wäre.

»Am schwersten wird es mit dem Kinde sein«, sagte die Mutter nach einer Weile, und Gudmund begriff, daß sie ernsthaft an die Sache dachte. – »Das muß wohl bei den Großeltern bleiben«, sagte Gudmund. – »Es ist nicht ausgemacht, daß sie sich von ihm trennen will.« – »Sie wird es sich abgewöhnen müssen, daran zu denken, was sie will und nicht will. Ich finde, daß sie förmlich verhungert aussieht. Dort oben auf dem Moorhofe ist wohl Schmalhans Küchenmeister.«

Darauf antwortete die Mutter nichts, sondern begann von etwas anderm zu sprechen. Man merkte, daß ihr neue Bedenklichkeiten aufstiegen, die sie verhinderten, einen Entschluß zu fassen. Gudmund begann nun zu erzählen, wie er den Amtmann auf Älvåkra aufgesucht und Hildur getroffen hatte. Er berichtete, was sie über das Pferd und den Wagen gesagt hatte, und es war leicht zu merken, daß er sich der Begegnung freute. Auch die Mutter schien sehr vergnügt. Wie sie so unbeweglich in ihrem Lehnstuhl saß, war es ihre stete Beschäftigung, Pläne für die Zukunft des Sohnes auszuspinnen; und sie war zuerst auf den Gedanken verfallen, daß er es versuchen solle, um die schöne Amtmannstochter zu werben. Das war die prächtigste Heirat, die er machen konnte. Der Amtmann war ein richtiger Großbauer. Er hatte den größten Hof im Kirchspiel und viel Macht und viel Geld. Es war eigentlich töricht, zu hoffen, daß er sich mit einem Eidam begnügen würde, der kein größeres Vermögen hatte als Gudmund, aber es war immerhin möglich, daß er sich nach dem richtete, was seine Tochter wollte. Und daß Gudmund Hildur gewinnen könnte, wenn er es nur wollte, davon war die Mutter fest überzeugt.

Dies war das erste Mal, daß Gudmund die Mutter merken ließ, wie der Gedanke bei ihm Wurzel geschlagen hatte, und sie sprachen nun ein langes und breites von Hildur und von allen den Reichtümern und Vorteilen, die dem zufallen würden, der sie einmal bekäme. Aber bald stockte das Gespräch wieder, weil die Mutter von neuem in ihre Grübeleien versunken war. »Könntest du diese Helga nicht holen lassen? Ich möchte sie doch sehen, bevor ich sie in meine Dienste nehme«, sagte sie schließlich. – »Das ist schön, daß du dich ihrer annehmen willst, Mutter«, entgegnete Gudmund und dachte bei sich: Wenn die Mutter eine Pflegerin bekäme, mit der sie zufrieden wäre, würde seine Gattin hier daheim ein behaglicheres Leben führen. »Du wirst sehen, daß du mit dem Mädchen zufrieden sein wirst«, fuhr er fort. – »Es ist ja auch ein gutes Werk, sich ihrer anzunehmen«, sagte die Mutter.

Als es zu dämmern begann, begab sich die Kranke zu Bett, und Gudmund ging in den Stall, um die Pferde zu striegeln. Es war schönes Wetter, die Luft war klar, und der ganze Hof lag vom Mondschein übergossen da. Da fiel es ihm ein, daß er schon heute in den Moorhof gehen und die Botschaft der Mutter bestellen könne. Wäre morgen schönes Wetter, dann würde man es so eilig haben, den Hafer einzubringen, daß weder er noch irgendein andrer Zeit hätte, hinzugehen.

Als jetzt Gudmund vor dem Moorhof stand und horchte, hörte er zwar keine Schritte; doch andre Laute durchschnitten in kurzen Abständen die Stille. Es war ein stilles Klagen, ein sehr leises und ersticktes Jammern und dann hie und da ein Aufschluchzen. Gudmund glaubte zu merken, daß die Laute von dem Schuppen herkämen, und ging auf diesen zu. Als er sich näherte, hörte das Schluchzen auf; aber es war offenbar, daß sich drinnen jemand in der Holzkammer regte. Mit einem Male begriff Gudmund, wer dort drinnen war. »Bist du es, Helga, die da drinnen sitzt und weint?« rief er und stellte sich in die Türöffnung, damit das Mädchen nicht entwischen könnte, ehe er mit ihm gesprochen hätte.

Wieder wurde es ganz still. Gudmund hatte wohl recht geraten: Es war Helga, die da saß und weinte; aber sie versuchte, das Schluchzen zu unterdrücken, damit Gudmund glaubte, er habe sich verhört, und seiner Wege ginge. Es war stockfinster in dem Schuppen, und sie wußte, daß er sie nicht sehen konnte.

Aber Helga war an diesem Abend in solcher Verzweiflung, daß es ihr nicht leicht fiel, die Tränen zurückzudrängen. Sie war noch nicht in der Hütte gewesen und hatte die Eltern noch nicht begrüßt. Sie hatte nicht den Mut dazu gehabt. Als sie in der Dämmerung den steilen Hügel hinaufstieg und daran dachte, daß sie den Eltern jetzt sagen müßte, sie habe keinen Erziehungsbeitrag von Per Martensson zu erwarten, da hatte sie solche Angst vor den harten und grausamen Worten bekommen, die sie ihr sagen würden, daß sie es nicht wagte, hineinzugehen. Sie gedachte draußen zu bleiben, bis sie sich zu Bett gelegt hätten; dann brauchte sie vielleicht nicht vor dem nächsten Tage von der unglückseligen Sache zu sprechen. Und so hatte sie sich in dem Holzschuppen versteckt. Aber während sie so dasaß und fror und hungerte, kam es ihr erst recht zum Bewußtsein, wie unglücklich und ausgestoßen sie war. Alle Schmach und Angst, die sie hatte erleiden müssen, und alle Schmach und Angst, die ihrer noch harrten, standen vor ihr und drückten sie mit Bleischwere zu Boden. Sie weinte über sich selbst, darüber, daß sie so elend war, und daß niemand etwas von ihr wissen wollte. Sie erinnerte sich, wie sie einmal als Kind in einen Morast gefallen und gleich untergesunken war. Je mehr sie sich gemüht hatte, in die Höhe zu kommen, desto tiefer war sie gesunken. Alle Büsche und Sträucher, nach denen sie gegriffen, hatten nachgegeben. So war es auch jetzt. Alles, wonach sie zu greifen versuchte, um sich aufrechtzuerhalten, ließ sie im Stich. Niemand wollte ihr helfen. Damals, als sie ins Moor versinken wollte, war schließlich ein Hirtenbub gekommen und hatte sie herausgezogen; jetzt aber kam niemand, sie zu retten. Jetzt war es gewiß ihre Bestimmung, zugrunde zu gehen.

Als Helga das Moor in den Sinn kam, wurde es ihr mit einem Male klar: Das beste, was sie tun konnte, war, dorthin zu gehen, in den Schlamm hinauszuwandern und sich einsinken und begraben zu lassen. Wenn eine so elend wäre, daß kein Mensch etwas mit ihr zu tun haben wollte, dann könnte sie wohl gar nichts Besseres tun als sterben. Es wäre auch für das Kind das beste, wenn sie fortginge; denn Helgas Mutter hatte es gern, obgleich sie es nicht zeigen wollte, wenn Helga daheim war. Aber wenn Helga einmal für immer aus dem Wege wäre, dann würde sich die Großmutter des Kindes wohl so annehmen, als wäre es ihr eigenes.

Sie begriff nicht, daß sie mitten in ihrem größten Elend etwas getan hatte, wodurch den Leuten eine bessere Meinung über sie gegeben würde. Ihr wurde mit jedem Augenblick gewisser, daß das Moor der einzige Zufluchtsort für sie sei. Und je klarer sie dies einsah, desto mehr weinte sie.

Es war darum nicht so leicht für sie, die Tränen zu unterdrücken. Es dauerte nicht lange, so begann sie von neuem zu schluchzen.

Gudmund war nichts verhaßter, als wenn Weibsleute weinten. Er hatte die größte Lust, auf und davon zu laufen; aber er sagte sich, wenn er sich nun einmal die

Mühe gemacht hätte, zur Hütte hinaufzuklettern, müßte er seinen Auftrag auch ausführen.

»Was ist dir denn?« sagte er in barschem Ton zu Helga. »Warum gehst du nicht ins Haus?« – »Ach, ich getraue mich nicht«, antwortete Helga, und ihre Zähne schlugen aufeinander. »Ich getraue mich nicht.« – »Wovor hast du denn Angst? Du hast dich doch heute morgen gegen Gerichtsdiener und Richter tapfer gehalten. Da kannst du wohl nicht vor deinen leiblichen Eltern Angst haben.« – »O ja, o ja, die sind viel schlimmer als alle andern.« – »Warum sollten sie denn gerade heute so böse sein?« – »Ich bekomme ja kein Geld.« – »Na, du bist doch ein so tüchtiges Mädel, daß du für dich und dein Kind das Brot verdienen kannst.« – »Ja, aber mich will doch niemand nehmen.«

Plötzlich fiel es Helga ein, daß die Eltern ihre Stimmen hören und herauskommen und fragen könnten, wer da spräche. Und dann wäre sie gezwungen, ihnen alles zu erzählen. Dann könnte sie sich nicht in das Moor retten. Und in ihrem Schrecken sprang sie auf und wollte an Gudmund vorbeieilen. Aber er kam ihr zuvor. Er packte sie am Arm und hielt sie fest. – »Nein! Du kommst nicht davon, bis ich nicht mit dir gesprochen habe.« – »Laß mich gehen«, rief sie und blickte ihn wild an. – »Du siehst aus, als wenn du ins Wasser gehen wolltest«, sagte er; denn jetzt stand sie draußen im Mondschein, und er konnte ihr Gesicht sehen. – »Ja, das würde wohl auch niemand etwas angehen, wenn ich das täte«, sagte Helga und warf dabei den Kopf zurück und sah ihm gerade in die Augen. »Heute morgen wolltest du mich nicht einmal rückwärts auf deinem Wagen mitfahren lassen. Niemand will etwas mit mir zu tun haben. Da mußt du doch selbst einsehen, daß es für solch ein armes Wurm wie mich am besten ist, wenn ich ein Ende mache.«

Gudmund wußte nicht, wie er beginnen sollte. Er wünschte sich weit weg, aber er fühlte auch, daß er einen Menschen in solcher Verzweiflung nicht verlassen konnte. »Hör mich jetzt an! Versprich mir, daß du anhörst, was ich dir zu sagen habe. Dann kannst du gehen, wohin du willst.« – Ja, das versprach sie. – »Kann man hier nirgends sitzen?«

»Drüben steht doch der Hackblock.« – »Also geh hin und setze dich und sei still!« Sie ging ganz gehorsam hin und setzte sich. – »Weine jetzt nicht mehr!« sagte er; denn es war ihm, als finge er an, Macht über sie zu gewinnen. Aber das hätte er nicht sagen sollen, denn sie ließ sogleich den Kopf in die Hände sinken und weinte heftiger denn je.

»Weine nicht!« sagte er und war nahe daran, mit dem Fuß auf die Erde zu stampfen. »Es gibt genug Leute, denen es schlechter geht als dir.« – »Nein, keinem kann es schlechter gehen.« – »Du bist jung und gesund, du solltest nur wissen, wie es meiner Mutter geht. Sie ist von Schmerzen so geplagt, daß sie sich nicht rühren kann, aber sie klagt nie.« – »Sie ist nicht so verlassen von allen wie ich.« – »Du bist auch nicht verlassen. Ich habe mit Mutter über dich gesprochen, und Mutter hat mich zu dir geschickt.«

Das Schluchzen hörte auf. Man vernahm gleichsam das große Schweigen des Waldes, als ob der den Atem anhielte und auf etwas Wunderbares wartete.

»Ich soll dir bestellen, daß du morgen zu Mutter kommst, damit sie dich sieht. Mutter gedenkt dich zu fragen, ob du zu uns in Dienst gehen willst.« – »Das will sie mich fragen?« – »Ja, aber zuerst will sie dich sehen.« – »Weiß sie, daß ...?« – »Sie weiß ebensoviel von dir wie alle andern.« Mit einem Schrei des Staunens und der Freude sprang das Mädchen auf, und im nächsten Augenblick fühlte Gudmund ein paar Arme um seinen Hals. Er erschrak förmlich, und sein erster Gedanke war, sich loszureißen, aber dann faßte er sich und blieb stehen. Er begriff, daß das Mädchen so außer sich vor Freude war, daß sie nicht wußte, was sie tat; in diesem Augenblick hätte sie sich dem ärgsten Schurken an den Hals werfen können, nur um in dem großen Glück, das über sie gekommen war, ein klein wenig Mitgefühl zu finden.

»Wenn sie mich bei sich aufnehmen will, dann kann ich ja am Leben bleiben!« sagte sie und legte den Kopf an Gudmunds Brust und weinte wieder, aber nicht so heftig wie zuvor. »Ich kann dir jetzt sagen, daß es mir damit Ernst war, ins Moor zu gehen«, sagte sie. »Ich danke dir, daß du gekommen bist! Du hast mir das Leben gerettet.« Gudmund hatte bisher unbeweglich dagestanden, jetzt aber fühlte er, wie sich etwas warm und zärtlich in ihm zu regen begann. Er hob die Hand und strich ihr übers Haar. Da zuckte sie zusammen, als hätte er sie aus einem Traum geweckt, und stellte sich kerzengerade vor ihn hin. »Ich danke dir, daß du gekommen bist!« sagte sie noch einmal. Sie war flammend rot im Gesicht geworden, und er errötete auch.

»Ja, so kommst du also morgen zu uns«, sagte er und streckte die Hand aus, um ihr Lebewohl zu sagen. – »Ich werde nie vergessen, daß du heute abend zu mir gekommen bist«, sagte Helga, und die große Dankbarkeit bekam die Oberhand über ihre Befangenheit. – »Ach ja, es ist vielleicht ganz gut, daß ich da war«, sagte er ruhig, fühlte sich aber doch recht zufrieden mit sich selbst. – »Jetzt gehst du doch ins Haus?« sagte er. – »Ja, jetzt werde ich wohl hineingehen.«

Gudmund hatte plötzlich eine solche Freude an Helga, wie man sie an einem hat, dem man hat helfen können. Er stand da und zauderte und wollte nicht gehen. »Ich möchte dich gern unter Dach und Fach sehen, bevor ich gehe.« – »Ich dachte, sie sollten sich lieber erst niederlegen, bevor ich hineingehe.« – »Nein, du mußt gleich gehen, damit du etwas zu essen kriegst und unter Dach kommst«, sagte er und fand es recht vergnüglich, so für sie zu sorgen. Sie ging sogleich auf die Hütte zu, und er kam mit, ganz zufrieden und stolz, daß sie ihm gehorchte. Als sie auf der Schwelle stand, sagten sie sich noch einmal Lebewohl. Aber kaum hatte er ein paar Schritte gemacht, als sie ihm nachkam. »Bleib hier draußen stehen, bis ich drinnen bin! Es geht leichter, wenn ich weiß, daß du draußen bist!« – »Ja«, sagte er, »ich werde hier bleiben, bis du das Ärgste überstanden hast.«

Nun öffnete Helga die Hüttentür, und Gudmund merkte, daß sie sie leicht angelehnt ließ. Gleichsam, damit sie sich nicht allzu abgetrennt von dem Helfer fühle, der dort draußen stand. Er machte sich auch kein Gewissen daraus, alles zu hören und zu sehen, was drinnen in der Hütte geschah.

Die Alten nickten Helga, als sie eintrat, freundlich zu. Die Mutter legte sogleich das Kind in die Wiege, ging dann zum Schrank und holte einen Laib Brot und eine Schale Milch und stellte sie auf den Tisch.

»Bist du da? Setz dich jetzt und iß«, sagte sie. Dann ging sie zum Herd und legte ein Stück Holz nach. »Ich habe das Feuer nicht ausgehen lassen, damit du dir die Kleider trocknen und dich erwärmen kannst, wenn du kommst. Aber iß jetzt zuerst! Das hast du wohl am nötigsten.«

Helga war die ganze Zeit an der Tür stehen geblieben. »Ihr sollt mich nicht so gut aufnehmen, Mutter«, sagte sie mit leiser Stimme. »Ich bekomme kein Geld von Per. Ich habe auf die Unterstützung verzichtet.« »Es ist heute abend schon jemand dagewesen, der bei dem Thing war und gehört hat, wie es dir ergangen ist«, sagte die Mutter. »Wir wissen alles.«

Helga blieb an der Tür stehen und machte, als wüßte sie weder aus noch ein.

Da legte der Vater die Arbeit nieder, schob die Brille auf die Stirn und räusperte sich, um eine Rede zu halten, die er den ganzen Abend überdacht hatte. »Es ist nämlich so, Helga«, sagte er: »Mutter und ich, wir wollten immer anständige und ehrliche Leute sein. Aber dann ist es uns vorgekommen, als ob du Unehre über uns gebracht hättest. Es war so, als hätten wir dich nicht gelehrt, zwischen Gut und Böse zu unterscheiden. Aber als wir nun hörten, was du heute getan hast, da sagten wir uns, Mutter und ich, daß die Leute jetzt doch sehen können, daß du eine ordentliche Erziehung genossen hast, und wir denken, daß wir vielleicht auch noch Freude an dir erleben können. Und Mutter wollte nicht, daß wir uns niederlegen, ehe du da bist, damit du doch eine ordentliche Heimkehr hast.«

III

Helga vom Moorhof kam jetzt nach Närlunda, und da ging alles gut. Sie war willig und anstellig und dankbar für jedes freundliche Wort, das man ihr sagte. Sie fühlte sich immer als die Geringste und wollte sich nie vordrängen. Es dauerte nicht lange, so hatten Herrschaft und Gesinde sie liebgewonnen.

In den ersten Tagen sah es aus, als fürchte sich Gudmund, mit Helga zu sprechen. Er hatte Angst, daß das Mädchen sich etwas einbilde, weil er ihr zu Hilfe gekommen war. Aber dies war eine unnötige Sorge. Helga hielt ihn für viel zu herrlich und hoch, als daß sie gewagt hätte, ihre Blicke zu ihm zu erheben. Und Gudmund merkte auch bald, daß er sie nicht fernzuhalten brauchte. Sie war vor ihm scheuer als vor irgend jemand.

In demselben Herbst, da Helga nach Närlunda kam, machte Gudmund viele Besuche bei der Familie des Amtmanns auf Älvåkra, und es wurde viel darüber gesprochen, daß er alle Aussicht hätte, dort im Hause Schwiegersohn zu werden. Volle Gewißheit, daß seine Werbung Erfolg hatte, erhielten die Leute jedoch erst zu Weihnachten. Da kam der Amtmann mit Frau und Tochter von Närlunda, und es war ganz klar, daß sie nur hierher gefahren waren, um zu sehen, wie es Hildur gehen würde, wenn sie sich mit Gudmund verheiratete.

Das war das erste Mal, daß Helga das Mädchen, welches Gudmund heimführen wollte, aus der Nähe sah. Hildur Erikstochter war noch nicht zwanzig Jahre, aber das Merkwürdigste an ihr war, daß niemand sie ansehen konnte, ohne zu denken, welche stattliche und prächtige Hausmutter einmal aus ihr werden würde. Sie war hochgewachsen, stark gebaut, blond und schön, und sah aus, als wenn sie gerne für viele um sich zu sorgen hätte. Sie war nie scheu oder verschüchtert, sondern sprach viel und schien alles besser zu wissen als der, mit dem sie sprach. Sie war ein paar Jahre in der Stadt zur Schule gegangen und trug die schönsten Kleider, die Helga je gesehen hatte, aber sie machte keinen eitlen oder prunkliebenden Eindruck. Reich und schön wie sie war, hätte sie wohl jeden Tag einen Mann von Stand heiraten können, aber sie sagte immer, sie wolle keine feine Dame werden und mit den Händen im Schoß dasitzen. Sie wollte einen Bauern heiraten und ihr Haus selbst versehen wie eine richtige Bäuerin.

Hildur erschien Helga als ein wahres Wunder. Nie hatte sie jemand gesehen, der so prächtig aufgetreten wäre. Sie hätte nicht geglaubt, daß ein Mensch in allen Stücken so vollkommen sein könnte. Und es deuchte sie ein großes Glück, einer solchen Frau zu dienen.

Bei dem Besuch der Amtmannsfamilie war alles gut abgelaufen; aber wenn Helga an den Tag zurückdachte, empfand sie eine gewisse Unruhe. Als die Fremden gekommen waren, war sie herumgegangen und hatte den Kaffee gereicht. Wie sie nun mit den Kannen hereinkam, hatte die Frau des Amtmanns sich zu ihrer Herrin vorgebeugt und sie gefragt, ob das nicht das Mädchen vom Moorhof sei. Sie hatte die Stimme nicht sehr gesenkt, so daß Helga die Frage deutlich hörte. Mutter Ingeborg hatte ja gesagt, und da hatte die andre etwas geantwortet, was Helga nicht hören konnte. Aber es war so etwas gewesen, als ob sie es wunderlich fände, daß sie eine solche Person im Hause dulde. Dies bereitete Helga sehr viel Kummer, aber sie suchte sich damit zu trösten, daß es die Mutter und nicht Hildur war, die diese Worte gesprochen hatte.

An einem Sonntag im Vorfrühling fügte es sich, daß Helga und Gudmund zusammen aus der Kirche kamen. Als sie über den Kirchenhügel wanderten, waren sie inmitten einer großen Schar von andern Kirchenbesuchern gegangen; aber bald bog einer nach dem andern ab, und schließlich waren Helga und Gudmund allein.

Da fiel es Gudmund ein, daß er seit jenem Abend auf dem Moorhof nicht mehr mit Helga allein gewesen war, und die Erinnerung daran kam nun in voller Stärke wieder. Recht oft während des Winters hatte er an ihre erste Begegnung gedacht und dabei immer gefühlt, wie etwas Süßes und Wohliges seinen Sinn durchbebte. Wenn er allein bei der Arbeit war, pflegte er sich die ganze schöne Nacht wieder zurückzurufen: den weißen Nebel, den starken Mondschein, die schwarze Waldeshöhe, das lichte Tal und dann das Mädchen, das die Arme um seinen Hals geschlungen und vor Freude geweint hatte. Je öfter er sich den Vorfall zurückrief, desto schöner wurde er. Aber wenn Gudmund Helga daheim unter den andern in Arbeit und Plage umhergehen sah, dann konnte er sich nur schwer vorstellen, daß sie mit dabei gewesen war. Jetzt aber, wo er allein mit ihr den Kirchenweg entlangging, konnte er es nicht lassen, sich zu wünschen, daß sie für ein Weilchen dieselbe wäre wie an jenem Abend.

Helga begann sogleich von Hildur zu sprechen. Sie rühmte sie sehr, sagte, daß sie das schönste und klügste Mädchen in der ganzen Umgegend sei, und beglückwünschte Gudmund dazu, daß er eine so ausgezeichnete Frau bekäme. »Du mußt ihr sagen, daß sie mich immer auf Närlunda bleiben läßt«, sagte sie. »Es wird so schön sein, unter einer solchen Frau zu dienen.« Gudmund lächelte über ihren Eifer, gab ihr jedoch nur einsilbige Antworten, als wären seine Gedanken nicht recht dabei. Aber es war ja recht, daß ihr Hildur so gut gefiel, und daß sie sich über seine Heirat so freute.

»Du bist diesen Winter doch gern bei uns gewesen?« fragte er. – »Ja gewiß. Ich kann gar nicht sagen, wie gut Mutter Ingeborg und ihr alle gegen mich wart.« – »Hast du dich nach dem Walde gesehnt?« – »Ach ja, anfangs wohl, aber jetzt nicht mehr.« – »Ich glaubte, wer im Wald daheim ist, kann es nicht lassen, sich hinzusehnen.«

Helga wendete sich halb um und sah ihn an, der auf der andern Seite des Weges ging. Gudmund war ihr in letzter Zeit ganz fremd geworden, aber jetzt lag etwas in seinem Tonfall und seinem Lächeln, das sie wiedererkannte. Ja, er war doch derselbe, der in ihrer höchsten Not gekommen war und sie gerettet hatte. Obgleich er sich mit einer andern verheiraten wollte, war sie dessen gewiß, daß er ihr ein guter Freund und getreuer Helfer bleiben würde.

Es wurde ihr so leicht ums Herz; sie fühlte, daß sie Vertrauen zu ihm haben könnte wie zu keinem andern, und es war ihr, als müßte sie ihm alles erzählen, was ihr geschehen war, seit sie zuletzt miteinander gesprochen hatten. »Ich will dir sagen, daß ich in den ersten Wochen auf Närlunda eine recht schwere Zeit hatte«, begann sie. »Aber du darfst es Mutter Ingeborg nicht wiedererzählen.« – »Wenn du willst, daß ich schweigen soll, so schweige ich.« – »Denk dir nur, daß ich anfangs so furchtbares Heimweh hatte! Ich war drauf und dran, wieder in den Wald hinaufzulaufen.« – »Du hattest Heimweh? Ich glaubte, du wärst froh, bei uns zu sein«. – »Ich konnte nichts dafür«, sagte sie entschuldigend. »Ich sah wohl ein, welches Glück es für mich war, hier sein zu dürfen. Ihr wart alle so freundlich gegen mich, und die Arbeit war nicht zu schwer; aber ich sehnte mich doch. Irgend etwas zog und lockte und wollte mich in den Wald zurückführen. Es war mir, als verriete ich einen, der ein Recht auf mich hatte, wenn ich unten im Tale blieb.« – »Das war vielleicht ...« begann Gudmund, aber er hielt mitten im Satz inne. – »Nein, es war nicht der Kleine, nach dem ich mich sehnte. Ich wußte ja, daß es ihm gut ging, und daß Mutter freundlich zu ihm war. Es war nichts Bestimmtes. Ich hatte das Gefühl, als wäre ich ein wilder Vogel, den man in einen Käfig gesperrt hat, und ich glaubte, ich müßte sterben, wenn man mich nicht losließ.«

»Nein, daß es dir so schlecht ging!« sagte Gudmund, und dabei lächelte er; denn jetzt kam es ihm mit einem Male vor, als ob er sie erst wiedererkennte. Jetzt war es, als läge nichts zwischen ihnen, sondern als hätten sie sich erst am vorigen Abend oben auf dem Moorhof voneinander getrennt. Helga lächelte wieder, sie fuhr jedoch fort, von ihrer Qual zu sprechen. »Keine Nacht schlief ich«, sagte sie; »kaum hatte ich mich niedergelegt, so begannen die Tränen zu fließen, und wenn ich am Morgen aufstand, war das Kopfkissen ganz naß. Am Tag, wenn ich unter euch andern herumging, konnte ich das Weinen unterdrücken; aber sowie ich allein war, schossen mir die Tränen in die Augen.«

»Du hast schon viel geweint in deinem Leben«, sagte Gudmund, aber er sah gar nicht mitleidig aus, als er diese Bemerkung machte. Helga war es, als ob er die ganze Zeit mit einem unterdrückten Lachen einherginge. – »Du kannst dir gar nicht denken, wie schlecht es mir ging«, sagte sie und sprach immer lebhafter, in dem Bestreben, sich ihm verständlich zu machen. »Es kam eine Sehnsucht über mich, die mich von mir selbst forttrug. Keinen Augenblick konnte ich mich glücklich fühlen. Nichts war schön, nichts war vergnüglich, keinen Menschen konnte ich liebgewinnen. Ihr wart mir alle ebenso fremd wie an dem Tag, als ich zum ersten Male in die Stube trat.«

»Aber«, verwunderte sich Gudmund, »sagtest du nicht eben, daß du bei uns bleiben willst?« – »Ja, gewiß sagte ich das.« – »Du sehnst dich also jetzt nicht mehr?« – »Nein, es ist vorübergegangen. Ich bin geheilt. Warte nur, du wirst schon hören!«

Als sie dies sagte, kreuzte Gudmund quer über den Weg und ging an ihrer Seite weiter. Die ganze Zeit lächelte er. Es schien ihm Freude zu machen, sie reden zu hören; aber er legte dem, was sie erzählte, wohl nicht viel Gewicht bei. So allmählich kam Helga in dieselbe Stimmung. Es schien ihr, als ob alles leicht und hell würde. Der Weg von der Kirche war lang und beschwerlich zu gehen; aber an diesem Tage wurde sie nicht müde. Irgend etwas schien sie zu tragen. Sie fuhr fort zu erzählen, weil sie einmal begonnen hatte; aber es war nicht mehr so wichtig für sie, sich auszusprechen. Sie hätte ebenso vergnügt sein können, wenn sie stumm neben ihm einhergegangen wäre.

»Als ich am allerunglücklichsten war, bat ich Mutter Ingeborg eines Samstagabends, mir zu erlauben, nach Hause zu gehen und über den Sonntag daheim zu bleiben. Und als ich an diesem Abend die Hügel zum Moor hinaufwanderte, glaubte ich felsenfest, daß ich nie mehr nach Närlunda zurückkommen würde. Aber daheim waren Vater und Mutter so froh, daß ich eine Stelle in einem so angesehenen Hause hatte, daß ich es nicht übers Herz brachte, ihnen zu sagen, ich hielte es nicht aus, bei euch zu bleiben. Sobald ich in den Wald hinaufkam, war auch alle Angst und Qual rein verschwunden. Und es schien mir, als ob das Ganze nur eine Einbildung gewesen wäre. Und dann war es so schwer mit dem Kind. Mutter hatte sich seiner angenommen und es zu dem ihren gemacht. Es gehörte mir nicht mehr. Und es war so gut, daß es so war; aber es fiel mir doch schwer, mich daran zu gewöhnen.« »Vielleicht fingst du nun gar an, dich zu uns hinunter zu sehnen?« warf Gudmund hin. – »Ach, nein. Als ich am Montagmorgen erwachte und daran dachte, daß ich jetzt gehen müßte, kam die Sehnsucht wieder über mich. Ich lag da und weinte und ängstigte mich, denn das einzige Rechte und Richtige war doch, daß ich im Dienste blieb; aber ich hatte das Gefühl, als müßte ich krank werden oder den Verstand verlieren, wenn ich zurückkehrte. Aber da fiel mir plötzlich ein, was ich einmal gehört hatte: Wenn man ein wenig Asche aus dem Herd in seinem Hause nimmt und sie dann auf den Herd im fremden Hause streut, dann wird man von seiner Sehnsucht befreit.« – »Na, das ist ein Heilmittel, das leicht anzuwenden ist«, sagte Gudmund. – »Ja, wenn es damit nur nicht die Bewandtnis hätte, daß man sich nachher nirgendwo anders heimisch fühlen kann. Geht man von dem Hause weg, in das man die Asche getragen hat, dann sehnt man sich ebensosehr dorthin zurück, als man sich früher von dort weggesehnt hat.« – »Kann man die Asche nicht wieder dorthin mitnehmen, wohin man geht?« – »Nein, das kann man nur einmal im Leben tun. Dann gibt es keine Umkehr. Und darum ist es ja sehr gefährlich, so etwas zu versuchen.«

»Ich hätte nie so etwas gewagt«, sagte Gudmund, und sie hörte sehr wohl, daß er sie nur neckte. – »Ich hab' es doch gewagt«, sagte Helga. »Es war besser, als vor Mutter Ingeborg und dir, die mir helfen wollten, als undankbar dazustehen. Ich nahm ein klein wenig Asche von daheim mit, und wie ich nach Närlunda zurückkam, benutzte ich einen Augenblick, wo niemand in der Stube war, und streute sie auf die Herdplatte.«

»Und jetzt glaubst du, daß die Asche dir geholfen hat?« – »Warte, du wirst schon hören, wie es kam! Ich ging gleich an meine Arbeit und dachte den ganzen Tag nicht mehr an die Asche. Ich sehnte mich ebenso heftig wie früher, und alles war mir ebenso zuwider wie immer. Es war an diesem Tage sehr viel drinnen und draußen zu tun; und als ich am Abend im Stalle fertig war und ins Haus ging, war auf dem Herd schon das Feuer angezündet.« »Jetzt bin ich aber wirklich begierig, zu hören, wie es kam«, sagte Gudmund. – »Ja, denke nur, schon als ich über den Hof ging, kam es mir vor, als ob im Feuerschein etwas Wohlbekanntes wäre, und als ich die Tür öffnete, da hatte ich das Gefühl, daß ich in unsre eigene Stube kam, und daß Vater und Mutter am

Feuer saßen. Ja, dies flog nur an mir vorbei wie ein Traum. Aber als ich wirklich hineinkam, da war ich ganz erstaunt, wie schön und traulich es in der Stube war. Nie hatten Mutter Ingeborg und ihr andern so freundlich ausgesehen wie an diesem Abend, als ihr da im Feuerschein saßet. Es war ein köstliches Gefühl, hereinzukommen, und das war sonst nie so gewesen. Ich war so erstaunt, daß ich fast laut aufgeschrien und in die Hände geklatscht hätte. Es schien mir, als ob ihr wie verwandelt wäret. Ihr wart mir nicht mehr fremd, sondern ich konnte mit euch über alles reden.

Du kannst dir denken, daß ich mich freute; aber dabei mußte ich mich doch immer wieder wundern. Ich fragte mich, ob ich denn verhext wäre, und sieh, da fiel mir plötzlich die Asche ein, die ich auf die Herdplatte gestreut hatte.«

»Ja, das ist seltsam«, sagte Gudmund. Er glaubte nicht im geringsten an Zauber und Hexerei; aber es mißfiel ihm nicht, Helga von solchen Dingen sprechen zu hören. »Jetzt ist doch die tolle Walddirne wieder zum Vorschein gekommen«, dachte er. »Kann man begreifen, daß jemand, der so viel durchgemacht hat wie sie, noch so kindisch ist?«

»Ja, gewiß war es seltsam«, sagte Helga. »Und dasselbe hat sich den ganzen Winter hindurch wiederholt. Sowie das Feuer im Herd brannte, war es mir ebenso behaglich, als wenn ich daheim gewesen wäre. Aber es ist auch etwas Seltsames mit dem Feuer. Nicht mit anderm Feuer vielleicht, aber mit Feuer, das auf einem Herde brennt und um das sich alle Hausgenossen Abend für Abend versammeln. Das wird, möcht' man sagen, so vertraut mit einem. Es spielt und tanzt vor einem und prasselt, und manchmal ist es mürrisch und schlechter Laune. Es ist, als läge es in seiner Macht, Traulichkeit oder Unbehagen zu verbreiten. Und nun war es mir, als wäre das Feuer von daheim zu mir gekommen, und als gäbe es allem hier denselben traulichen Schein wie daheim.«

»Aber wenn du nun gezwungen wärest, aus Närlunda fortzugehen?« sagte Gudmund. – »Dann muß ich mich all mein Lebtag danach sehnen«, erwiderte sie, und man hörte an ihrer Stimme, daß sie dies im tiefsten Ernst sagte. – »Ja, ich werde gewiß nicht der sein, der dich vertreibt«, sagte Gudmund; und obgleich er lachte, lag etwas Warmes in seinem Ton. – Dann begannen sie kein neues Gespräch, sondern wanderten stumm bis zum Bauernhofe. Gudmund wendete zuweilen den Kopf und sah sie an, die neben ihm ging. Sie schien sich von der schweren Zeit, die sie im vorigen Jahr durchgemacht hatte, erholt zu haben. Jetzt hatte sie etwas Frisches und Rosiges. Die Züge waren klein und rein, das Haar umgab den Kopf wie ein Heiligenschein, und aus den Augen konnte man nicht recht klug werden. Sie ging flink und leicht. Wenn sie sprach, kamen die Worte rasch hervor, aber dennoch scheu. Sie hatte immer Angst, verlacht zu werden, doch mußte sie heraussagen, was sie auf dem Herzen hatte.

Gudmund fragte sich, ob er sich wünsche, daß Hildur so wäre; aber das wollte er doch nicht. Diese Helga war nichts zum Heiraten. –

Ein paar Wochen später erfuhr Helga, daß sie im April von Närlunda fort müsse, weil Hildur Erikstochter nicht mit ihr unter einem Dache hausen wollte. Ihre Herrschaft sagte ihr das nicht geradeheraus. Aber Mutter Ingeborg begann davon zu sprechen, sie würden an ihrer neuen Schwiegertochter so viel Hilfe haben, daß sie sich nicht so viele Dienstleute zu halten brauchten. Ein andermal sagte sie wieder, sie habe von einer guten Stelle gehört, wo es Helga viel besser gehen würde als bei ihnen.

Helga brauchte nicht mehr zu hören: Sie verstand, daß sie fort müsse, und erklärte sogleich, daß sie gehen wolle; aber eine andre Stelle wolle sie nicht annehmen, sondern sie kehre nach Hause zurück.

Man merkte wohl, daß sie auf Närlunda Helga nicht aus freiem Willen kündigten.

Am Abschiedstage war so viel Essen aufgetischt, daß es ein förmlicher Schmaus war, und Mutter Ingeborg steckte ihr eine solche Menge Kleider und Schuhe zu, daß sie, die nur mit einem Bündel unter dem Arm gekommen war, ihre Besitztümer jetzt kaum in einer Kiste unterbringen konnte.

»Ich bekomme nie wieder eine so gute Magd wie dich in mein Haus«, sagte Mutter Ingeborg. »Und denke nun nicht zu schlecht von mir, weil ich dich ziehen lasse! Du weißt wohl, daß es nicht mit meinem Willen geschieht. Ich werde dich nicht vergessen. Solange ich noch Macht habe, wirst du keine Not leiden müssen.«

Sie machte mit Helga ab, daß sie ihr Laken und Handtücher weben solle. Und sie gab ihr Arbeit für mindestens ein halbes Jahr.

Am Abschiedstage stand Gudmund im Schuppen und hackte Holz. Er kam nicht herein, ihr Lebewohl zu sagen, obgleich das Pferd schon vor der Tür stand. Er schien so vertieft zu sein in seine Arbeit, daß er gar nicht merkte, was vorging. Sie mußte hinausgehen, um ihm Lebewohl zu sagen.

Er legte die Axt hin, gab Helga die Hand, sagte etwas hastig: »Ich danke dir für all die Zeit!« und begann dann wieder zu arbeiten. Helga hatte sagen wollen, sie sähe ein, daß es unmöglich für ihn sei, sie zu behalten, und daß alles ihre eigne Schuld sei. Sie selbst hätte es so für sich eingerichtet. Aber Gudmund schlug zu, daß die Späne rings um ihn flogen, und da konnte sie sich nicht entschließen, etwas zu sagen.

Aber das Merkwürdigste an der ganzen Sache war, daß der Bauer selbst, der alte Erland Erlandsson, Helga zum Moorhof hinauffuhr.

Gudmunds Vater war ein kleines, trocknes Männchen mit kahlem Scheitel und schönen, klugen Augen. Er war so verschlossen und schweigsam, daß er zuweilen den ganzen Tag kein Wort sprach. Solange alles ging, wie es gehen sollte, bemerkte man ihn gar nicht. Aber wenn etwas nicht klappte, dann kam er immer und sagte und tat, was gesagt und getan werden mußte, um alles wieder in Ordnung zu bringen. Er war sehr geschickt im Rechnungführen und genoß unter den Männern des Kirchspiels großes Vertrauen. Er bekam auch alle möglichen kommunalen Aufträge und war angesehener als so mancher, der einen schönen Hof und großen Reichtum besaß.

Erland Erlandsson also fuhr Helga auf dem schlechten Wege heim und ließ nicht zu, daß sie bei irgendeiner steilen Stelle ausstieg. Als sie auf dem Moorhof angelangt waren, saß er lange in der Hütte und sprach mit Helgas Eltern und erzählte ihnen, wie zufrieden er und Mutter Ingeborg mit ihr gewesen waren. Nur weil sie jetzt nicht mehr so viele Dienstleute brauchten, müßten sie sie nach Hause schicken. Sie hätte gehen müssen, weil sie die Jüngste wäre. Sie hätten es unrecht gefunden, jemand fortzuschicken, der schon lange bei ihnen diente.

Erland Erlandssons Rede machte einen guten Eindruck, und die Eltern bereiteten Helga einen freundlichen Empfang. Als sie dazu noch hörten, sie hätte so große Bestellungen erhalten, daß sie sich mit ihrer Weberei das Brot verdienen könne, waren sie es recht zufrieden, daß sie nun daheim blieb.

IV

Gudmund kam es vor, als ob er Hildur Erikstochter bis zu dem Tage geliebt hätte, an dem sie ihm das Versprechen abgezwungen, daß Helga aus Närlunda fort sollte. Wenigstens hatte es bis dahin niemand gegeben, den er mehr bewundert und geachtet hätte. Kein junges Mädchen schien ihm Hildur an die Seite gestellt werden zu können, und er war sehr stolz darauf gewesen, daß er sie gewonnen hatte. Es war ihm auch ein lieber Gedanke, sich die Zukunft mit ihr zusammen vorzustellen. Sie würden reich und angesehen sein, und er hatte das sichere Gefühl, daß es sich in dem Heim, wo Hildur das Regiment führte, gut leben lassen müßte. Er dachte auch gern daran, daß er viel Geld haben würde, wenn er mit ihr verheiratet wäre. Er könnte seine Wirtschaft verbessern, könnte alle verfallnen Hütten wieder aufbauen und den Hof erweitern, so daß er ein richtiger Großbauer würde.

An demselben Sonntag, da er mit Helga von der Kirche heimging, war er abends nach Älvåkra gefahren. Da hatte Hildur angefangen, von Helga zu sprechen und hatte gesagt, daß sie nicht nach Närlunda kommen wolle, ehe die Dirne von dort fort sei. Gudmund versuchte zuerst, das Ganze als einen Scherz fortzulachen. Aber es zeigte sich bald, daß es Hildur ernst war. Gudmund führte Helgas Sache sehr beredt; er sagte, sie sei noch so jung gewesen, als sie in den Dienst geschickt wurde, da sei es nicht zu verwundern, daß sie ins Unglück gekommen wäre, wo sie an einen so schlechten Menschen geraten war wie Per Martensson. Aber seit seine Mutter sich ihrer angenommen, hätte sie sich immer gut betragen. »Es kann nicht recht sein, sie wieder hinauszustoßen«, sagte er. »Da könnte sie ja wieder ins Elend kommen.«

Aber Hildur hatte nicht nachgeben wollen. »Wenn das Mädel auf Närlunda bleibt, so komme ich nie hin«, sagte sie. »Ich kann eine solche Person in meinem Hause nicht dulden.« – »Du weißt nicht, was du tust«, sagte Gudmund. »Niemand hat Mutter noch so gut gepflegt wie Helga. Wir sind alle froh, daß sie zu uns gekommen ist; früher war Mutter oft verdrießlich und schlechter Laune.« – »Ich zwinge dich ja nicht, sie fortzuschicken«, sagte Hildur, aber man merkte: Sie war, wenn Gudmund ihr in dieser Sache nicht den Willen täte, entschlossen, die Heirat aufzugeben. – »Nein, es soll so sein, wie du willst«, sagte Gudmund schließlich. Er fand, daß er Helgas wegen doch nicht seine ganze Zukunft aufs Spiel setzen könnte. Aber er sah sehr blaß aus, als er so nachgab, und war den ganzen Abend schweigsam und verstimmt.

Diese Sache nun ließ Gudmund befürchten, daß Hildur vielleicht nicht ganz so sei, wie er sie sich vorgestellt hatte. Es gefiel ihm nicht, daß sie ihren Willen über den seinen gesetzt hatte; aber das Schlimmste war: Er konnte sich nicht verhehlen, daß sie im Unrecht war. Er sagte sich, daß er ihr gern nachgegeben hätte, wenn sie sich großherzig gezeigt haben würde; aber nun schien es ihm, daß sie nur kleinlich und herzlos gewesen wäre.

Jedesmal von da an, wenn Gudmund Hildur traf, saß er und suchte und spähte, ob das, was er in ihr zu finden geglaubt hatte, sich wieder zeigen würde. Nun, da sein Mißtrauen einmal geweckt war, dauerte es nicht lange, und er fand manches, was nicht so war, wie er es sich gewünscht hätte. »Sie ist wohl so eine, die zuallererst an sich selbst denkt«, murmelte er jedesmal, wenn er sich von ihr trennte, und er fragte sich, wie lange wohl ihre Liebe zu ihm standhalten würde, wenn man sie auf die Probe stellte. Er suchte sich damit zu trösten, daß alle

Menschen zuerst an sich selbst dächten; aber sogleich fiel ihm Helga ein. Er sah sie vor sich, wie sie im Thingsaal gestanden und die Bibel an sich gerissen hatte, er hörte, wie sie rief: »Ich will die Klage zurückziehen. Ich hab' ihn noch lieb. Ich will nicht, daß er falsch schwört.« So hätte er sich Hildur gewünscht. Helga war ihm ein Maß geworden, nach dem er die Menschen beurteilte, – wahrlich, es gab nicht viele, die ein so liebevolles Herz hatten.

Von Tag zu Tag gefiel ihm Hildur weniger; aber er kam nie auf den Gedanken, daß er von der Heirat abstehen könnte. Er suchte sich einzureden, daß sein Mißmut nichts andres sei als leere Grillen. Vor einigen Wochen erst hatte er sie ja für die Beste gehalten, die es gäbe.

Wäre er noch am Anfang seiner Werbung gewesen, dann hätte er sich vielleicht zurückgezogen. Aber jetzt waren sie schon aufgeboten, der Hochzeitstag war bestimmt, und bei ihm daheim hatten sie bereits große Ausbesserungen in Angriff genommen. Er wollte auch den Reichtum und die gute Stellung, die ihn erwarteten, nicht preisgeben. Und welchen Grund hätte er für einen Bruch anzuführen vermocht? Was er gegen Hildur einzuwenden hatte, war so unbedeutend, daß es sich auf seinen Lippen in Luft verwandeln würde, wenn er versuchen wollte, es auszusprechen.

Aber das Herz war ihm oft schwer, und jedesmal, wenn er im Kirchdorf oder in der Stadt etwas zu besorgen hatte, ließ er sich Bier oder Wein geben, um sich eine gute Laune anzutrinken. Wenn er ein paar Flaschen geleert hatte, war er wieder stolz auf die Heirat und zufrieden mit Hildur. Dann begriff er gar nicht, was ihn eigentlich quälte.

Gudmund dachte oft an Helga und empfand Sehnsucht, sie zu treffen. Aber er glaubte, daß Helga ihn für einen schlechten Kerl halte, weil er dem Versprechen, das er ihr freiwillig gegeben hatte, untreu geworden war und sie hatte ziehen lassen. Er konnte es ihr weder erklären noch sich rechtfertigen, und darum vermied er es, mit ihr zusammenzutreffen.

Doch eines Morgens, als Gudmund gerade über die Straße ging, begegnete er Helga, die im Tal gewesen war, Milch zu kaufen. Gudmund kehrte um und schloß sich ihr an. Sie schien über seine Gesellschaft nicht gerade erfreut zu sein, sondern schritt rasch aus, als wolle sie von ihm fortkommen, und sagte kein Wort. Auch Gudmund schwieg, weil er nicht recht wußte, wie er ein Gespräch einleiten solle.

Da kam vom andern Ende der Straße ein Gefährt heran. Gudmund ging in Gedanken versunken und bemerkte es nicht, aber Helga hatte es gesehen und wendete sich nun plötzlich zu ihm. »Es hat keinen Zweck, daß du mit mir weitergehst, Gudmund; denn wenn ich recht sehe, kommen da Amtmanns aus Älvåkra gefahren.« Gudmund sah rasch auf, erkannte Pferd und Wagen und machte eine Bewegung, als ob er umkehren wolle. Im nächsten Augenblick jedoch richtete er sich auf und ging ruhig an Helgas Seite weiter wie zuvor; und sie trennten sich, ohne daß er ihr ein Wort gesagt hatte. Aber an diesem ganzen Tage war er zufriedener mit sich selbst, als er seit langem gewesen war.

V

Es war bestimmt, daß Gudmunds und Hildurs Hochzeit am zweiten Pfingstfeiertag auf Älvåkra gefeiert werden sollte. Am Freitag vor Pfingsten fuhr Gudmund in die Stadt, einige Einkäufe für einen Begrüßungsschmaus zu machen, der am Tage nach der Hochzeit auf Närlunda stattfinden sollte. In der Stadt traf er mit einigen andern jungen Burschen aus seinem Kirchspiel zusammen. Sie wußten, daß dies Gudmunds letzter Stadtbesuch vor der Hochzeit war, und nahmen dies zum Anlaß, ein großes Trinkgelage zu veranstalten. Alle legten es darauf an, daß Gudmund trinke, und es gelang ihnen schließlich, ihn ganz bewußtlos zu machen.

Am Samstag morgen kam er so spät nach Hause, daß sein Vater und der Knecht schon zu ihrer Arbeit gegangen waren, und er schlief bis tief in den Nachmittag. Als er aufstand und sich anziehen wollte, sah er, daß sein Rock an mehreren Stellen zerrissen war. »Das sieht ja aus, als wenn ich heute nacht eine Schlägerei gehabt hätte«, sagte er und versuchte, sich zu besinnen, was geschehen wäre, erinnerte sich jedoch nur, daß er gegen elf Uhr in Gesellschaft der andern aus dem Wirtshaus gegangen war, aber wohin sie sich dann begeben hätten, das konnte er sich nicht zurückrufen. Es war, als versuchte er, in eine große Dunkelheit hineinzustarren. Er wußte nicht, ob sie sich nur auf den Straßen herumgetrieben hätten, oder ob sie noch irgendwo eingekehrt wären. Er konnte sich auch nicht erinnern, ob er selbst oder irgendein andrer sein Pferd eingespannt hätte, und er hatte gar keine Erinnerung an die Heimfahrt.

Als er in die Wohnstube trat, war sie der Feiertage wegen gescheuert und gefegt. Alle Arbeit war beendigt, und das Hausgesinde trank Kaffee. Niemand sagte etwas über Gudmunds Ausbleiben. Es schien ein stillschweigendes Übereinkommen zu sein, daß er in diesen letzten Wochen die Freiheit haben solle, so zu leben, wie es ihm behagte.

Gudmund setzte sich an den Tisch und bekam seinen Kaffee wie die andern. Während er so dasaß und ihn aus der Schale in die Untertasse und dann wieder in die Schale goß, um ihn abkühlen zu lassen, wurde Mutter Ingeborg mit dem ihren fertig; sie nahm die Zeitung zur Hand, die eben gekommen war, und begann zu lesen. Sie las Spalte für Spalte vor, und Gudmund, der Vater und die andern saßen da und hörten zu.

Unter anderm las sie einen Bericht vor über eine Schlägerei, die in der vorhergehenden Nacht auf dem großen Marktplatz zwischen einer Schar betrunkener Bauern und einigen Arbeitern stattgefunden hatte. Sobald die Polizei sich zeigte, waren die Streitenden entflohen; nur einer von ihnen hatte leblos auf dem Marktplatz gelegen. Man trug den Gefallenen auf die Polizeistation, und da man keine äußere Verletzung an ihm entdecken konnte, begann man Belebungsversuche zu machen. Alle Bemühungen waren jedoch vergebens, und schließlich entdeckte man, daß eine Messerklinge in seinem Kopfe stak. Es war die Klinge eines ungewöhnlich großen Taschenmessers, die durch die Hirnschale ins Gehirn eingedrungen und dicht am Kopfe abgebrochen war. Der Mörder war mit dem Messerschaft entflohen, aber da die Polizei die Leute, die an der Schlägerei beteiligt waren, genau kannte, bestand die Hoffnung, man würde ihn bald finden.

Während Mutter Ingeborg dies las, stellte Gudmund die Kaffeetasse hin, fuhr mit der Hand in die Tasche, zog sein Messer hervor und warf einen gleichgültigen Blick darauf. Aber mit einem Male zuckte er zusammen, drehte das Messer um und steckte es dann so hastig in die Tasche, als hätte er sich daran verbrannt. Er rührte den Kaffee nicht mehr an, sondern blieb lange ganz still mit einem nachdenklichen Ausdruck sitzen. Seine Stirn legte sich in tiefe Falten. Es war deutlich zu sehen, daß er mit aller Macht versuchte, sich über etwas klar zu werden.

Endlich stand er auf, streckte sich, gähnte und ging langsam auf die Tür zu. »Ich muß mir ein bißchen Bewegung machen. Ich bin den ganzen Tag nicht aus dem Hause gewesen«, sagte er und verließ das Zimmer. Ungefähr gleichzeitig erhob sich auch Erland Erlandsson. Er hatte seine Pfeife ausgeraucht und ging nun in die Kammer, um sich neuen Tabak zu holen. Als er da drinnen stand und die Pfeife stopfte, sah er Gudmund vorübergehen. Die Fenster der Kammer gingen nicht auf den Hof, wie die der Wohnstube, sondern auf ein kleines Gärtchen, in dem ein paar hohe Apfelbäume standen. Unterhalb des Gärtchens lag ein Sumpfland, wo um die Frühlingszeit große Wasserpfützen waren, die aber im Sommer fast ganz austrockneten. Dahin pflegte selten jemand zu gehen. Erland Erlandsson fragte sich, was Gudmund da wohl zu suchen habe, und folgte ihm mit den Blicken. Da sah er, wie der Sohn die Hand in die Tasche steckte, einen Gegenstand herauszog und ihn in den Morast warf. Dann ging er durch das kleine Gärtchen, sprang über einen Zaun und entfernte sich in der Richtung nach der Straße.

Sowie der Sohn außer Sehweite war, verließ Erland ebenfalls das Haus und begab sich an den Morast. Hier watete er in den Schlamm hinaus, beugte sich zu Boden und hob etwas auf, woran er mit dem Fuß gestoßen war. Es war ein großes Taschenmesser, dessen größte Klinge abgebrochen war. Er drehte es nach allen Seiten und besah es genau, während er noch immer im Wasser stand. Dann steckte er es in die Tasche, zog es aber noch ein paarmal heraus und betrachtete es prüfend, ehe er wieder ins Haus zurückging.

Gudmund kam erst heim, als sich alle schon niedergelegt hatten. Er ging zu Bett, ohne das Abendbrot zu berühren, das in der Wohnstube aufgetischt stand. Erland Erlandsson und sein Weib schliefen in der Kammer.

Um das Morgengrauen glaubte Erland Schritte vor dem Fenster zu hören. Er stand auf, zog die Gardinen zurück und sah, daß Gudmund zum Morast hinunterging. Dort legte er Strümpfe und Schuhe ab, ging ins Wasser hinaus und wanderte hin und her, wie einer, der etwas sucht. Das tat er lange, dann ging er wieder an das Ufer, als wollte er seiner Wege gehen, kehrte aber bald um und suchte weiter. Eine ganze Stunde stand der Vater da und sah ihm zu, dann begab sich Gudmund ins Haus und legte sich wieder schlafen.

Am Pfingsttag sollte Gudmund zur Kirche fahren. Als er das Pferd einzuspannen begann, kam der Vater über den Hof. »Du hast vergessen, das Geschirr zu putzen«, sagte er, als er vorbeiging. Denn Geschirr und Wagen waren schmutzig und ungescheuert. – »Ich hab' an andre Dinge zu denken gehabt«, sagte Gudmund mürrisch und fuhr davon, ohne etwas dergleichen zu tun.

Nach dem Gottesdienst begleitete Gudmund seine Braut nach Älvåkra und blieb den ganzen Tag dort. Es kam eine Menge jungen Volkes zusammen, um Hildurs letzten Jungfernabend zu feiern, und man tanzte bis tief in die Nacht hinein. Es gab auch viel zu trinken, aber Gudmund rührte nichts an. Den ganzen Abend sprach er kaum ein Wort zu irgend jemand, aber er tanzte wild und lachte zuweilen laut und schrill auf, ohne daß jemand wußte, worüber.

Gudmund kam nicht vor zwei Uhr nach Hause, und sobald er das Pferd in den Stall geführt hatte, ging er zu dem Sumpf hinter dem Hause. Er streifte die Schuhe ab, krempelte die Hosen hinauf und watete ins Wasser. Es war eine helle Sommernacht, und der Vater stand in dem Kämmerchen hinter der Gardine und sah dem Sohne zu. Er sah, wie er tief über das Wasser gebeugt einherging und suchte wie in der Nacht zuvor. Von Zeit zu

Zeit ging er wieder an das Ufer, so als verzweifelte er, etwas zu finden, aber nach einer Weile watete er wieder in das Wasser hinaus. Einmal ging er in den Stall und holte einen Eimer und begann, Wasser aus den kleinen Pfützen zu schöpfen, als wollte er sie trockenlegen, aber fand es sicherlich zwecklos und stellte den Eimer wieder weg. Er versuchte es auch mit einem Sieb. Er durchsuchte den ganzen Sumpf damit, schien aber nichts andres heraufzubekommen als Schlamm. Erst um die Morgenstunde kam er herein, als die Leute im Hause sich schon zu rühren begannen. Da war er so müde und übernächtig, daß er im Gehen schwankte, und warf sich aufs Bett, ohne die Kleider abzulegen.

Als die Uhr acht schlug, kam der Vater und weckte ihn. Gudmund lag auf dem Bett, die Kleider voll Schlamm und Lehm; aber der Vater fragte nicht, was er angestellt habe, sondern sagte nur, es sei jetzt Zeit aufzustehen, und schloß die Tür. Nach einer Weile kam Gudmund in die Wohnstube herunter, mit den feinen Hochzeitskleidern angetan. Er war bleich, und die Augen brannten in unruhigem Glanz, aber niemand hatte ihn je so schön gesehen. Die Züge waren wie von einem inneren Schein verklärt. Man glaubte einen Menschen zu sehen, der nicht mehr aus Fleisch und Blut bestünde, sondern nur noch aus Wille und Seele.

Unten in der Wohnstube sah es festlich aus. Die Mutter hatte ihr schwarzes Kleid angelegt und einen schönen Seidenschal über die Schultern gehängt, obgleich sie nicht zur Hochzeit fahren wollte. Auch alle Dienstleute waren in ihren besten Kleidern. Über dem Herde stak frisches Birkenlaub, auf dem Tische lag eine schöne Dekke, und viele Schüsseln standen darauf. Als sie gegessen hatten, las Mutter Ingeborg einen Psalm und ein Stück aus der Bibel vor. Dann wendete sie sich an Gudmund, dankte ihm, weil er ihr ein guter Sohn gewesen war, wünschte ihm Glück für sein zukünftiges Leben und gab ihm ihren Segen. Mutter Ingeborg wußte ihre Worte gut zu setzen, und Gudmund war sehr gerührt. Immer wieder traten ihm die Tränen in die Augen, aber es gelang ihm doch, das Weinen zu unterdrücken. Auch der Vater sprach ein paar Worte. »Es wird schwer für deine Eltern sein, dich zu verlieren«, sagte er, und Gudmund war wieder nahe daran, in Schluchzen auszubrechen. Auch alle Dienstleute traten vor, schüttelten ihm die Hand und dankten ihm für die Zeit, die nun zu Ende war. Beständig hingen Gudmund die Tränen in den Wimpern. Er räusperte sich und machte ein paar Versuche, zu sprechen, doch brachte er kaum ein Wort über die Lippen.

Der Vater sollte ihn in das Haus der Braut begleiten und der Hochzeit beiwohnen. Er ging in den Hof, spannte das Pferd ein und kam dann wieder, um zu sagen, daß es Zeit sei, sich auf den Weg zu machen. Als Gudmund sich in den Wagen setzte, merkte er, daß alles so spiegelblank war, wie er es selbst immer gern gehabt hatte. Zugleich sah er auch, wie fein der Hof herausgeputzt war; der Zufahrtsweg war frisch beschottert; alte Holzhaufen und andres Gerümpel, das zeit seines Lebens dort gelegen, waren fortgeschafft. Zu beiden Seiten der Eingangstür standen ein paar abgehauene Birken als Triumphpforte, an der Wetterfahne hing ein großer Blumenkranz, und aus allen Fensterluken guckten lichtgrüne Birkenreiser. Wieder war Gudmund nahe daran, in Tränen auszubrechen. Er drückte dem Vater, der eben das Pferd in Gang setzen wollte, heftig die Hand. Es war, als wollte er ihn von der Fahrt abhalten. »Willst du etwas?« sagte der Vater. – »Ach nein«, sagte Gudmund. »Es ist wohl am besten, wenn wir uns auf den Weg machen.«

Bevor sie weit vom Hofe waren, mußte Gudmund noch einmal Abschied nehmen. Es war Helga vom Moorhof, die an der Stelle stand und wartete, wo der Waldpfad von ihrem Heim her auf den Weg mündete. Der Vater, der kutschierte, hielt an, sowie er Helga erblickte. »Ich hab' auf euch gewartet, weil ich Gudmund Glück wünschen möchte«, sagte Helga. Gudmund beugte sich aus dem Wagen und schüttelte Helga die Hand. Er glaubte zu sehen, daß sie abgemagert war, ihre Augen waren rot gerändert. Sie lag wohl nachts und weinte und sehnte sich nach Närlunda. Aber jetzt trachtete sie, fröhlich auszusehen, und lächelte ihm zu. Er war wieder sehr gerührt, konnte aber nichts sagen. Der Vater, der ja in dem Rufe stand, daß er nicht sprach, ehe die Not am höchsten war, fiel ein: »Ich glaube, über diesen Glückwunsch freut sich Gudmund mehr als über irgendeinen andern.« – »Ja, das ist sicher«, sagte Gudmund. Sie schüttelten sich noch einmal die Hand, und dann fuhr der Vater weiter. Gudmund beugte sich aus dem Wagen und sah Helga nach. Als sie von ein paar Bäumen verdeckt wurde, riß er plötzlich den Fußsack fort und erhob sich, als wolle er aus dem Wagen springen. – »Willst du Helga noch etwas sagen?« fragte der Vater. – »Nein, ach nein«, antwortete Gudmund und setzte sich wieder zurecht.

Sie fuhren noch eine kleine Strecke. Der Vater fuhr sehr gemächlich. Es war, als mache es ihm Freude, so mit seinem Sohne neben sich zu fahren. Er machte keinerlei Anstalten, rasch ans Ziel zu kommen.

Plötzlich ließ Gudmund den Kopf auf die Schulter des Vaters sinken und brach in heftiges Schluchzen aus. »Was ist dir?« fragte Erland und zog die Zügel so plötzlich an, daß das Pferd mit einem Ruck stehenblieb. – »Ja, alle sind so gut gegen mich, und ich verdien' es nicht.« – »Du hast doch nichts Böses getan?« – »Doch, Vater, das habe ich.« – »Das wollen wir doch nicht glauben.« – »Ja, ich hab' einen Menschen erschlagen.«

Der Vater holte tief Atem. Es klang beinahe wie ein Seufzer der Erleichterung; Gudmund hob erstaunt den Kopf und sah ihn an. Der Vater ließ das Pferd wieder in Trab fallen, dann sagte er still: »Ich bin froh, daß du es selbst gesagt hast.« – »Wußtet Ihr es denn schon, Vater?« – »Ich sah schon Samstag abend, daß irgend etwas nicht in Ordnung war. Und dann fand ich dein Messer im Morast.« – »Ach so, Ihr habt das Messer gefunden!« – »Ich hab' es gefunden, und ich sah, daß die eine Klinge abgebrochen war.«

»Ja, Vater, ich weiß, daß die Klinge abgebrochen ist. Aber ich kann mir doch nicht denken, daß ich es getan haben soll.« – »Es ist wohl im Rausch geschehen.« – »Ich weiß nichts, ich kann mich an nichts erinnern. Ich sah es an meinen Kleidern, daß ich bei einer Rauferei war, und ich weiß, daß die Messerklinge fort ist.« – »Ich verstehe, daß du es verschweigen wolltest«, sagte der Vater. – »Ich dachte, die andern waren gewiß ebenso sinnlos betrunken wie ich und können sich an nichts erinnern. Es liegt vielleicht sonst kein Beweis gegen mich vor als das Messer, und darum hab' ich es fortgeworfen.« – »Ich kann mir denken, daß du dir die Sache so zurechtgelegt hast.« – »Ihr versteht, Vater: Ich weiß nicht, wer der Tote ist; ich hab' ihn vielleicht nie im Leben gesehen. Ich kann mich nicht erinnern, daß ich es getan habe. Und da sagte ich mir, ich brauchte doch nicht für etwas zu leiden, was ich nicht mit Willen getan habe. Aber bald sah ich ein, daß es eine Tollheit war, das Messer in den Sumpf zu werfen. Er trocknet doch im Sommer aus, und da kann es ein jeder finden. Darum wollte ich es gestern nacht und heute nacht suchen.« – »Hast du gar nicht daran gedacht, zu gestehen?« – »Nein, gestern dachte ich nur, wie ich es geheimhalten könnte, und ich versuchte zu tanzen und vergnügt zu sein, damit mir niemand etwas anmerkte.« – »War es deine Absicht, vor den Traualtar zu treten, ohne zu gestehen? Das ist eine große Verantwortung. Sahst du nicht ein, daß du Hildur und ihre Familie mit in dein Elend ziehst, wenn man dich entdeckt?« – »Ich dachte, daß ich sie am besten verschonte, wenn ich nichts sagte.«

Sie fuhren im Galopp den Weg entlang. Der Vater schien es jetzt sehr eilig zu haben, ans Ziel zu kommen. Die ganze Zeit sprach er zu dem Sohne. Er hatte ihm vorher in seinem ganzen Leben nicht so viele Worte gesagt.

»Ich wüßte gerne, wodurch du andrer Meinung geworden bist«, sagte er. – »Weil Helga kam und mir Glück wünschte. Da brach etwas Hartes in mir. Ich war so gerührt über sie. Ich war auch heute morgen über Mutter und über Euch gerührt, und ich wollte sprechen und sagen, daß ich eure Liebe nicht verdiene, aber das Harte war damals noch in mir und leistete Widerstand. Aber als Helga kam, da war es aus und geschehen. Ich meinte, sie müßte mir eigentlich böse sein, weil ich doch schuld daran bin, daß sie von daheim fort mußte.«

»Nun, denke ich, wirst du mit mir einig sein, daß wir dies gleich den Amtmann wissen lassen müssen«, sagte der Vater. – »Ja«, antwortete Gudmund mit leiser Stimme. »Ja, gewiß«, fügte er gleich darauf lauter und fester hinzu, »ich will Hildur nicht in mein Unglück hineinziehen. Sie würde es mir nie verzeihen.« – »Die Älvåkraleute halten ihre Ehre hoch, sie wie andre«, sagte der Vater, »und das magst du wissen, Gudmund: Als ich heute morgen von daheim fortfuhr, da sagte ich mir, ich muß es dem Amtmann erzählen, wie es um dich steht, wenn du dich nicht entschließest, es selbst zu tun. Wie hätte ich schweigend zusehen und Hildur einen heiraten lassen können, dem jede Stunde eine Anklage wegen Mordes droht.« Er klatschte mit der Peitsche und fuhr in immer rasenderem Galopp. »Das wird das Schwerste für dich sein«, sagte er. »Wir müssen es so einrichten, daß es bald überstanden ist. Ich denke, der Amtmann und seine Familie werden es recht von dir finden, daß du dich selbst angibst, und sie werden freundlich gegen dich sein.«

Gudmund antwortete nichts. Er sah immer gequälter aus, je mehr sie sich Älvåkra näherten. Der Vater sprach weiter, um ihm Mut zu machen. »Ich habe einmal eine ähnliche Geschichte gehört«, sagte er. »Ein Bräutigam hatte einen Kameraden auf der Jagd erschossen. Es war nicht seine Absicht gewesen, und man hatte nicht entdeckt, daß er es war, der den tödlichen Schuß abgefeuert hatte. Aber ein paar Tage später sollte er heiraten; und als er in das Hochzeitshaus kam, da ging er zur Braut und sagte: ›Aus der Hochzeit kann nichts werden. Ich will dich nicht in das Elend hineinziehen, das mich erwartet.‹ Aber sie stand schon fertig geschmückt da, in Krone und Schleier, und sie nahm ihn bei der Hand und führte ihn in den Saal, wo die Gäste versammelt waren und alles für die Trauung bereit war. Und sie erzählte allen mit lauter Stimme, was ihr der Bräutigam eben gesagt hatte. ›Dies erzähle ich, damit alle wissen, daß du nicht falsch gegen mich gewesen bist‹, sagte sie dann und wendete sich an den Bräutigam. ›Aber jetzt will ich mich gleich mit dir trauen lassen. Denn du bleibst der, der du bist, wenn du auch ins Unglück gekommen bist; und was dich auch erwartet, das will ich gemeinsam mit dir tragen.‹«

Als der Vater mit seiner Erzählung zu Ende war, waren sie gerade bei der langen Gasse angelangt, die nach Älvåkra führte. Gudmund sagte mit einem wehmütigen Lächeln zu ihm: »So wird es uns nicht ergehen.« – »Wer weiß«, antwortete der Vater und richtete sich im Wagen auf. Er sah den Sohn an und mußte wieder staunen, wie schön der an diesem Tage war. »Es sollte mich nicht wundern, wenn ihm etwas Großes und Unerwartetes widerführe«, dachte er.

Es sollte eine Kirchenhochzeit sein, und eine Menge Leute hatten sich schon bei den Brauteltern versammelt, um im Hochzeitszuge mitzufahren. Auch viele Verwandte des Amtmanns waren von weit und breit gekommen. Sie saßen in ihrem besten Staat auf dem Flur, bereit zur Fahrt in die Kirche. Wagen und Kutschen standen im Hof, und man hörte, wie die Pferde im Stalle stampften, während sie gestriegelt wurden. Der Dorfspielmann saß allein auf der Treppe der Scheuer und stimmte die Fiedel. An einem Fenster im oberen Stockwerk stand die Braut fertig angekleidet und hielt Ausschau, um den Bräutigam zu sehen, bevor der sie erspäht hätte.

Erland und Gudmund stiegen aus dem Wagen und sagten, daß sie mit Hildur und ihren Eltern allein sprechen müßten. Bald standen sie alle in dem kleinen Zimmer, wo der Amtmann sein Schreibpult hatte. »Ich denke, Herr Amtmann, Sie haben in den Zeitungen von jener Schlägerei in der Stadt gelesen, bei der ein Mensch ermordet wurde, in der Nacht vom Freitag auf Samstag«, sagte Gudmund so rasch, als leiere er eine Lektion herunter. – »Ja freilich habe ich davon gelesen«, sagte der Amtmann. – »Ich war nämlich in jener Nacht in der Stadt«, fuhr Gudmund fort.

Jetzt kam keine Antwort. – Es wurde totenstill. Gudmund war es, als ob alle ihn mit einem solchen Entsetzen anstarrten, daß er nicht weitersprechen konnte. Aber der

Vater kam zu Hilfe. – »Gudmund war von ein paar Freunden eingeladen. – Er hat in jener Nacht wohl zuviel getrunken, denn als er heimkam, wußte er gar nicht, was mit ihm geschehen war. Aber man merkte es ihm an, daß er bei einer Rauferei gewesen war, denn seine Kleider waren zerrissen.« Gudmund sah, wie das Entsetzen, das die andern empfanden, mit jedem Worte zunahm, aber er selbst wurde ruhiger. Ein Gefühl des Trotzes erwachte in ihm, und er ergriff wieder das Wort: »Als nun am Samstag abend die Zeitung kam und ich von der Schlägerei las und von der Messerklinge, die in der Hirnschale des Mannes steckengeblieben war, da zog ich mein Messer hervor und sah, daß eine Klinge fehlte.« – »Das sind schlimme Neuigkeiten, die du da bringst, Gudmund«, sagte der Amtmann. »Es wäre richtiger gewesen, wenn du uns das gestern gesagt hättest.« – Gudmund schwieg, und da kam ihm der Vater wieder zu Hilfe. »Es war nicht so leicht für Gudmund. Die Versuchung, das Ganze zu verschweigen, war sehr groß. Er verliert sehr viel durch dieses Geständnis.« – »Ja, wir müssen noch froh sein, daß er jetzt gesprochen hat, so daß wir nicht in das Elend hineingezogen werden«, sagte der Amtmann bitter.

Gudmund hielt seine Augen die ganze Zeit auf Hildur gerichtet. Sie trug Krone und Schleier; nun sah er, wie sie die Hand hob und eine der großen Nadeln herauszog, die die Krone festhielten. Sie schien dies ganz unbewußt getan zu haben. Als sie merkte, daß Gudmunds Blicke auf ihr ruhten, steckte sie die Nadel wieder hinein.

»Es ist ja noch gar nicht bewiesen, daß Gudmund der Schuldige ist«, sagte der Vater, »aber ich begreife: Ihr wollt, daß die Hochzeit aufgeschoben wird, bis wir alles aufgeklärt haben.« – »Es hat wohl wenig Zweck, von Aufschub zu sprechen«, sagte der Amtmann. »Ich denke, Gudmund ist seiner Sache recht sicher, und wir könnten uns wohl darüber einigen, daß es zwischen ihm und Hildur ein für allemal aus ist.« Gudmund antwortete nicht gleich. Er ging zu seiner Braut hinüber und streckte die Hand aus. Sie saß ganz regungslos da und schien ihn nicht zu sehen. »Willst du mir nicht Lebewohl sagen, Hildur?« Jetzt sah sie auf, und ihre großen Augen blitzten ihn kalt an. – »Hast du mit dieser Hand das Messer geführt?« fragte sie. Gudmund antwortete ihr keine Silbe, sondern wendete sich an den Amtmann. – »Ja, jetzt bin ich mir meiner Sache sicher«, sagte er. »Es hat gar keinen Zweck, die Hochzeit aufzuschieben.«

Damit war die Unterredung beendet, und Gudmund und Erland gingen ihrer Wege. Sie hatten durch mehrere Stuben und Kammern zu gehen, ehe sie hinauskamen, und überall sahen sie Vorbereitungen zur Hochzeit. Die Tür nach der Küche stand offen, und sie sahen, wie eine Menge Menschen in eiliger Geschäftigkeit durcheinanderliefen. Der Duft von Braten und Backwerk drang heraus, der ganze Herd war voll kleiner und großer Töpfe, die Kupferkasserollen, die sonst die Wände schmückten, waren heruntergenommen und im Gebrauch. »Ach, daß sie alle diese Zurüstungen für meine Hochzeit machen!« dachte Gudmund, als er vorüberging.

Er bekam Einblick in den ganzen Reichtum dieses alten Bauernhofes, wie er so durch das Haus wanderte. Er sah den Eßsaal, wo große Tische mit langen Reihen von Silberbechern und Kannen gedeckt waren. Er kam durch die Kleiderkammer, wo auf dem Boden große Truhen standen und an den Wänden Kleider in unendlicher Reihe hingen. Als er dann in den Hof hinaustrat, sah er eine Menge alte und neue Wagen, prächtige Pferde wurden aus dem Stall geführt und schöne Wagendecken in die Kutschen gelegt. Er sah über ein paar Höfe, die von Scheunen, Ställen, Schuppen, Vorratskammern und noch vielen andern Gebäuden umgeben waren. »Das alles hätte mein sein können«, dachte er, als er sich in den Wagen setzte.

Mit einem Male kam bittre Reue über ihn. Er wäre am liebsten aus dem Wagen gesprungen und hineingelaufen, um ihnen zu sagen, es sei alles nicht wahr, was er erzählt hätte. Er hätte ja nur mit ihnen spaßen und sie erschrecken wollen. Es war doch unerhört töricht von ihm gewesen, zu bekennen. Was nützte es, daß er gestanden hatte? Dadurch wurde die Sache für keinen Menschen besser. Der Tote war ja tot. Nein, dieses Geständnis hatte nichts andres zur Folge, als daß auch er ins Verderben gestürzt wurde.

In den letzten Wochen hatte er diese Heirat nicht mehr so eifrig gewünscht; aber jetzt, da er darauf verzichten mußte, fühlte er erst, was sie wert war. Es bedeutete viel, Hildur Erikstochter und alles, was an ihr hing, zu verlieren. Was hatte es zu sagen, daß sie eigenwillig und selbstherrlich war! Sie war doch die erste von allen in der Umgegend, und durch sie wäre er zu großer Macht und Ehre gekommen.

Er trauerte jetzt nicht nur um Hildur und ihr Hab und Gut, sondern auch um kleinere Dinge. In diesem Augenblick wäre er zur Kirche gefahren, und alle, die ihn gesehen, hätten ihn beneidet. Und heute hätte er zuoberst an der Hochzeitstafel gesessen. Heute wäre er mitten in Tanz und Fröhlichkeit gewesen. Es war sein großer Glückstag, der ihm nun entging.

Erland drehte den Kopf ein ums andere Mal dem Sohne zu und sah ihn an. Er war jetzt nicht so schön und verklärt, wie er am Morgen gewesen war, sondern saß stumpf und schwerfällig da mit erloschenem Blick. Der Vater hätte wohl gerne gewußt, ob der Sohn sein Geständnis bereue, und er wollte ihn danach fragen, hielt es aber doch für richtiger, zu schweigen.

»Wohin wollen wir jetzt fahren?« fragte Gudmund nach einer Weile. »Wäre es nicht das beste, gleich zu Gericht zu gehen?« – »Du mußt zuerst nach Hause, damit du ruhen und dich ausschlafen kannst«, sagte der Vater. »Du hast in den letzten Nächten wohl nicht viel Schlaf gefunden.« – »Mutter wird erschrecken, wenn sie uns sieht.« – »Sie wird nicht so erstaunt sein«, sagte der Vater, »sie weiß ebensoviel wie ich. Sie wird sich freuen, daß du gestanden hast.« – »Ich glaube, Mutter und ihr alle miteinander daheim seid froh, mich ins Gefängnis zu bringen«, sagte Gudmund bitter. – »Wir wissen, daß du viel verlierst, weil du recht gehandelt hast«, sagte der Vater, »wir können nicht anders: Wir müssen uns freuen, daß du dich selbst überwunden hast.«

Gudmund glaubte es nicht ertragen zu können, nach Hause zu fahren und allen den Leuten zuzuhören, die ihn rühmen würden, weil er seine Zukunft vernichtet hatte. Er suchte einen Vorwand, um niemanden treffen zu müssen, bevor er sich mehr Ruhe erkämpft hätte. Nun fuhren sie an der Stelle vorüber, wo der Pfad zum Moorhof abbog.

»Wollt Ihr hier halten, Vater? Ich denke, ich gehe zu Helga hinauf und spreche mit ihr.«

Der Vater hielt bereitwillig das Pferd an. »Komm nur, sobald du kannst, nach Hause, damit du dich ausruhst«, sagte er.

Gudmund schlug den Weg in den Wald ein und war bald zwischen den Bäumen verschwunden. Er dachte nicht daran, Helga aufzusuchen. Er war nur froh, allein zu sein, so daß er sich keinen Zwang aufzuerlegen brauchte. Er fühlte eine unvernünftige Wut gegen alles, er stieß Steine fort, die ihm im Wege lagen, und blieb zuweilen stehen, um einen großen Ast abzubrechen, nur weil ein Blatt sein Gesicht gestreift hatte. Er schlug den

Weg zum Moorhof ein, ging aber an der Hütte vorbei und kletterte den Berg hinauf. Hier wurde es ihm bald schwer, weiterzukommen. Er hatte den Pfad verlassen; und um den nächsten Gipfel zu erreichen, mußte er über ein breites Flußbett voll kantiger Felsblöcke gehen. Es war eine gefährliche Wanderung über die scharfen Felskanten, und er konnte sich Arme und Beine brechen, wenn er einen Fehltritt machte. Das wußte er sehr wohl, aber er ging doch weiter, als mache es ihm Freude, sich einer Gefahr auszusetzen. »Und wenn ich mich zuschanden falle, so findet mich hier oben niemand«, dachte er. »Aber was tut das? Ich kann ebensogut hier liegen und sterben wie jahrelang hinter Gefängnismauern sitzen.«

Doch alles ging gut ab, und ein paar Minuten später stand er auf der Höhe. Über den Berg war einmal ein Waldbrand hingegangen. Die oberste Spitze war noch kahl, und von dort hatte man eine meilenweite Aussicht. Er sah Täler und Seen, dunkle Wälder und fruchtbare Äcker, Kirchen und Herrenhöfe, kleine Bauernhütten und große Dörfer. Weit in der Ferne lag die Stadt, in einen weißen Schleier von Sonnenrauch gehüllt, aus dem ein paar funkelnde Türme aufragten. Durch die Täler schlängelten sich Wege, und ein Eisenbahnzug rollte am Waldessaume vorbei.

Es war ein ganzes Reich, was er da sah. Er warf sich zu Boden, hielt aber den Blick noch immer auf die weite Fernsicht geheftet. Es war etwas Stolzes und Großes in dieser Landschaft vor ihm, und er empfand sich selbst und seine Sorgen als klein und unbedeutend.

Ihm kam eine Erinnerung aus seiner Kindheit. Wenn er damals gelesen hatte, daß der Versucher Jesus auf einen hohen Berg geführt und ihm alle Herrlichkeit der Welt gezeigt hätte, so war er immer der Meinung gewesen, die beiden müßten hier oben auf dem Gipfel gestanden haben ... Und er sprach die alten Worte vor sich hin: Dies alles will ich dir geben, wenn du niederfällst und mich anbetest.

Da kam es ihm plötzlich vor, als sei ihm selbst in diesen letzten Tagen eine solche Versuchung entgegengetreten. Wahrlich, hatte ihn nicht der Versucher auf einen hohen Berg geführt und ihm alle Herrlichkeit der Macht und des Reichtums gezeigt? »Verschweige nur das Böse, das du getan hast«, sagte er, »und ich will dir dies alles geben.« Wie Gudmund daran dachte, kam ein klein wenig Befriedigung über ihn. »Ich habe ja nein geantwortet«, sagte er; und plötzlich begriff er, worum es sich für ihn gehandelt hatte. Wenn er geschwiegen hätte, wäre er dann nicht all sein Lebtag verurteilt gewesen, den Versucher anzubeten? Ein scheuer, mutloser Mann wäre er geworden, ein Sklave von Hab und Gut. Die Furcht vor der Entdeckung hätte stets auf ihm gelastet. Nie mehr hätte er sich als ein freier Mann fühlen können.

Eine große Ruhe kam über Gudmund. Er wurde ganz glücklich, weil er einsah, daß er recht gehandelt hatte. Wenn er an die vergangenen Tage zurückdachte, schien es ihm, daß er in einer großen Dunkelheit getappt hätte. Es war wunderbar, daß er sich zuletzt doch zurechtgefunden hatte. Er fragte sich selbst, wie es zugegangen sei, daß er nicht in die Irre gegangen war. »Ich danke es dem, daß sie daheim alle so gut gegen mich waren«, dachte er, »und die beste Hilfe war doch, daß Helga kam und mir Glück wünschte!« Er blieb noch eine Weile oben auf dem Gipfel liegen, aber bald sagte er sich, er müsse zu Vater und Mutter heimgehen und ihnen sagen, daß er den Frieden mit sich selbst gefunden hätte. Als er nun aufstand, um zu gehen, bemerkte er, daß ein Stück weiter unten Helga auf einem Felsenvorsprung saß.

Sie hatte dort nicht die große weite Aussicht – nur ein kleines Stückchen des Tales war für sie sichtbar. Es war die Gegend, wo Närlunda lag, und sie sah vermutlich ein Stück des Hofes. Als Gudmund sie erblickte, fühlte er, wie sein Herz, das den ganzen Tag mühsam und ängstlich gearbeitet hatte, leicht und fröhlich zu klopfen begann, und zu gleicher Zeit durchzuckte ihn ein so starkes Glücksgefühl, daß er stehenblieb und über sich selbst staunte.

»Was ist mir denn? Was ist das? Was ist das?« dachte er, während das Blut durch seinen Körper strömte und das Glück ihn mit solcher Macht packte, daß er es beinahe schmerzhaft empfand. Endlich sagte er mit erstaunter Stimme zu sich selbst: »Aber ich hab' ja sie lieb! Nein, daß ich das bisher gar nicht wußte!« Es packte ihn mit der Stärke eines befreiten Wasserfalls. Er war die ganze Zeit, solange er sie kannte, gebunden gewesen. Alles, was ihn zu ihr hinzog, hatte er zurückgedrängt. Jetzt erst war er frei von dem Gedanken, eine andre zu heiraten, hatte er die Freiheit, sie zu lieben.

»Helga!« rief er und begann zugleich den Abhang zu ihr hinunterzuklettern. Sie wendete sich mit einem erschrockenen Aufschrei um. »Hab keine Angst! Ich bin es nur.« – »Aber bist du denn nicht in der Kirche und wirst getraut?« – »Ach nein, aus der Hochzeit wird nichts. Sie will mich nicht haben, Helga.« Helga richtete sich auf. Sie preßte die Hand aufs Herz und schloß die Augen. Sie dachte in diesem Augenblick wohl, daß es nicht Gudmund sei, der da kam. Ihre Augen und Ohren müßten hier im Walde verhext worden sein. Aber schön und herrlich war es doch, daß er sich zeigte, wenn auch nur als Traumerscheinung; und sie schloß die Augen und blieb regungslos stehen, um das Trugbild noch ein paar Augenblicke festzuhalten.

Aber Gudmund war wild und toll von der großen Liebe, die in ihm aufgelodert war. Sobald er zu Helga heruntergekommen war, schlang er die Arme um sie und küßte sie, und sie ließ es geschehen; denn sie war ganz betäubt und benommen vor Überraschung. Es war ja zu wunderbar, daß er, der gerade jetzt in der Kirche stehen sollte, zur Seite seiner Braut, wirklich hierher in den Wald gekommen war. Dieser Geist oder Doppelgänger von ihm, der zu ihr gekommen war, mochte sie immerhin küssen.

Aber in dem Augenblick, da Gudmund Helga küßte, wachte sie auf und stieß ihn von sich. Und nun begann sie ihn mit Fragen zu überschütten. Ob er es wirklich selbst sei? Was er im Walde zu tun hätte? Ob ein Unglück geschehen? Warum man die Hochzeit aufgeschoben hätte? Ob Hildur krank sei? Ob den Pfarrer in der Kirche der Schlag gerührt hätte?

Gudmund wollte mit ihr von nichts anderm auf der Welt sprechen als von seiner Liebe; aber sie zwang ihn, zu erzählen, wie alles zugegangen war. Während er sprach, saß sie still da und hörte mit tiefer Andacht zu.

Sie unterbrach ihn nicht, bis er von der abgebrochenen Klinge erzählte. Da fuhr sie auf und fragte, ob es sein gewöhnliches Messer sei, das er gehabt hätte, als sie noch auf Närlunda diente.

»Ja, gerade das war es«, sagte er. – »Wieviel Klingen waren denn abgebrochen?« fragte sie. – »Nicht mehr als eine.«

In Helgas Kopf begann es zu arbeiten. Sie saß mit gerunzelter Stirn da und suchte sich an etwas zu erinnern. Wie war es doch? Ja gewiß. Sie entsann sich deutlich, daß sie sich dieses Messer an dem Tage, bevor sie fortging, von ihm ausgeliehen hatte, um Holz zu spalten; dabei hatte sie es zerbrochen, aber sie war nicht dazu gekommen, es ihm zu sagen. Er war ihr damals immer ausgewichen und hatte nicht mit ihr sprechen wollen. Und nun hatte er das Messer wohl seitdem in der Tasche gehabt und gar nicht bemerkt, daß es zerbrochen war.

Sie hob den Kopf und wollte ihm dies eben sagen; doch er erzählte weiter von seinem Besuch heute morgen im Hochzeitshaus, und sie wollte ihn zu Ende kommen lassen. Als sie hörte, wie er von Hildur geschieden war, erschien ihr dies als ein so furchtbares Unglück, daß sie ihn mit Vorwürfen überhäufte. »Das ist deine eigne Schuld«, sagte sie. »Da kommt ihr, du und dein Vater, angefahren und erschreckt sie zu Tode mit der furchtbaren Botschaft. So hätte sie nicht geantwortet, wenn sie bei Sinnen gewesen wäre. Ich will dir eines sagen: Ich glaube, sie bereut es schon in diesem Augenblick.« – »Meinethalben mag sie bereuen, soviel sie will«, sagte Gudmund. »Ich weiß jetzt, daß sie eine ist, die immer nur an sich selbst denkt. Ich bin froh, daß ich sie los bin.«

Helga preßte die Lippen aufeinander, damit ihr das große Geheimnis nicht entschlüpfe. Sie hatte viel zu denken. Es handelte sich nicht nur darum, Gudmund von dem Morde reinzuwaschen. Es herrschte ja auch Feindschaft zwischen Gudmund und seiner Braut. Könnte sie nicht versuchen, die beiden mit Hilfe dessen, was sie wußte, zu versöhnen?

Wieder saß sie stumm da und grübelte, bis Gudmund davon zu sprechen begann, daß er seinen Sinn jetzt ihr zugewandt hätte.

Aber das erschien ihr als das größte Unglück, das ihm an diesem Tage widerfahren war. Schlimm war es schon, daß die vorteilhafte Heirat zu scheitern drohte, noch schlimmer aber, daß er um eine wie sie werben wollte. »Nein, so etwas darfst du mir nicht sagen«, rief sie und sprang plötzlich auf. – »Warum soll ich es dir nicht sagen?« fragte Gudmund und erblaßte. »Ist es mit dir vielleicht gerade so wie mit Hildur? Hast du Angst vor mir?« – »Nein, nicht deshalb.« Sie wollte ihm erklären, daß er in sein eignes Verderben renne, aber er hörte ihr gar nicht zu. – »Ich habe gehört, daß es früher einmal Frauen gab, die den Männern zur Seite standen, wenn sie in Not kamen; aber heute trifft man solche Frauen nicht mehr.« Helga erzitterte. Sie hätte die Arme um seinen Hals schlingen wollen, aber sie verhielt sich still. Heute mußte sie vernünftig sein. – »Es ist ja wahr, ich hätte dich nicht an demselben Tage, wo ich ins Gefängnis soll, bitten dürfen, mein Weib zu werden. Aber der Gedanke, daß du auf mich warten würdest, bis ich wieder frei wäre, hätte mich all das Schwere mit leichtem Mut erdulden lassen.« – »Ich bin es nicht, die auf dich warten soll, Gudmund.« – »Alle Menschen werden mich jetzt als einen Missetäter betrachten, als einen, der sich besäuft und mordet. Ach wenn es nur eine gäbe, die mich mit Liebe ansehen könnte! Das würde mich besser aufrecht erhalten als alles andre.« – »Du weißt, daß ich nie etwas andres als Gutes von dir denken werde, Gudmund.«

Helga war sehr still. Gudmunds Bitten wurden fast zu viel für sie. Sie wußte gar nicht, wie sie ihm entkommen sollte. Aber Gudmund verstand nichts, sondern begann zu glauben, daß er sich geirrt habe. Sie könnte nicht dasselbe für ihn empfinden wie er für sie. Er kam ganz dicht an sie heran und sah sie an, als wollte er mitten durch sie hindurchsehen. »Sitzest du nicht gerade auf diesem Felsen hier, um nach Närlunda hinunterzusehen?« – »Ja, das tu' ich.« – »Sehnst du dich nicht Tag und Nacht hin?« – »Ja. Aber ich sehne mich nicht nach einem Menschen.« – »Und mich magst du gar nicht?« –

»O ja, aber ich will dich nicht heiraten.« – »Wen hast du denn gern?« – Helga schwieg. – »Per Martensson?« – »Ja, ihm hab' ich gesagt, daß ich ihn gern habe«, sagte sie und war ganz zermartert.

Gudmund blieb ein Weilchen stehen und sah sie mit ergrimmtem Gesicht an. »Dann also lebe wohl! Jetzt gehen wir getrennte Wege, du und ich«, sagte er, und damit machte er einen gewaltigen Sprung von dem Stein zum nächsten Felsabsatz und verschwand unter den Bäumen.

VI

Kaum war Gudmund verschwunden, als Helga auf einem andern Weg den Berg hinuntereilte. Sie lief am Moorhof vorbei, ohne stehenzubleiben, und eilte dann, so rasch sie konnte, über die Waldhügel hinunter auf den Weg. Im ersten Bauernhof, den sie erreichte, bat sie die Bewohner, ihr Pferd und Fuhrwerk zu leihen, damit sie nach Älvåkra fahren könnte. Sie sagte, es gälte das Leben, daß sie hinkäme, und versprach, dafür zu zahlen. Die Dorfleute waren schon heimgekommen und hatten von der unterbliebenen Hochzeit erzählt. Alle waren sehr bewegt und mitleidig, und man wollte Helga die Hilfe nicht verweigern, da sie eine wichtige Botschaft für die Leute auf Älvåkra zu haben schien.

In Älvåkra saß Hildur Erikstochter in einer kleinen Kammer im oberen Stockwerk, wo sie ihr Brautkleid abgelegt hatte. Die Mutter und ein paar andre Bäuerinnen waren um sie. Hildur weinte nicht, aber sie war ungewöhnlich still und blaß; es sah aus, als würde sie jeden Augenblick krank hinsinken. Die Frauen sprachen die ganze Zeit von Gudmund. Alle tadelten ihn und schienen es als ein Glück für Hildur anzusehen, daß sie von ihm befreit war. Einige meinten, Gudmund habe wenig Rücksicht auf die Schwiegereltern gezeigt. Er hätte ihnen schon am Pfingsttage sagen müssen, wie es um ihn stand. Andre sagten, wem ein so großes Glück bevorstünde, der müßte besser auf sich achten. Und einige beglückwünschten Hildur, daß sie dem Schicksal entging, einen zu heiraten, der sich so sinnlos betrinken konnte, daß er nicht mehr wußte, was er tat.

Mitten unter diesen Reden schien Hildur ungeduldig zu werden; sie stand auf, um das Zimmer zu verlassen. Sowie sie zur Tür hinaus war, kam ihre beste Freundin, ein junges Bauernmädchen, und flüsterte ihr zu: »Unten ist jemand, der mit dir sprechen will.« – »Ist es Gudmund?« fragte Hildur, und ein Strahl des Lebens leuchtete in ihren Augen auf. – »Nein, aber ich glaube, eine Botschaft von ihm. Sie will, was sie auszurichten hat, keinem als nur dir selbst sagen.« Nun hatte Hildur den ganzen Tag dagesessen und gedacht, daß jemand kommen müsse, der diesem Elend ein Ende machte. Sie konnte es gar nicht begreifen, daß ein so schreckliches Unglück sie treffen sollte. Sie meinte, es müsse etwas geschehen, das es ihr möglich machte, Krone und Kranz wieder aufzusetzen, mit dem Hochzeitszug zur Kirche zu fahren und getraut zu werden. Als sie nun von einer Botschaft Gudmunds hörte, wurde sie ganz eifrig und lief eilends zu Helga hinaus, die vor der Küchentür stand und auf sie wartete.

Hildur wunderte sich wohl, daß Gudmund Helga zu ihr schickte, aber sie dachte, er hätte vielleicht heute am Feiertag keine andre Botin gefunden, und begrüßte sie freundlich.

Sie winkte Helga, ihr in die Milchkammer zu folgen, die drüben auf der andern Längsseite des Hofes lag. »Ich weiß keinen andern Ort, wo wir allein sprechen können«, sagte sie. »Wir haben noch das ganze Haus voll Leute.«

Sobald sie drinnen waren, trat Helga dicht an Hildur heran und sah ihr ins Gesicht. »Bevor ich etwas sage, muß ich erst wissen, ob du Gudmund liebhast, Hildur.« Hildur zuckte vor Empörung zusammen. Es war ihr eine Qual, mit Helga auch nur ein einziges Wort wechseln zu müssen, und sie hatte wahrlich keine Lust, sie zu ihrer Vertrauten zu machen. Aber nun war die Not am höchsten, und so zwang sie sich, zu antworten: »Warum, glaubst du, hätte ich ihn sonst heiraten wollen?« – »Ich meine, ob du ihn noch liebhast, Hildur?« – Hildur wurde wie zu Stein, aber unter dem forschenden Blick der andern konnte sie nicht lügen. – »Vielleicht habe ich ihn noch nie so liebgehabt wie heute«, sagte sie, jedoch so leise, daß man glauben konnte, es täte ihr weh, die Worte auszusprechen.

»Dann komm gleich mit mir«, sagte Helga. »Ich habe drunten auf der Straße einen Wagen stehen. Du brauchst dich nur fertig zu machen, dann können wir gleich nach Närlunda fahren.« – »Wozu soll es gut sein, daß ich hinfahre?« fragte Hildur. – »Du mußt hinfahren und sagen, daß du Gudmund angehören willst, Hildur, was er auch getan haben mag, und daß du treu auf ihn warten wirst, während er im Gefängnis sitzt.« – »Warum soll ich das sagen?« – »Damit alles zwischen euch wieder gut wird.« – »Aber das ist ja unmöglich. Ich will doch keinen heiraten, der im Gefängnis gesessen hat.«

Helga prallte ein paar Schritte zurück, so als wäre sie an eine Mauer gestoßen. Aber sie faßte rasch wieder Mut. Sie konnte ja begreifen, daß, wer mächtig und reich war wie Hildur, so denken mußte. »Ich wäre nicht hierhergekommen und ich hätte dich nicht gebeten, nach Närlunda zu fahren, wenn ich nicht wüßte, daß Gudmund unschuldig ist«, sagte sie. Jetzt war es Hildur, die einen Schritt von Helga forttrat. – »Weißt du das, oder ist es nur etwas, was du glaubst?« – »Es wäre besser, wenn wir uns gleich in den Wagen setzten, dann könnte ich es dir unterwegs erzählen, Hildur.« – »Nein, erst mußt du mir alles sagen. Ich muß wissen, was ich tue.« Helga war so voll brennenden Eifers, daß sie kaum stillstehen konnte, aber sie mußte sich doch bequemen, Hildur zu erzählen, woher sie wüßte, daß nicht Gudmund der Täter sei. »Hast du das Gudmund nicht gleich gesagt?« – »Nein, ich sage es jetzt dir, Hildur. Kein andrer weiß es.« – »Und warum kommst du mit dieser Nachricht zu mir?« – »Damit es zwischen euch wieder gut werde. Auch er wird wohl bald erfahren, daß er nichts Böses getan hat, aber ich will, daß du wie von selbst zu ihm kommst, Hildur, und es gutmachst.« – »Ich soll nicht sagen, daß ich von seiner Schuldlosigkeit weiß?« – »Du sollst ganz von selbst kommen, Hildur, und ihm nie verraten, daß ich mit dir gesprochen habe. Sonst verzeiht er dir nie, was du ihm heute morgen gesagt hast.«

Hildur hörte schweigend zu. Es lag etwas in diesen Worten, was ihr noch nie im Leben begegnet war, und sie war bemüht, es sich klarzumachen. »Weißt du, daß ich es war, die verlangte, daß du aus Närlunda fortkommst?« – »Ich weiß wohl, daß es nicht die Leute auf Närlunda waren, die mich forthaben wollten.« –

»Ich kann gar nicht verstehen, daß du heute zu mir kommst und mir helfen willst.« – »Wenn du jetzt nur mitkommst, Hildur, so kann alles gut werden!« Aber Hildur sah Helga an, noch immer in dieselben Grübeleien versunken. – »Vielleicht hat Gudmund dich lieb«, warf sie hin. Aber nun riß Helga die Geduld. – »Was hätte er denn an mir!« sagte sie heftig, »du weißt doch, Hildur, daß ich nichts andres bin als eine arme Häuslerdirne, und das ist noch nicht einmal das Allerschlimmste.«

Die beiden jungen Mädchen schlichen sich unbemerkt aus dem Haus und saßen bald im Wagen. Helga kutschierte, und sie schonte das Pferd nicht, sondern ließ es rasch traben. Sie waren beide stumm. Hildur saß da und sah Helga an. Es war, als könnte sie sich nicht genug über sie wundern, und als dächte sie mehr an sie als an irgend etwas andres. Als sie in die Nähe des Hofes kamen, übergab Helga Hildur die Zügel. »Jetzt sollst du allein hinfahren, Hildur, und mit Gudmund sprechen. Ich komme in einer Weile nach und erzähle die Geschichte mit dem Messer. Aber du darfst Gudmund kein Wort davon sagen, Hildur, daß ich dich geholt habe.«

Gudmund saß in der Wohnstube auf Närlunda neben Mutter Ingeborg und sprach mit ihr. Der Vater saß etwas abseits und rauchte. Er sah zufrieden aus und sagte kein Wort. Man merkte, er war der Meinung, jetzt gehe alles, wie es sollte, so daß er nicht einzugreifen brauchte.

»Ich wüßte wohl gerne, Mutter, was Ihr gesagt haben würdet, wenn Ihr Helga als Schwiegertochter bekommen hättet«, sagte Gudmund. Mutter Ingeborg hob den Kopf und antwortete mit fester Stimme: »Ich werde jede Schwiegertochter mit Freuden aufnehmen, wenn ich nur weiß, daß sie dich so liebhat, wie eine Frau ihren Mann lieb haben soll.«

Kaum war dies gesagt, als sie Hildur Erikstochter in den Hof einfahren sahen. Sie kam gleich darauf ins Haus und war ganz anders als sonst. Sie trat nicht in ihrer gewohnten zuversichtlichen Art in das Zimmer, sondern es sah fast aus, als wolle sie unten an der Tür stehenbleiben wie ein armes Bettelmädchen.

Sie kam jedoch heran und gab Mutter Ingeborg und Erland die Hand. Dann wendete sie sich an Gudmund.

»Mit dir will ich ein paar Worte sprechen.« Gudmund stand auf, und sie gingen in die Kammer. Er stellte Hildur einen Stuhl hin, aber sie setzte sich nicht. Sie war ganz rot vor Verlegenheit, und die Worte kamen langsam und scheu über ihre Lippen: »Ich war wohl ... ja, es war vielleicht zu hart, was ich heute morgen sagte.« – »Ach, wir haben dich damit so plötzlich überfallen«, sagte Gudmund. Sie wurde noch röter und beschämter. »Ich hätte es mir besser überlegen sollen. Wir könnten – es sollte doch ...« – »Es ist schon am besten, wie es ist, Hildur. Darüber ist nichts mehr zu reden; aber es ist schön, daß du gekommen bist.«

Sie schlug die Hände vors Gesicht, holte sehr tief Atem, daß es klang wie ein Schluchzen, hob dann aber den Kopf wieder. »Nein«, sagte sie. »Es geht nicht. Ich will nicht, daß du mich für besser hältst, als ich bin. Jemand kam zu mir und sagte, daß du unschuldig bist, und riet mir, hierherzueilen und alles wiedergutzumachen. Und ich sollte nicht sagen, daß ich schon weiß, daß du unschuldig bist. Denn dann würdest du nicht so viel daran finden, daß ich komme. Jetzt sage ich dir: Ich wünschte, ich wäre selbst auf den Gedanken gekommen. Doch so war es nicht. Aber ich habe mich den ganzen Tag nach dir gesehnt und gewünscht, daß es wieder gut zwischen uns werden könnte. Und wie es auch kommen mag: Eins will ich dir sagen, ich freue mich, daß du unschuldig bist.«

»Wer hat dir denn diesen Rat gegeben, Hildur?« fragte Gudmund. – »Das darf ich nicht sagen.« – »Ich wundere mich, daß es jemand weiß. Vater kommt eben jetzt vom Bürgermeister. Er hat in die Stadt telegraphiert. Und es ist die Antwort gekommen, daß der wahre Täter schon gefunden ist.«

Als Gudmund dies sagte, fühlte Hildur, wie die Beine unter ihr zitterten, und sie setzte sich rasch nieder. Es wurde ihr ganz angst, weil Gudmund so ruhig und freundlich war, und sie begann zu verstehen, daß er ganz außerhalb ihrer Macht war. »Ich sehe schon, du kannst es nicht vergessen, Gudmund, wie ich heute vormittag gewesen bin.« – »O doch, das kann ich dir schon verzeihen, Hildur«, sagte er in demselben ruhigen Ton. »Davon wollen wir nie mehr sprechen.«

Sie erzitterte, schlug die Augen nieder und saß da, als wartete sie auf etwas. »Es ist nur ein großes Glück, Hildur«, sagte er und kam heran und ergriff ihre Hand, »daß es zwischen uns aus ist. Denn heute ist es mir klar geworden, daß ich eine andre liebhabe. Ich glaube, ich hatte sie schon lange lieb, aber ich weiß es erst seit heute.« – »Wer ist die, die du liebhast, Gudmund«, kam es tonlos von Hildurs Lippen. – »Das kommt ja auf eins heraus. Ich werde sie nicht heiraten, denn sie hat mich nicht lieb. Aber eine andre kann ich nicht nehmen.«

Hildur hob den Kopf. Es war nicht leicht, zu sagen, was in ihr vorging. Aber sie fühlte in diesem Augenblick, daß sie, die Großbauerntochter, mit all ihrem Reiz und allem ihrem Hab und Gut nichts für Gudmund bedeutete. Und sie war stolz und wollte nicht von ihm scheiden, ohne ihm zu zeigen, daß sie ihren Wert in sich hatte, abgesehen von allem Äußerlichen. »Ich will, Gudmund, daß du mir sagst, ob es Helga vom Moorhof ist, die du gern hast.« Gudmund stand schweigend da.

»Denn wenn es Helga ist, dann weiß ich, daß sie dich liebhat. Sie kam zu mir und lehrte mich, was ich tun sollte, damit es zwischen uns wieder gut würde. Sie wußte, daß du unschuldig bist, aber sie sagte es nicht dir, sondern ließ es mich zuerst wissen.« – Gudmund sah ihr fest in die Augen. »Findest du darin ein Zeichen, daß sie eine große Liebe für mich hat?« – »Dessen kannst du sicher sein, Gudmund. Das kann ich bezeugen. Niemand in der Welt kann dich lieber haben als sie.« Er ging hastig durch das Zimmer. Dann blieb er vor Hildur stehen. »Aber du? Warum sagst du mir das?« – »Ich will Helga an Edelmut nicht nachstehen.« – »Ach, Hildur, Hildur!« sagte er, legte ihr die Hand auf die Schulter und schüttelte sie, um seiner Rührung Luft zu machen. »Du weißt nicht, nein, du weißt nicht, wie gut ich dir in diesem Augenblick bin. Du weißt nicht, wie glücklich du mich gemacht hast ...«

Helga saß am Wegrand und wartete. Sie saß da, das Kinn in die Hand gestützt, und sah zu Boden. Sie sah Gudmund und Hildur vor sich und dachte, wie glücklich sie jetzt sein müßten.

Während sie so dasaß, kam ein Knecht aus Närlunda vorüber. Als er sie sah, blieb er stehen. »Du hast doch von Gudmund gehört, Helga?« – Ja, das hatte sie. – »Die ganze Geschichte ist ja gar nicht wahr. Der richtige Täter ist schon verhaftet.« – »Ich wußte, daß es nicht wahr sein konnte«, sagte Helga. Dann ging der Mann, aber Helga blieb sitzen wie zuvor. Ja so, drüben wußten sie es schon. Sie brauchte gar nicht nach Närlunda zu gehen, um es zu erzählen. Sie fühlte sich so wunderlich ausgeschlossen. Vorhin erst war sie so eifrig gewesen. Sie hatte gar nicht an sich selbst gedacht, nur daran, daß Gudmunds und Hildurs Hochzeit zustande kommen müsse. Aber jetzt erst stand es ihr vor Augen, wie einsam sie war. Und es war schwer, für die, die man liebhatte, nichts sein zu dürfen. Jetzt brauchte Gudmund sie nicht, und ihr eigenes Kind hat ihre Mutter zu dem ihren gemacht. Sie gönnte ihr kaum, daß sie es ansah.

Sie dachte daran, daß sie aufstehen und nach Hause gehen müsse. Aber die Hügel erschienen ihr so steil und schwer zu ersteigen. Sie wußte gar nicht, wie sie hinaufkommen solle.

Da kam ein Wagen aus Närlunda. Hildur und Gudmund saßen darin. Jetzt führen sie wohl nach Älvåkra, um zu sagen, daß sie sich ausgesöhnt hätten. Und morgen fände dann die Hochzeit statt.

Als sie Helga erblickten, hielten sie an. Gudmund gab Hildur die Zügel und sprang heraus. Hildur nickte Helga zu und fuhr weiter.

Gudmund blieb auf dem Wege vor Helga stehen. »Ich bin froh, daß du hier sitzest, Helga«, sagte er. »Ich glaubte, ich müßte nach dem Moorhof hinaufgehen, um dich zu treffen.«

Er sagte dies heftig, beinahe hart, und dabei hielt er ihre Hand fest umklammert, und sie sah es seinen Augen an, daß er jetzt wußte, wie es um sie stand. Jetzt konnte sie ihm nicht mehr entfliehen.

Das Hünengrab

Es war um die Jahreszeit, wo das Heidekraut rot blüht. Auf der Sandhalde wuchs es in dichten Büscheln. Von niedrigen, baumähnlichen Stämmchen erhoben sich dichtsitzende grüne Zweige mit nadelharten, festen Blättern und kleinen, spät welkenden Blüten. Diese schienen nicht aus dem gewöhnlichen saftreichen Blumengewebe zu bestehen, sondern aus trocknen, harten Schuppen. Sie waren sehr unansehnlich von Größe und Gestalt; auch war ihr Geruch nicht sonderlich. Als Kinder der offenen Heide hatten sie sich nicht in der windgeschützten Luft entwickelt, in der die Lilien ihre Kelchblätter entfalten, auch nicht in dem üppigen Erdreich, aus dem die Rosen die Nahrung für ihre schwellenden Kronen schöpfen. Was sie zu Blumen machte, war eigentlich die Farbe; denn leuchtend rot waren sie. Den Farbe schenkenden Sonnenschein hatten sie reichlich gehabt. Sie waren keine bleichen Kellergewächse, keine schattenfrohen Stubenhocker. Die gesegnete Fröhlichkeit und Stärke der Gesundheit lag über der ganzen blühenden Heide.

Das Heidekraut deckte das karge Feld mit seinem roten Mantel bis hinauf zum Waldessaum. Da erhoben sich auf einem sanft ansteigenden Bergfirst ein paar uralte, halb zusammengestürzte Grabhügel; und wie innig das Heidekraut sich auch an sie zu schmiegen suchte: Es gab doch dort oben Risse, durch die große flache Felsenplatten durchschimmerten, Fetzen der rauhen Haut des Berges selbst. Unter dem größten Grabhügel ruhte ein alter König, Atle genannt. Unter den anderen schlummerten die seiner Mannen, die gefallen waren, als die große Schlacht dort auf der Halde geschlagen ward. Nun hatten sie schon so lange dagelegen, daß die Angst und die Ehrfurcht vor dem Tode von ihren Gräbern gewichen war. Der Weg ging zwischen ihren Ruhestätten hindurch. Wer nachts hier wanderte, dem kam es nie in den Sinn, sich umzusehen, ob wohl zu mitternächtlicher Stunde nebelumhüllte Gestalten auf der Spitze der Grabhügel säßen und in stummer Sehnsucht zu den Sternen emporblickten.

Es war ein glitzernder Morgen, taufrisch und sonnenwarm. Der Schütze, der seit dem Morgengrauen auf der Jagd gewesen war, hatte sich in das Heidekraut hinter König Atles Hügel geworfen. Er lag auf dem Rücken und schlief. Den Hut hatte er über die Augen gezogen und die Jagdtasche aus Fell, aus der die langen Ohren des Hasen und die gekrümmten Schwanzfedern des Auerhahns lugten, lag unter seinem Kopf. Pfeile und Bogen hatte er neben sich.

Aus dem Wald kam ein Mädchen, ein Bündelchen mit Essen in der Hand. Als sie auf die flachen Platten zwischen den Grabhügeln kam, dachte sie, was für ein guter Tanzplatz hier sei. Und sie bekam große Lust, ihn zu erproben. Sie warf das Bündelchen ins Heidekraut und begann ganz mutterseelenallein zu tanzen. Sie wußte nicht darum, daß hinter dem Königshügel ein Mann lag und schlief.

Der Schütze schlief noch immer. Brennend rot stand das Heidekraut gegen den tiefblauen Himmel. Der Ameisenlöwe hatte seinen Graben dicht neben dem Schlummernden aufgeworfen. Darin lag ein Stück Katzengold und funkelte, als wollte es alle alten Stoppeln der Sandhalde in Brand setzen. Über dem Kopf des Schützen breiteten sich die Auerhahnfedern wie ein Federbusch aus, und ihre Metallfarben schillerten vom tiefsten Purpur bis ins Stahlblau. Auf den unbeschatteten Teil seines Gesichts brannte glühender Sonnenschein. Aber er schlug die Augen nicht auf, um den Morgenglanz zu schauen.

Unterdessen fuhr das Mädchen fort, zu tanzen, und es drehte sich so eifrig, daß die geschwärzte Mooserde, die sich in den Unebenheiten der Blöcke angesammelt hatte, um sie schwirrte. Eine alte, trockne Fichtenwurzel, blank und grau vom Alter, lag ausgerissen im Heidekraut. Die nahm sie und drehte sich mit ihr herum. Späne lösten sich aus dem modernden Baum. Tausendfüßler und Ohrwürmer, die in den Ritzen genistet hatten, stürzten sich schwindlig in die lichte Luft und verbohrten sich in die Wurzeln des Heidekrauts.

Wenn die fliegenden Röcke die Heide streiften, flatterten daraus Scharen von kleinen grauen Schmetterlingen auf. Die Unterseite ihrer Flügel war weiß und glänzte wie Silber; sie wirbelten wie trockenes Laub im Sturm auf und ab. Sie schienen nun ganz weiß, und es war, als ob das rote Heidemeer weißen Schaum emporspritzte. Die Schmetterlinge hielten sich ein kurzes Weilchen schwebend in der Luft. Ihre zarten Flügel zitterten so heftig, daß der Farbenstaub sich löste und als dünner, silberweißer Flaum auf das Heidekraut fiel. Da war es, als würde die Luft von einem sonnig glitzernden Tauregen durchrieselt.

Ringsum im Heidekraut saßen Heuschrecken und rieben ihre Hinterbeine gegen die Flügel, so daß es wie Harfensaiten klang. Sie hielten guten Takt und waren so eingespielt, daß jeder, der über die Heide ging, dieselbe Heuschrecke auf seiner Wanderung zu hören meinte, obgleich er sie bald zur Rechten, bald zur Linken hatte, bald vor, bald hinter sich. Aber die Tanzende war nicht zufrieden mit ihrem Spiel, sondern begann nach einem kleinen Weilchen selbst den Takt zu einem Tanzspiel zu trällern. Ihre Stimme war schrill und spröde. Der Schütze erwachte von dem Gesang. Er wendete sich seitwärts, richtete sich auf dem Ellbogen auf und sah über das Hünengrab hinweg zu ihr, die tanzte.

Er hatte geträumt, daß der Hase, den er soeben getötet hatte, aus der Jagdtasche gesprungen sei und seine eigenen Pfade genommen habe, um auf ihn zu schießen. Nun sah er zu dem Mädchen hinüber, schlaftrunken, wirr von Träumen; nach dem Schlaf brannte sein Kopf in der Sonne.

Sie war groß und von grobem Gliederbau; nicht hold von Angesicht, nicht leicht im Tanz, nicht taktfest im Gesang. Sie hatte breite Wangen, dicke Lippen und eine platte Nase. Sie war sehr rot im Gesicht, sehr dunkel von Haar, üppig von Gestalt, kräftig in den Bewegungen. Ihre Kleider waren dürftig, aber grell. Rote Borten faßten den gestreiften Rock ein, und bunte Wollgarnlitzen folgten den Nähten des Leibchens. Andere Jungfrauen gleichen Rosen und Lilien. Diese war wie das Heidekraut, stark, fröhlich, leuchtend.

Mit Freude sah der Schütze das große, prächtige Weib auf der roten Halde tanzen, mitten unter zirpenden Grashüpfern und flatternden Schmetterlingen. Und wie er sie so ansah, lachte er, daß der Mund sich von einem Ohr zum anderen zog. Aber da erblickte sie ihn plötzlich und blieb unbeweglich stehen.

»Du meinst wohl, ich sei von Sinnen«, war das erste, was sie hervorbrachte. Zugleich erwog sie, wie sie ihn bewegen könne, über das zu schweigen, was er gesehen hatte. Sie wollte nicht unten im Dorf erzählen hören, daß sie mit einer Fichtenwurzel getanzt habe.

Er war ein wortkarger Mann. Nicht eine Silbe brachte

er über die Lippen. Er war so scheu, daß er nichts Besseres anzufangen wußte, als zu fliehen, obwohl er gern geblieben wäre. Hastig kam der Hut auf den Kopf und die Jagdtasche auf den Rücken. Dann lief er zwischen den Heidekrauthügeln fort.

Sie packte das Eßbündel und eilte ihm nach. Er war klein, steif von Bewegungen und hatte sichtlich geringe Kräfte. Sie holte ihn bald ein und schlug ihm den Hut vom Kopf, um ihn zu zwingen, stehenzubleiben. Eigentlich hatte er die größte Lust, zu bleiben, aber er war ganz wirr vor Schüchternheit und floh in noch größerer Hast. Sie lief ihm nach und begann, an seiner Tasche zu zerren. Da mußte er stehenbleiben, um die Tasche zu verteidigen. Das Mädchen fiel ihn mit aller Macht an. Sie rangen und sie warf ihn zu Boden. »Jetzt wird er's keinem erzählen«, dachte sie und war froh.

In demselben Augenblick erschrak sie doch sehr; denn er, der auf der Erde lag, schien ganz bleich und die Augen drehten sich in ihren Höhlen. Er hatte sich aber nicht verletzt. Es war die Gemütsbewegung, die er nicht vertragen hatte. Nie zuvor hatten sich so strittige und starke Gefühle in diesem einsamen Waldbewohner geregt. Er war froh über das Mädchen und zornig und scheu und dennoch stolz, daß sie so stark war. Er war ganz betäubt von alledem.

Die große, starke Jungfrau legte den Arm um seinen Rücken und richtete ihn auf. Sie brach Heidekraut und peitschte sein Gesicht mit den steifen Zweigen, bis das Blut in Bewegung kam. Als seine kleinen Augen sich wieder dem Tageslicht zuwendeten, leuchteten sie vor Freude beim Anblick des Mädchens. Noch immer schwieg er; aber die Hand, die sie um seinen Leib gelegt hatte, zog er an sich und streichelte sie sanft.

Er war ein Kind des Hungers und der zeitigen Mühsal.

Trocken und bleichgelb, fleischlos und blutarm war er. Es rührte sie, daß er so verzagt war, er, der doch um die Dreißig sein mochte. Sie dachte, daß er wohl ganz mutterseelenallein tief im Walde leben müsse, da er so kläglich und so schlecht gekleidet war. Keinen hatte er wohl, der nach ihm sah, nicht Mutter noch Schwester oder Liebste.

Der große barmherzige Wald breitete sich über die Wildnis aus. Verbergend und schützend nahm er in seinen Schoß alles auf, was bei ihm Hilfe suchte. Mit hohen Stämmen hielt er Wacht um die Höhle des Bären, und in der Dämmerung dichter Gebüsche hegte er das mit Eiern gefüllte Nest der kleinen Vöglein.

Zu dieser Zeit, da man noch Leibeigene hielt, flüchteten viele von ihnen in den Wald und fanden Schutz hinter seinen grünen Mauern. Er ward für sie ein großer Kerker, den sie nicht zu verlassen wagten. Der Wald hielt seine Gefangenen in strenger Zucht. Er zwang die Stumpfen zum Nachdenken und erzog die in der Knechtschaft Verkommenen zu Ordnung und Ehrlichkeit. Nur dem Fleißigen schenkte er die Gnade des Lebens.

Die beiden, die sich auf der Heide getroffen hatten, waren Abkömmlinge solcher Gefangenen des Waldes. Sie gingen manchmal hinunter in die bebauten, bewohnten Täler, denn sie brauchten nicht mehr zu befürchten, in die Knechtschaft zurückgeführt zu werden, aus der ihre Väter geflohen waren; doch am liebsten nahmen sie den Weg durch das Waldesdunkel. Der Name des Schützen war Tönne. Sein eigentliches Handwerk war, den Boden urbar zu machen, aber er verstand sich auch auf andere Dinge. Er sammelte Reisig, kochte Teer, trocknete Schwämme und ging oft auf die Jagd. Sie, die tanzte, hieß Jofrid. Ihr Vater war Köhler. Sie band Besen, pflückte Wacholderbeeren und braute Bier aus dem weißblumigen Porsch. Beide waren sehr arm.

Früher hatten sie einander in dem großen Wald nie getroffen, aber jetzt deuchte sie, daß alle Wege des Waldes sich zu einem Netz verschlängen, in dem sie hin und her liefen und einander unmöglich meiden konnten. Nie wußten sie nun einen Pfad zu wählen, auf dem sie einander nicht begegneten.

Tönne hatte einmal einen großen Kummer gehabt. Er hatte lange mit seiner Mutter in einer elenden Reisigkoje gehaust; aber als er heranwuchs, faßte er den Plan, ihr ein warmes Häuschen zu bauen. In allen seinen Mußestunden ging er in den Holzschlag, fällte Bäume und spaltete sie in angemessene Stücke. Dann verbarg er das aufgehäufte Bauholz in dunklen Klüften unter Moos und Reisig. Er hatte im Sinn, daß seine Mutter nicht früher von all der Arbeit erfahren sollte, als bis er so weit war, die Hütte aufzubauen. Aber seine Mutter starb, ehe er ihr zeigen konnte, was er gesammelt hatte, ehe er ihr auch nur zu sagen vermochte, was er tun wollte. Er, der mit demselben Eifer gearbeitet hatte wie David, Israels König, als er Schätze für Gottes Tempel sammelte, trauerte bitterlich. Er verlor alle Lust an dem Bau. Für ihn war die Reisigkoje gut genug. Und doch hatte er's nicht viel besser in seinem Heim als ein Tier in seiner Höhle.

Als nun er, der bisher immer allein umhergeschlichen war, Lust bekam, Jofrids Gesellschaft zu suchen, bedeutete dieser Wunsch wohl sicherlich, daß er sie gern zur Liebsten und Braut haben wollte. Jofrid erwartete auch täglich, daß er mit ihrem Vater oder mit ihr selbst von der Sache sprechen werde. Aber Tönne brachte es nicht über sich. Man merkte ihm an, daß er von unfreier Abkunft war. Die Gedanken bewegten sich langsam in seinem Kopf wie die Sonne, wenn sie über das Himmelszelt zieht. Und schwerer war es für ihn, diese Gedanken zu zusammenhängender Rede zu formen, als für einen Schmied, einen Armreif aus rollenden Sandkörnern zu schmieden.

Eines Tages führte Tönne Jofrid zu einer der Schluchten, wo er sein Bauholz verborgen hatte. Er riß Zweige und Moos fort und zeigte ihr die abgehauenen Stämme. »Das hätte Mutter haben sollen«, sagte er. Und sah Jofrid erwartungsvoll an. »Dies hätte Mutters Hütte werden sollen«, wiederholte er. Merkwürdig schwer fiel es dieser Jungfrau, die Gedanken eines jungen Gesellen zu fassen. Da er ihr Mutters Bauholz zeigte, hätte sie doch verstehen müssen; aber sie verstand nicht.

Da beschloß er, ihr seine Absicht noch deutlicher zu erklären. Ein paar Tage später begann er, die Stämme zu der Stelle zwischen den Grabhügeln zu schleppen, wo er Jofrid zum ersten Male gesehen hatte. Sie kam, wie gewöhnlich, heran und sah ihn arbeiten. Sie ging jedoch weiter, ohne etwas zu sagen. Seit sie Freunde geworden waren, war sie ihm oft an die Hand gegangen, aber bei dieser schweren Arbeit schien sie ihm nicht helfen zu wollen. Tönne meinte doch, sie hätte verstehen müssen, daß es ihre Hütte war, die er jetzt zimmern wollte.

Sie verstand es ganz wohl, aber sie spürte keine Lust, sich einem Mann von Tönnes Art zu schenken. Sie wollte einen starken, gesunden Mann haben. Es schien ihr ein schlechtes Auskommen zu versprechen, wenn sie sich mit einem verheiratete, der so schwach und wenig begabt war. Und doch zog viel sie zu diesem stillen, scheuen Mann. Man denke doch, daß er sich so hart geplagt hatte, um seine Mutter zu erfreuen, und nicht das Glück genossen hatte, zur Zeit fertig zu werden. Sie hätte über sein Schicksal weinen können. Und nun baute er die Hütte gerade da, wo er sie tanzen gesehen hatte. Er hatte ein gutes Herz. Und das lockte sie und band ihre Gedanken an ihn; aber sie wollte durchaus nicht seine Frau werden.

Jeden Tag ging sie über die Heide und sah die Hütte aufragen, dürftig und ohne Fenster; der Sonnenschein rieselte durch die undichten Wände.

Tönnes Arbeit ging sehr rasch vorwärts; aber er arbeitete nicht sorgfältig, sein Bauholz war nicht in Kanten behauen, kaum abgerindet. In die Diele legte er gespaltene junge Bäume. Sie wurde sehr uneben und schwankend. Das Heidekraut, das darunter blühte – denn es war nun ein Jahr seit dem Tag vergangen, an dem Tönne hinter König Atles Hügel gelegen und geschlafen hatte –, steckte ganz verwegen seine roten Trauben durch die Ritzen, und die Ameisen wanderten unbehindert aus und ein und musterten dies gebrechliche Menschenwerk.

Wohin Jofrid auch in diesen Tagen ihre Schritte lenken mochte: Immer schwebte ihr der Gedanke vor, daß dort eine Hütte für sie erbaut würde. Ein eigenes Heim ward ihr bereitet, dort oben auf der Heide. Und sie wußte, daß, wenn sie nicht als Hausmutter einzog, der Bär oder der Fuchs dort hausen mochte. Denn so gut kannte sie Tönne, daß sie begriff: Wenn es sich zeigte, daß er vergeblich gearbeitet hatte, würde er niemals in die neue Hütte einziehen. Er würde weinen, der Arme, wenn er hörte, daß sie nicht dort hausen wolle. Es würde ein neuer Kummer für ihn sein, ebenso groß wie damals, als seine Mutter starb. Aber er mußte wohl sich selbst die Schuld geben; warum hatte er sie nicht rechtzeitig gefragt?

Sie glaubte, daß sie ihm schon dadurch ein Zeichen gab, daß sie ihm nie bei der Hütte half. Dazu hatte sie doch große Lust. Jedesmal wenn sie weiches weißes Moos sah, wollte sie es ausraufen, um es in die lecken Wände zu stopfen. Sie war auch geneigt, Tönne beim Mauern des Herdes zu helfen. Wie er dabei verfuhr, mußte sich ja aller Rauch in der Hütte sammeln. Aber es war ja gleichgültig, wie es da wurde. Da würde keine Speise kochen, kein Trank sieden. Dumm war's doch, daß diese Hütte niemals aus ihren Gedanken weichen wollte.

Tönne arbeitete mit glühendem Eifer; er war gewiß, daß Jofrid die Absicht verstehen mußte, sobald nur die Hütte fertig war. Er grübelte nicht viel über sie nach. Er hatte vollauf mit Holzspalten und Zimmern zu tun. Die Zeit verging rasch.

Eines Nachmittags, als Jofrid über die Heide ging, sah sie, daß eine Tür an die Hütte gekommen war und eine Steinplatte als Schwelle dalag. Da begriff sie, daß alles nun fertig sei, und sie ward sehr erregt. Tönne hatte das Dach mit Büschen und blühendem Heidekraut gedeckt; und eine starke Sehnsucht ergriff sie, unter dieses rote Dach zu treten. Er selbst war nicht bei dem Neubau, und sie entschloß sich, hineinzugehen. Diese Hütte war ja für sie gezimmert. Sie war ihr Heim. Jofrid konnte der Lust nicht widerstehen, sie anzusehen.

Drinnen sah es traulicher aus, als sie erwartet hatte. Wacholder war über den Boden gestreut. Frischer Duft von Nadeln und Harz füllte den Raum. Die Sonnenstrahlen, die durch Luken und Spalten hereinspielten, spannen goldene Bänder durch die Luft. Es sah da aus, als würde sie erwartet; in die Mauerspalten waren grüne Zweige gesteckt, und auf dem Herd stand eine frisch gefällte Tanne. Tönne hatte nicht sein altes Hausgerät hineingestellt. Da war nur ein neuer Tisch und eine Bank, über die eine Elchhaut geworfen war.

Kaum war Jofrid über die Schwelle getreten, fühlte sie sich schon von dem fröhlichen Behagen eines Heims umgeben. Friedlich und ruhig ward ihr zumute, als sie so stand: Von dort zu scheiden, schien ihr ebenso schwer, wie fortzugehen und bei Fremden zu dienen. Jofrid hatte vielen Fleiß darauf gewandt, sich eine Art Aussteuer zu schaffen. Sie hatte mit kunstfertigen Händen Tücher gewebt, wie man sie braucht, um eine Stube zu schmücken; die wollte sie in ihrem eignen Heim aufhängen, wenn sie eins bekam. Nun mußte sie denken, wie sich diese Tücher wohl hier ausnehmen würden. Sie hätte sie gern in der neuen Hütte probiert.

Rasch eilte sie heimwärts, holte ihren Leinwandschatz und begann, die farbenprächtigen Stoffstücke unter der Decke aufzuhängen. Sie stieß die Tür auf, so daß die helle Abendsonne auf sie und ihre Arbeit fiel. Sie regte sich eifrig in der Stube, geschäftig und munter, ein Heldenliedchen trällernd. Von Herzen froh war sie. Es wurde gar prächtig da drinnen. Die gewebten Rosen und Sterne leuchteten wie nie zuvor.

Während sie arbeitete, hielt sie gute Ausschau über die Heide und die Hünengräber. Vielleicht kauerte Tönne jetzt hinter einem der Grabhügel und lachte sie aus. Der Königshügel lag gerade vor der Tür, und dahinter sah sie eben die Sonne versinken. Immer wieder blickte sie hin. Ihr war, als müsse dort jemand sitzen und sie betrachten.

Gerade als die Sonne so tief unten war, daß nur noch ein paar blutrote Strahlen über die alte Steinhalde spielten, sah sie, wer es war, der sie betrachtete. Der ganze Hügel war kein Hügel mehr, sondern ein großer, alter Kämpe, der narbig und ergraut dasaß und sie anstarrte. Rings um sein Haupt bildeten die Sonnenstrahlen eine Krone, und sein roter Mantel war so weit, daß er sich über die ganze Heide ausbreitete. Sein Haupt war groß und schwer, das Antlitz grau wie Stein. Seine Kleider und Waffen waren auch steinfarben und ahmten so genau die Tönung und das Moosflechtenkleid der Steine nach, daß man sehr scharf hinsehen mußte, um zu merken, daß es ein Kämpe und kein Steinhaufen war. Es war wie mit jenen Würmern, die Baumzweigen gleichen. Man kann zehnmal an ihnen vorbeigehen, ehe man merkt, daß, was man für hartes Holz gehalten hat, ein weicher Tierkörper ist.

Aber Jofrid konnte sich nicht länger darüber täuschen, daß es der alte König Atle selbst war, der da saß. Sie stand in der Tür, hielt die Hand beschattend über die Augen und sah ihm gerade in sein Steingesicht. Er hatte sehr kleine, schräge Augen unter seiner hochgewölbten Stirn, eine breite Nase und einen zottigen Bart. Und er lebte, dieser steinerne Mann. Er lächelte und blinzelte ihr zu. Angst und bang wurde ihr; und am meisten erschreckten sie seine dicken Arme mit den steifen Muskeln und die haarigen Hände. Je länger sie ihn ansah, desto breiter wurde sein Lächeln; und endlich hob er einen seiner mächtigen Arme, um sie zu sich zu winken. Da floh Jofrid heimwärts.

Aber als Tönne nach Haus kam und die Hütte mit bunten Tüchern geschmückt fand, faßte er so großen Mut, daß er seinen Fürbitter zu Jofrids Vater schickte. Der fragte Jofrid um ihre Meinung, und sie willigte ein. Sie war sehr zufrieden mit der Wendung, die die Sache genommen hatte; wenn sie ihre Hand auch halb gezwungen schenkte. Sie konnte dem Mann doch nicht nein sagen, in dessen Hütte sie schon ihre Aussteuer getragen hatte. Doch sah sie zuerst nach, ob der alte König Atle wieder ein Grabhügel geworden sei.

Tönne und Jofrid lebten viele Jahre glücklich. Sie standen in gutem Ruf. »Das sind gute Menschen«, sagte man. »Seht, wie sie einander beistehen, wie sie zusammen arbeiten, seht, wie eins nicht ohne das andere leben kann!«

Tönne wurde mit jedem Tag stärker, ausdauernder und weniger träge von Gedanken. Jofrid schien einen ganzen Mann aus ihm gemacht zu haben. Meist ließ er sie entscheiden; aber er verstand es auch, mit zäher Hartnäckigkeit seinen eigenen Willen durchzusetzen.

Wo Jofrid sich auch zeigte, gab es Scherz und Fröhlichkeit. Ihre Kleider wurden immer bunter, je älter sie wurde. Das ganze Gesicht war grellrot. Aber in Tönnes Augen war sie lieblich.

Sie waren nicht so arm wie mancher andere ihres Standes. Sie aßen Butter zur Grütze und mengten weder Kleie noch Baumrinde ins Brot. Das Porschbier schäumte in ihren Humpen. Ihre Schaf- und Ziegenherden vermehrten sich so rasch, daß sie sich Fleischnahrung gönnen konnten.

Einmal machte Tönne für einen Bauern drunten im Tal den Boden urbar. Als der sah, wie Tönne und seine Frau in großer Fröhlichkeit zusammenarbeiteten, dachte auch er: »Das sind gute Menschen.« Der Bauer hatte jüngst seine Ehefrau verloren, die ihm ein halbjähriges Kind hinterlassen hatte. Er bat Tönne und Jofrid, seinen Sohn in Pflege zu nehmen. »Das Kind ist mir sehr teuer«, sagte er, »drum gebe ich es euch, denn ihr seid gute Menschen.« Sie hatten keine eigenen Kinder, so daß es sehr schicklich schien, dieses zu nehmen. Sie willigten auch ohne Zögern ein. Sie meinten, Vorteil davon zu haben, wenn sie das Kind eines Bauern aufzogen; auch erwarteten sie sich von einem Pflegesohn Freude für ihre alten Tage.

Aber das Kind wurde nicht alt bei ihnen. Ehe das Jahr um war, war es tot. Dies sei die Schuld der Pflegeeltern, sagten viele, denn das Kind war ganz frisch und gesund gewesen, bevor es zu ihnen kam. Damit wollte aber niemand sagen, sie hätten es vorsätzlich getötet; man meinte nur, daß sie etwas auf sich genommen hätten, was über ihr Vermögen gegangen war. Sie hatten nicht Verstand oder Liebe genug gehabt, um dem Kind die Pflege angedeihen zu lassen, deren es bedurfte. Sie hatten sich gewöhnt, nur an sich selbst zu denken und für ihr eignes Wohl zu sorgen. Sie hatten nicht Zeit, ein Kind zu betreuen. Sie wollten am Tage zusammen an die Arbeit gehen und nachts einen ruhigen Schlummer schlafen. Sie fanden, daß der Kleine zuviel von der guten Milch trinke, und sie gönnten es ihm nicht so wie sich selbst. Sie wußten aber nicht etwa, daß sie den Knaben schlecht behandelten. Sie dachten, daß sie geradeso für ihn sorgten wie rechte Eltern. Eher kam es ihnen vor, daß der Pflegesohn eine Strafe und Plage für sie gewesen war. Sie trauerten nicht über seinen Tod.

Frauen pflegen ihre Lust und Herzensfreude daran zu haben, mit Kindern umzugehen; aber Jofrid hatte einen Mann, für den sie in vielen Stücken die Sorge einer Mutter tragen mußte, und begehrte deshalb nicht, noch anderes zu betreuen. Gern sehen Frauen sonst auch die raschen Fortschritte der Kleinen; aber Jofrid hatte Freude genug, wenn sie sah, wie Tönne sich zu Verstand und Männlichkeit entwickelte; sie freute sich an der Zunahme der Herden und an dem Anbau unten auf der Heide.

Jofrid ging auf den Hof des Bauern und sagte ihm, daß das Kind gestorben sei. Da sprach der Mann: »Nun ist es mir ergangen wie dem, der so weiche Kissen in sein Bett legt, daß er bis auf den harten Grund sinkt. Gar zu gut wollte ich meinen Sohn hüten; und siehe: Nun ist er tot!« Und er war betrübt.

Bei seinen Worten begann Jofrid bitterlich zu weinen. »Wollte Gott, daß du uns deinen Sohn nicht gegeben hättest!« sagte sie. »Wir waren zu arm. Er hat es nicht gut genug bei uns gehabt.«

»Dies wollte ich nicht sagen«, antwortete der Bauer. »Eher glaube ich, daß ihr das Kind verhätschelt habt. Doch ich will keinen Menschen anklagen; denn über Leben und Tod gebietet Gott allein. Nun ist es mein Wille, den Leichenschmaus meines einzigen Sohnes mit demselben Aufwand zu feiern, als wenn ein Erwachsener gestorben wäre; und zum Gastmahl lade ich Tönne und dich. Daraus mögt ihr sehen, daß ich keinen Groll gegen euch hege.«

So wohnten Tönne und Jofrid dem Leichenschmaus bei. Sie wurden freundlich bewirtet, und niemand sagte ihnen ein böses Wort. Wohl hatten die Frauen, die die Leiche entkleideten, erzählt, daß sie jämmerlich abgefallen sei und Spuren schwerer Vernachlässigung gezeigt habe. Das konnte aber wohl auch von der Krankheit herkommen. Niemand wollte Schlechtes von den Pflegeeltern glauben, denn man wußte, daß sie gute Menschen waren.

Jofrid weinte viel in diesen Tagen; namentlich, als sie die Frauen erzählen hörte, wie sie bei ihren kleinen Kindern wachen und sich für sie plagen müßten. Sie merkte auch, daß bei dem Leichenschmaus unter den Weibern beständig von Kindern gesprochen wurde. Einige hatten solche Freude an ihnen, daß sie gar nie aufhören konnten, von ihren Fragen und Spielen zu erzählen. Jofrid hätte gern von Tönne gesprochen; aber die meisten Frauen sprachen gar nicht von ihren Männern.

Spät abends kehrten Jofrid und Tönne von dem Leichenschmaus heim. Sie gingen sogleich zu Bett. Aber kaum waren sie eingeschlafen, als sie von einem leisen Wimmern geweckt wurden. Das ist das Kind, dachten sie, noch halb schlafend, und waren unwillig über die Störung. Aber plötzlich setzten sie sich beide im Bett auf. Das Kind war doch tot. Woher kam dieses Wimmern? Wenn sie ganz wach waren, hörten sie nichts; aber sobald sie einzuschlummern begannen, vernahmen sie es wieder. Kleine, schwache Füßchen hörten sie über die Steinplatte vor der Hütte gehen, ein kleines Händchen tastete an der Tür, und da sie nicht offen war, wanderte das Kind wimmernd und tappend die Wand entlang, bis es vor ihrer Lagerstätte stehenblieb. Wenn sie sprachen oder sich im Bett aufsetzten, vernahmen sie nichts; aber wenn sie einschlummern wollten, hörten sie deutlich die unsicheren Schritte und das erstickte Schluchzen.

Was sie nicht glauben wollten, was ihnen aber in den letzten Tagen als Möglichkeit vor Augen gestanden hatte: Nun wurde es ihnen zur Gewißheit, daß sie das Kind getötet hatten. Wie hätte es sonst umgehen können?

Von dieser Nacht an war alles Glück von ihnen gewichen. Sie lebten in steter Furcht vor dem Gespenst. Tagsüber hatten sie wohl einige Ruhe, aber in den Nächten wurden sie von dem Weinen und dem erstickten Schluchzen des Kindes so gestört, daß sie nicht wagten, allein zu liegen. Jofrid ging oft weit über Land, um einen Menschen zu holen, der über Nacht in ihrer Hütte bleiben konnte. Kam ein Fremder, so hatten sie Ruhe; aber sobald sie allein waren, hörten sie das Kind.

In einer Nacht, für die sie keinen Gast gefunden hatten und die sie, des Kindes wegen, wieder schlaflos verbrachten, stand Jofrid aus dem Bett auf.

»Schlaf du nur, Tönne«, sagte sie. »Wenn ich mich wach halte, wird sich nichts hören lassen.«

Sie ging aus dem Haus, setzte sich auf die Türschwelle und überlegte, was sie tun sollten, um Ruhe zu finden; denn so konnten sie nicht weiterleben. Sie fragte sich, ob Beichte und Buße, Demütigung und Reue sie von dieser schweren Heimsuchung befreien könnten.

Da begab es sich, daß sie die Augen aufschlug und dieselbe Erscheinung sah wie schon einmal zuvor von dieser Stelle. Der Grabhügel war zu einem Kämpen geworden. Es war eine dunkle Nacht; dennoch konnte sie deutlich sehen und vernehmen, daß der alte König Atle dasaß und sie betrachtete. Sie sah ihn so genau, daß sie die mit Moos bewachsenen Armringe an seinen Handgelenken unterschied und wahrnehmen konnte, daß seine Beine mit gekreuzten Bändern umwickelt waren, zwischen denen die Wadenmuskeln schwollen.

Diesmal hatte sie keine Angst vor dem Alten. Er schien ihr ein Freund und Tröster im Unglück. Er sah sie gleichsam mitleidig an, als wolle er ihr Mut einflößen. Da dachte sie, daß dieser gewaltige Held einst seinen Tag gehabt hatte, an dem er die Feinde in Scharen auf die Heide niederstreckte und in den Blutströmen watete, die zwischen den Hügeln brausten. Was hatte er da nach einem toten Manne mehr oder weniger gefragt? Wie tief hatte das Seufzen der Kinder, deren Väter er erschlagen hatte, sein Steinherz gerührt? Federleicht hätte die Bürde von eines Kindes Tod auf seinem Gewissen gelegen.

Und sie vernahm sein Flüstern, dieselbe Weise, die das alte, steinkalte Heidentum zu allen Zeiten geflüstert hat. »Warum bereuen? Die Götter lenken das Geschick. Die Nornen spinnen des Lebens Faden. Warum sollten die Kinder der Erde trauern, daß sie getan, was die Unsterblichen sie zu tun zwangen?«

Da ermannte sich Jofrid und sagte zu sich selbst: »Was konnte ich dafür, daß das Kind starb? Gott allein ist's, der alles lenkt. Nichts geschieht ohne seinen Willen.« Und sie dachte, daß sie das Gespenst am besten abwehren werde, wenn sie alle Reue von sich fernhielt.

Aber da öffnete sich die Haustür, und Tönne kam zu ihr heraus. »Jofrid«, sagte er, »es ist jetzt in der Hütte. Es kam heran und klopfte an den Bettrand und weckte mich. Was sollen wir tun, Jofrid?«

»Das Kind ist ja tot«, sagte Jofrid. »Du weißt, daß es tief unter der Erde liegt. Das alles sind nur Träume und Hirngespinste.« Sie sprach hart und abweisend, denn sie fürchtete, daß Tönne in dieser Sache zu weichherzig sein und sie dadurch ins Unglück stürzen könne.

»Wir müssen ein Ende machen«, sagte Tönne.

Jofrid lachte grell auf. »Was willst du tun? Gott hat es uns auferlegt. Konnte er das Kind nicht am Leben erhalten, wenn er wollte? Er wollte es nicht; und jetzt verfolgt er uns um seines Todes willen. Sage mir, mit welchem Recht er uns verfolgt?«

Sie hatte ihre Worte von dem alten Steinkämpen, der finster und hart auf seinem Hügel saß. Es war, als habe er ihr alles eingegeben, was sie Tönne erwiderte.

»Wir müssen eingestehen, daß wir das Kind vernachlässigt haben, und Buße tun«, sagte Tönne.

»Niemals will ich für etwas leiden, das nicht meine Schuld ist«, sagte Jofrid. »Wer wollte, daß das Kind sterbe? Ich nicht, ich nicht. Welche Art von Buße willst du denn tun? Willst du dich geißeln oder fasten, wie die Mönche? Mich dünkt, du kannst deine Kräfte zur Arbeit brauchen.«

»Mit dem Geißeln habe ich es schon probiert«, sagte Tönne. »Es nützt nichts.«

»Siehst du!« sagte sie und lachte wieder.

»Da tut anderes not«, fuhr Tönne mit beharrlicher Entschlossenheit fort. »Wir müssen gestehen.«

»Was willst du Gott sagen, das er nicht schon wüßte?« höhnte Jofrid. »Lenkt nicht er deine Gedanken? Was willst du ihm sagen?« Sie fand jetzt, daß Tönne dumm und eigensinnig sei. So hatte sie ihn zu Beginn ihrer Bekanntschaft gefunden; aber dann hatte sie nicht mehr daran gedacht, sondern ihn liebgehabt wegen seines guten Herzens.

»Wir müssen dem Vater unsere Schuld gestehen, Jofrid, und ihm Buße bieten.«

»Was willst du ihm bieten?« fragte sie.

»Die Hütte und die Ziegen.«

»Sicherlich fordert er volle Mannesbuße für seinen einzigen Sohn. Die läßt sich mit allem, was wir besitzen, nicht bezahlen.«

»Wir wollen uns selber als Knechte in seine Gewalt geben, wenn er sich nicht mit weniger zufrieden gibt.«

Bei diesen Worten packte Jofrid kalte Verzweiflung, und sie haßte Tönne aus der Tiefe ihrer Seele. Alles, was sie verlieren mußte, stand klar vor ihr. Die Freiheit, für die einst die Ahnen das Leben gewagt, die Hütte, den Wohlstand, Ehre und Glück. »Merke meine Worte wohl, Tönne«, sagte sie heiser, halb erstickt von Schmerz, »der Tag, an dem du solches tust, ist mein Todestag.«

Dann ward kein Wort mehr zwischen ihnen gewechselt; aber sie blieben auf der Türschwelle sitzen, bis der Tag anbrach. Keiner fand ein Wort, um zu begütigen und zu versöhnen. Beide fürchteten und verachteten einander. Eins maß das andere mit dem Maß seines Zorns und fand es engherzig und böse.

Seit dieser Nacht ließ Jofrid Tönne oft ihre Überlegenheit fühlen. Sie gab ihm in der Gegenwart Fremder zu verstehen, daß er einfältig sei, und half ihm bei der Arbeit so, daß er ihre Kraft erkennen mußte. Sie wollte ihm offenbar die Hausherrngewalt nehmen. Manchmal stellte sie sich sehr froh, um ihn zu zerstreuen und von seinen Grübeleien abzulenken. Er hatte noch nichts getan, um seinen Plan ins Werk zu setzen, aber sie glaubte nicht, daß er ihn aufgegeben habe.

In dieser Zeit wurde Tönne mehr und mehr, wie er vor seiner Heirat gewesen war. Er wurde mager und bleich, wortkarg und träg von Gedanken. Jofrids Verzweiflung ward mit jedem Tag größer, denn es war, als sollte ihr nun alles genommen werden. Doch kam ihre Liebe zu Tönne wieder, als sie ihn unglücklich sah. »Was gilt mir alles, wenn Tönne zugrunde geht?« dachte sie. »Es ist besser, mit ihm in der Knechtschaft zu leben, als ihn als Freien sterben zu sehen.«

Jofrid konnte sich jedoch nicht so plötzlich überwinden, Tönne zu gehorchen. Sie kämpfte einen langen und schweren Kampf. Aber eines Morgens, als sie erwachte, war ihr ungewöhnlich ruhig und mild zumute. Da war ihr, als könne sie nun tun, was er forderte. Und sie weckte ihn und sagte, daß es jetzt so werden solle, wie er wollte. Nur diesen einzigen Tag möge er ihr gönnen, damit sie von all dem ihren Abschied nehmen könne.

Den ganzen Vormittag ging sie seltsam sanft umher. Leicht kamen ihr Tränen in die Augen, wie einem, der Abschied nimmt. Ihr schien, die Heide habe sich an diesem Tag, ihr zuliebe, besonders schön geschmückt. Der Frost war über sie hingezogen, die Blumen waren verschwunden, und das ganze Feld trug ein braunes Kleid. Aber als die Sonne des Herbsttags ihre schrägen Strahlen darüber hingleiten ließ, war es, als erglühe das Heidekraut aufs neue rot. Und sie gedachte des Tages, an dem sie Tönne zum ersten Mal gesehen hatte.

Sie wünschte, daß sie den alten König noch einmal schauen dürfe; denn er hatte ja mitgeholfen, ihr Glück zu schaffen. Sie hatte sich in der letzten Zeit ernstlich vor ihm gefürchtet. Es war, als lauerte er darauf, sie zu packen. Aber jetzt konnte er keine Macht mehr über sie haben, meinte sie. Sie wollte aufmerken, ob sie ihn nicht sehen konnte, abends, wenn der Mondschein kam.

Um die Mittagszeit kamen ein paar umherwandernde Spielleute vorbeigezogen. Da hatte Jofrid den Einfall, sie zu bitten, den ganzen Nachmittag in ihrem Hause zu bleiben; denn nun wollte sie ein Fest feiern. Tönne mußte schnell zu ihren Eltern gehen und sie bitten, zu kommen. Dann liefen ihre kleinen Geschwister weiter ins Dorf hinab, um Gäste zu holen. Bald waren viele Menschen versammelt.

Die Fröhlichkeit war groß. Tönne hielt sich abseits in einer Ecke der Hütte, wie es seine Gewohnheit war, wenn Besuch kam; aber Jofrid war beinahe wild in ihrer Fröhlichkeit. Mit gellender Stimme führte sie die Tanzspiele an und bot eifrig den Gästen das schäumende Bier. Eng war es in der Stube, aber die Spielleute waren flink, und der Tanz hatte Leben und Lust. Es wurde erstickend heiß dort drinnen. Man stieß die Tür auf; und nun sah Jofrid erst, daß die Nacht angebrochen und der Mond aufgegangen war. Da trat sie in die Haustür und blickte in die weiße Welt des Mondscheins hinaus.

Es war starker Tau gefallen. Die ganze Heide war weiß, weil sich das Mondlicht in den zahllosen Tropfen spiegelte, die sich auf allen Zweiglein gesammelt hatten. Das kurze Moos, das ringsum auf Felsplatten und Steinen wuchs, war schon gefroren und von Reif bedeckt. Jofrid stieg hinab; wohlig schwankend war's unter dem Fuß. Sie ging ein paar Schritte über den Pfad, der ins Dorf hinabführte, gleichsam, als wolle sie prüfen, welches Gefühl es sei, da zu gehen. Tönne und sie sollten am nächsten Tag Hand in Hand hier wandern; in tiefste Schmach hinein.

Denn wie auch die Begegnung mit dem Bauern ablief, was er auch nahm und was er sie behalten ließ: Sicherlich war Schmach ihr Los. Die an diesem Abend eine gute Hütte und viele Freunde hatten, würden am nächsten Tag von allen verabscheut sein, vielleicht auch all dessen beraubt, was sie erworben hatten, vielleicht sogar ehrlose Knechte. Sie sagte zu sich selbst: »Dies ist der Weg des Todes.« Und nun konnte sie nicht fassen, wie sie die Kraft haben sollte, ihn zu wandeln. Ihr war, als sei sie von Stein, eine schwere Steingestalt wie der alte König Atle. Trotzdem sie lebte, hatte sie das Gefühl, ihre schweren Steinglieder nicht regen zu können, um diesen Weg zu gehen.

Sie wendete ihre Blicke dem Königshügel zu und sah deutlich den alten Kämpen da sitzen. Aber in dieser Nacht war er wie zum Fest geschmückt. Er trug nicht mehr das graue, mit Moos bewachsene Steingewand, sondern weißes, schimmerndes Silber. Auch schmückte ihn wieder eine Krone von Strahlen, wie damals, als sie ihn zuerst sah; aber diese Krone war weiß. Und weiß leuchteten Brustplatte und Armring, glitzernd weiß waren Schwertgriff und Schild. Er saß da und betrachtete sie in stummer Gleichgültigkeit. Das seltsam Unergründliche, das in großen Steingesichtern liegt, hatte sich nun auf ihn herabgesenkt. Da thronte er dunkel und mächtig; und Jofrid hatte die unklare Vorstellung, daß er ein Bild von etwas sei, was in ihr lag und in allen Menschen, etwas, das in fernen Jahrhunderten begraben war, von vielen Steinen bedeckt und dennoch nicht tot. Sie sah ihn, den alten König, mitten im Menschenherzen sitzen. Über dessen unfruchtbare Felder breitete er seinen weiten Königsmantel. Da tanzte die Genußsucht, da jubelte das Prachtverlangen. Er war der große Steinheld, der Not und Armut vorüberwandern sah, ohne daß sein Steinherz gerührt ward. »Die Götter wollen es so«, sagte er. Er war der starke steinerne Mann, der ungesühnte Sünde tragen konnte, ohne zu wanken. Stets sagte er: »Warum trauern, da das, was du tatest, dir doch von den Unsterblichen aufgezwungen ward?«

Jofrids Brust hob sich in einem Seufzer, der tief wie ein Schluchzen war. In ihr lebte eine Ahnung, die sie sich nicht klarzumachen vermochte, eine Ahnung, daß sie mit dem steinernen Mann kämpfen müsse, wenn sie glücklich werden sollte. Aber zu gleicher Zeit fühlte sie sich so hilflos schwach. Ihre Unbußfertigkeit und der Steinheld auf der Heide schienen ihr ein und dasselbe, und konnte sie jene nicht besiegen, so würde dieser in irgendeiner Weise Macht über sie erlangen.

Sah sie nun wieder zu der Hütte hin, wo die Tücher unter den Dachbalken schimmerten, wo die Spielleute Fröhlichkeit verbreiteten, und wo alles war, was sie liebte, dann fühlte sie, daß sie nicht in die Knechtschaft gehen konnte. Nicht einmal Tönne zuliebe. Sie sah sein blasses Antlitz in der Hütte und fragte sich mit zusammengekrampftem Herzen, ob er verdiene, daß sie ihm alles opfere.

Aber drinnen in der Hütte hatten sich die Leute zu einem Reigentanz aufgestellt. Sie ordneten sich in einer langen Reihe, faßten einander bei den Händen und stürzten, mit einem wilden, starken, jungen Gesellen an der Spitze, in rasender Eile vorwärts. Der Anführer zog sie durch die offene Tür hinaus auf die im Mondschein glitzernde Heide. Sie stürmten an Jofrid vorbei, keuchend und wild; strauchelten über Steine, sanken ins Heidekraut, zogen weite Kreise rings um die Hütte. Der letzte in der Reihe rief Jofrid an und streckte ihr die Hand entgegen. Sie faßte sie und lief mit.

Das war kein Tanz, nur ein wahnsinniges Hinstürmen. Doch Fröhlichkeit war darin, Lebenslust und Übermut. Immer kühner wurden die Schwenkungen, immer lauter tönten die Rufe, immer stürmischer ward das Lachen. Von Hünengrab zu Hünengrab, wie sie da über die Heide zerstreut lagen, schlang sich die Reihe der Tanzenden. Wer bei den heftigen Schwenkungen niederfiel, wurde wieder emporgerissen, der Langsame vorwärtsgezogen. Die Spielleute standen in der Haustür und lockten zu immer wilderem Taumel. Da war keine Zeit, zu ruhen, zu denken, sich vorzusehen. In immer tollerer Hast ging der Tanz über schwankes Moos und glatte Felsplatten.

Bei alledem empfand Jofrid immer deutlicher, daß sie die Freiheit behalten mußte, daß sie lieber sterben, als sie verlieren wollte. Sie merkte, daß sie Tönne nicht folgen konnte. Sie dachte daran, zu fliehen, fort in den Wald zu eilen und niemals wiederzukommen.

Alle Hügel hatten sie jetzt umkreist, bis auf den König Atles. Jofrid sah, daß es jetzt zu diesem hinaufging, und sie hielt die Blicke scharf auf den mächtigen Mann geheftet. Da sah sie, wie sich seine Riesenarme nach den Hinstürmenden ausstreckten. Sie schrie laut auf; doch nur ein schallendes Gelächter antwortete ihr. Sie wollte stehenbleiben; aber eine starke Faust riß sie weiter. Sie sah ihn nach den Vorbeieilenden greifen, aber so hurtig waren sie, daß die schweren Arme keinen von ihnen erreichen konnten. Unfaßlich war ihr, daß niemand ihn sah. Todesangst kam über sie. Sie wußte, daß er sie erreichen werde. Auf sie hatte er gelauert, seit vielen Jahren. Mit den anderen trieb er nur sein Spiel.

Ihrer würde er sich nun endlich bemächtigen.

Jetzt kam an sie die Reihe, an König Atle vorbeizueilen. Sie sah, wie er sich erhob, sich dann zum Sprung duckte, um ernst zu machen und sie zu fangen. In dieser höchsten Not fühlte sie: Wenn sie sich jetzt entschloß, am nächsten Morgen die schwere Wanderung anzutreten, hatte er nicht die Macht, sie zu packen. Aber sie konnte nicht. Sie kam zuletzt, und die Drehungen waren nun so heftig, daß sie mehr geschleppt und gezogen wurde, als daß sie selbst lief, und Mühe hatte, nicht zu Boden zu fallen. Doch obgleich sie in der rasendsten Eile dahinwirbelte, war der alte Kämpe noch rascher. Die schweren Arme senkten sich auf sie hinab, die steinernen Hände ergriffen sie, zogen sie an die mit silberblankem Harnisch bedeckte Brust. Immer schwerer legte sich die Todesangst auf sie; aber sie wußte noch bis zuletzt: Nur weil sie den Steinkönig im eigenen Herzen nicht zu besiegen vermocht hatte, war König Atle Gewalt über sie gegeben.

Nun war es zu Ende mit Tanz und Fröhlichkeit. Jofrid lag im Sterben. Sie war in dem rasenden Lauf an den Königshügel geschleudert worden und hatte von seinen Steinen den Todesstoß empfangen.

Reors Geschichte

Es war da ein Mann, der hieß Reor. Er war aus Fuglekärr im Kirchspiel Svarteborg und galt für den besten Schützen der Gegend. Er wurde getauft, als König Olof die alte Lehre in Viken ausrottete, und war fortan ein eifriger Christ. Er war von freier Geburt, aber arm, schön, aber nicht hochgewachsen, stark, aber sanft. Er zähmte junge Fohlen mit Blick und Wort allein, und er konnte mit einem einzigen Zuruf die kleinen Vöglein an sich lokken. Er hielt sich fast immer im Wald auf, und die Natur hatte große Macht über ihn. Das Wachstum der Pflanzen und das Knospen der Bäume, das Spiel der Hasen in den Waldlichtungen und der Sprung des Barsches in dem abendstillen See, der Kampf der Jahreszeiten und der Wechsel der Witterung, dies waren die Hauptgeschehnisse in seinem Leben. Schmerz und Freude bereitete ihm derlei und nicht das, was sich unter den Menschen zutrug.

Eines Tages tat der geschickte Jäger einen guten Fang. Er traf im tiefen Waldesdickicht einen alten Bären und erlegte ihn mit einem einzigen Schuß. Die scharfe Spitze des grünen Pfeils drang in das Herz des Gewaltigen, und er sank dem Jäger tot zu Füßen. Es war Sommer und der Pelz des Bären war weder dicht noch glatt, dennoch zog der Schütze ihn ab, rollte ihn zu einem harten Bündel zusammen und ging mit dem Bärenfell auf dem Rücken weiter.

Er war noch nicht lange gewandert, als er einen überaus starken Honigduft verspürte. Der kam von den kleinen, blühenden Pflanzen, die den Boden bedeckten. Sie wuchsen auf dünnen Stielen, hatten lichtgrüne, glatte Blätter, die sehr schön geädert waren, und auf der Spitze des Stengels ein kleines Büschelchen, das dicht mit weißen Blüten besetzt war. Die kleinen Kronen waren nach winzigem Maßstab geraten, doch aus ihnen ragte eine kleine Bürste von Stempeln auf, deren blütenstaubgefüllte Knöpfchen auf weißen Saiten zitterten. Reor dachte, während er so unter ihnen einherging, daß diese Blumen, die einsam und unbemerkt im Waldesdunkel standen, Botschaft um Botschaft, Ruf um Ruf aussandten. Der starke honigsüße Duft war ihr Ruf, der verbreitete die Kunde ihres Daseins weit unter die Bäume und hoch hinauf in die Wolken. Aber es lag etwas Beängstigendes in dem schweren Duft. Die Blumen hatten ihre Becher gefüllt und ihre Tischlein gedeckt, der geflügelten Gäste harrend, aber niemand kam. Sie sehnten sich zu Tode in ihrer trüben Einsamkeit in dem dunklen, windstillen Waldesdickicht. Sie schienen schreien und jammern zu wollen, weil die schönen Schmetterlinge nicht kamen, um bei ihnen zu Gast zu sein. Da, wo die Blumen am dichtesten beisammenstanden, deuchte es ihn, als sängen sie zusammen ein eintöniges Lied: »Kommt, ihr schönen Gäste, kommt heute, denn morgen sind wir tot. Morgen liegen wir auf dem trocknen Laub.«

Doch es sollte Reor vergönnt sein, das frohe Ende des Blumenmärchens zu sehen. Er vernahm hinter sich ein Flattern wie das allerleiseste Lüftchen und sah einen weißen Schmetterling im Dunkel zwischen den dicken Stämmen umherirren. Unruhig suchend flog er hin und her, als wüßte er den Weg nicht. Er war nicht allein, ein Schmetterling nach dem andern tauchte im Dunkel auf, bis endlich ein ganzes Heer der weißbeschwingten Honigsucher versammelt war. Aber der erste war der Anführer und er fand, vom Duft geleitet, die Blumen. Nach ihm kam das ganze Schmetterlingsheer herangestürmt. Es stürzte sich auf die sehnsüchtigen Blumen, wie der Sieger sich auf die Beute stürzt. Wie ein Schneefall von weißen Flügeln senkten sie sich auf sie herab. Und nun gab es ein Fest- und Trinkgelage um jede Blume. Der Wald war voll von stillem Jubel.

Reor ging weiter. Doch nun war es, als folgte ihm der honigsüße Duft auf dem Fuße, wohin er auch ging. Und er empfand, daß sich drinnen im Wald eine Sehnsucht verbarg, stärker als die der Blumen. Daß da etwas war, was ihn zu sich zog, so wie die Blumen die Schmetterlinge angelockt hatten. Er ging mit einer stillen Freude im Herzen einher, so, als harrte er eines großen unbekannten Glückes. Das einzige, was ihn ängstigte, war, ob er auch den Weg zu diesem finden konnte, was sich nach ihm sehnte.

Vor ihm auf dem schmalen Pfad kroch eine weiße Schlange. Er bückte sich, um das glückbringende Tier aufzuheben, aber die Schlange glitt ihm aus den Händen und eilte rasch den Pfad hinauf. Da rollte sie sich zusammen und lag still, doch als der Schütze wieder nach ihr griff, glitt sie so glatt wie Eis zwischen seinen Fingern durch. Nun war Reor ganz und gar darauf erpicht, das klügste Tier zu besitzen. Er lief der Schlange nach, konnte sie aber nicht erreichen, und sie lockte ihn von dem Pfad fort auf den ungebahnten Waldboden.

Dieser war mit Föhren bestanden, und in einem Föhrenwalde findet man selten Rasen. Aber jetzt verschwanden plötzlich das trockne Moos und die braunen Nadeln, Farnkräuter und Preißelbeerbüsche zogen sich zurück und Reor fühlte seidenweiches Gras unter seinen Füßen. Über der grünen Matte zitterten federleichte Blumenrispen auf sanftgeneigten Stengeln, und zwischen den langen schmalen Blättern zeigten sich die kleinen, halberblühten Blumen der Steinnelke. Es war nur eine ganz kleine Stelle, und darüber breiteten die hochstämmigen Föhren ihre knorrigen, braunen Äste mit dichten Nadelbüscheln. Doch zwischen diesen konnten die Sonnenstrahlen viele Wege zur Erde finden, und es war erstickend heiß.

Aber gerade vor dieser kleinen Wiese erhob sich eine Felswand lotrecht aus dem Boden. Sie lag im hellen Sonnenschein, und man sah deutlich die moosigen Steinflächen, die frischen Brüche, da, wo der Winterfrost zuletzt gewaltige Blöcke gelöst hatte, die großen Stauden Steinwurz, die die braunen Wurzeln in erdgefüllte Spalten drängten, und die zollbreiten Absätze, wo die Säulenflechte ihre rotgestreiften Pokale aufrichtete und eine grasgrüne Moosart auf nadelfeinen Stiftchen die kleinen grauen Mützen erhob, die ihre Befruchtungsorgane enthielten.

Diese Felswand schien in allen Stücken jeder andern Felswand zu gleichen, aber Reor bemerkte sogleich, daß er gerade vor die Giebelwand einer Riesenbehausung gekommen war, und er entdeckte unter Moos und Flechten die Angeln, auf denen das Steintor des Berges sich drehte.

Er glaubte jetzt, daß die Schlange sich in das Gras verkrochen habe, um sich da zu verbergen, bis sie unbemerkt in den Felsen schlüpfen konnte, und er gab die Hoffnung auf, sie zu fangen. Er spürte jetzt wieder den honigsüßen Duft der sehnsüchtigen Blumen und merkte, daß hier oben unter der Bergwand eine erstickende Hitze herrschte. Es war auch seltsam still: Kein Vogel rührte sich, keine Nadel spielte im Wind, es war, als hielte alles den Atem an, um in unbeschreiblicher Spannung zu warten und zu lauschen. Reor war gleichsam in ein Gemach gekommen, wo er nicht allein war, obgleich er niemanden sah. Er hatte das Gefühl, als ob jemand ihn beobachtete, es war ihm, als würde er erwartet. Er empfand keine Angst, nur ein wohliger Schauer durchrieselte ihn, so, als sollte er bald etwas überaus Schönes zu sehen bekommen.

In diesem Augenblick gewahrte er wieder die Schlange. Sie hatte sich nicht versteckt, sie war vielmehr auf einen der Blöcke gekrochen, die der Frost von der Felswand abgesprengt hatte. Und dicht unter der weißen Schlange sah er den lichten Leib eines Mädchens, das im weichen Gras lag und schlief. Sie lag ohne andre Decke als ein paar spinnwebdünne Schleier, gerade, als hätte sie sich dort hingeworfen, nachdem sie die Nacht hindurch im Elfenreigen getanzt, aber die langen Grashalme und die zitternden, federleichten Blumenrispen erhoben sich hoch über der Schlafenden, so daß Reor nur undeutlich die weichen Linien ihres Körpers gewahren konnte. Er trat auch nicht näher, um besser zu sehen, aber sein gutes Messer zog er aus der Scheide und warf es zwischen das Mädchen und die Felswand, damit die den Stahl fürchtende Riesentochter nicht in den Berg fliehen konnte, wenn sie erwachte.

Dann blieb er in tiefe Gedanken versunken stehen. Eines wußte er sogleich: Das Mägdlein, das hier schlief, wollte er besitzen; aber noch war er nicht recht einig mit sich selbst, wie er gegen sie handeln sollte.

Doch da lauschte er, der die Sprache der Natur besser kannte als die der Menschen, dem großen ernsten Wald und dem strengen Berg. »Sieh«, sagten sie, »dir, der du die Wildnis liebst, geben wir unsre schöne Tochter. Besser ziemt sie dir als die Töchter der Ebene. Reor, bist du der edelsten Gabe würdig?«

Da dankte er in seinem Herzen der großen wohltätigen Natur und beschloß, das Mädchen zu seiner Frau zu machen und nicht nur zu seiner Magd. Und da er dachte, daß sie, wenn sie das Christentum und Menschensitte angenommen hatte, sich bei dem Gedanken, daß sie so unverhüllt dagelegen habe, schämen würde, löste er die Bärenhaut von seinem Rücken, entrollte das Fell und warf den grauen, zottigen Pelz des alten Bären über sie.

Doch als er dies tat, erdröhnte hinter der Felswand ein Lachen, von dem die Erde erzitterte. Es klang nicht wie Hohn, nur so, als hätte jemand in großer Angst gewartet, der lachen mußte, als er ganz plötzlich davon befreit wurde. Die furchtbare Stille und die drückende Hitze hatten nun auch ein Ende. Über das Gras schwebte ein erquickender Wind, und die Nadeln begannen ihren rauschenden Gesang. Der glückliche Jäger fühlte, daß der ganze Wald den Atem angehalten hatte, in Unruhe, wie die Tochter der Wildnis von dem Menschensohn behandelt werden würde.

Die Schlange schlüpfte jetzt in das hohe Gras; aber die Schlummernde lag in Zauberschlaf versunken und regte sich nicht. Da rollte Reor sie in die grobe Bärenhaut, so daß nur ihr Kopf aus dem zottigen Fell hervorguckte. Obgleich sie sicherlich eine Tochter des alten Riesen im Berge war, war sie doch zart und fein gebaut, und der starke Schütze hob sie in seine Arme und trug sie fort durch den Wald.

Nach einem Weilchen fühlte er, wie jemand seinen breitrandigen Hut abhob. Da sah er auf und merkte, daß die Riesentochter erwacht war. Sie saß ganz ruhig in seinem Arm, aber nun wollte sie sehen, wie der Mann aussah, der sie trug. Er ließ es gewähren, er machte größere Schritte, aber sagte nichts.

Da mußte sie wohl gemerkt haben, wie heiß ihm die Sonne auf den Kopf brannte, nachdem sie ihm den Hut abgenommen hatte. Sie hielt ihn darum über seinen Kopf wie einen Sonnenschirm, aber sie setzte ihn ihm nicht auf, sondern hielt ihn so, daß sie immerzu in sein Gesicht sehen konnte. Da deuchte es ihn, daß er nichts zu fragen, nichts zu sagen brauchte. Stumm trug er sie hinab zu seiner Mutter Hütte. Doch sein ganzes Wesen durchbebte Glückseligkeit, und als er auf der Schwelle seines Heims stand, da sah er, wie die weiße Schlange, die Glück ins Haus bringt, unter die Grundmauer schlüpfte.

Der Roman einer Fischersfrau

Am äußersten Ende des kleinen Fischerdorfes stand ein kleines Hüttchen auf einem niedrigen Hügel aus weißem Meersand. Es war nicht so gebaut, daß es in einer Reihe mit den gleichmäßigen, schmucken, regelrechten Häusern stehen konnte, die den breiten grünen Platz umgaben, wo die braunen Fischernetze trockneten, sondern es schien gleichsam aus der Reihe geschoben und auf den Sandhügel hingestellt zu sein. Die arme Witwe, die es gebaut hatte, war ihr eigner Baumeister gewesen, und sie hatte die Wände ihres Hüttchens niedriger gemacht als die aller anderen Hütten und sein steiles Strohdach höher als irgendein anderes Dach im Fischerdorf. Der Fußboden senkte sich tief in die Erde, das Fenster war weder hoch noch groß, aber reichte dennoch vom Dachsims bis zum Erdboden. Für den Herd und den Gänsestall war schließlich in dem einzigen engen Raume kein Platz geblieben, sondern dafür hatte man kleine viereckige Vorsprünge anmauern müssen. Diese Hütte hatte nicht wie andere Häuschen ihr Gärtchen mit Stachelbeerbüschen, von Winden umschlungen, und mit halb von Kletten erstickten Holundersträuchern. Von der ganzen Pflanzenwelt des Fischerdorfes waren nur die Kletten mit auf den Sandhügel gekommen. Im Sommer, wenn sie frische dunkelgrüne Blätter hatten und die stacheligen Körbchen sich mit hochroten Blumen füllten, waren sie schmuck genug. Aber gegen Herbst, wenn die Stacheln hart geworden und die Samen gereift waren, dann vernachlässigten sie ihr Aussehen und standen furchtbar häßlich und trocken da, die zerfetzten Blätter in ein Trauerkleid von staubigen Spinngeweben gehüllt.

Die Hütte hatte ihren zweiten Besitzer, doch länger als zwei Generationen vermochte sie nicht, mit ihren Wänden aus Rohr und Lehm das schwere Dach zu tragen. Solange sie stand, war sie im Besitze von armen Witwen. Die zweite Witwe, die da wohnte, hatte ihre Freude daran, die Kletten zu betrachten, namentlich im Herbst, wenn sie trocken wurden und sich überall anhängten. Sie schienen ihr dann der ähnlich, die diese Hütte erbaut hatte. Sie war auch runzelig und trocken gewesen und hatte die Gabe gehabt, sich anzuklammern und hängenzubleiben, und alle ihre Kraft hatte sie für das Kind verwendet, das es in der Welt weit bringen sollte. Sie, die nun allein dasaß, mußte bei diesem Gedanken bald lachen, bald weinen. Wenn die Alte nicht diese Klettennatur gehabt hätte, wie anders wäre dann alles gekommen. Aber wer weiß, ob es besser gekommen wäre?

Die einsame Frau saß oft da und grübelte über das Schicksal nach, das sie an die flache Küste Schonens geführt hatte, zu diesem schmalen Sund und diesen stillen Menschen. Denn sie war in einer norwegischen Seestadt geboren, die auf einem schmalen Uferstreifen zwischen steilen Felsen und dem offenen Meere lag, und wenn sie auch, seit ihr Vater, der Kaufmann, gestorben und sie in Armut zurückgelassen, in bescheidenen Verhältnissen gelebt hatte, so war sie doch an Leben und Fortschritt gewöhnt. Sie pflegte sich selbst ihre Geschichte wieder und wieder vorzuerzählen, so wie man ein schwer verständliches Buch oft liest, um seinen Sinn zu ergründen.

Ihre merkwürdigen Erlebnisse hatten damit begonnen, daß sie eines Abends auf dem Heimwege von der Schneiderin, bei der sie arbeitete, von zwei Seeleuten überfallen und von einem dritten gerettet worden war. Dieser kämpfte mit wirklicher Lebensgefahr für sie und brachte sie dann nach Hause. Sie führte ihn zu der Mutter und den Geschwistern und erzählte ihnen begeistert, was er getan habe. Es war, als hätte das Leben neuen Wert für sie, weil ein anderer so viel gewagt hatte, um es zu verteidigen. Er war von ihren Angehörigen sogleich freundlich aufgenommen und gebeten worden, so bald und so oft er konnte, wiederzukommen.

Sein Name war Börje Nilsson, und er war Matrose auf der schonischen Jacht Albertina. Solange das Schiff im Hafen lag, kam er beinahe jeden Tag zu ihnen, und sie konnten es bald nicht mehr glauben, daß er nur ein simpler Matrose sein sollte. Er glänzte immer in reinem Umlegekragen und trug einen blauen Marineanzug aus feinem Tuch. Frisch und freimütig war er gegen sie, als wäre er es gewohnt, sich in derselben Gesellschaftsklasse wie sie zu bewegen. Ohne daß er es geradeheraussagte, erhielten sie den Eindruck, daß er aus einem angesehenen Hause war, der einzige Sohn einer reichen Witwe, den eine unbezwingliche Lust zum Seemannsberufe dazu gebracht hatte, sich als einfachen Matrosen zu verdingen, um seine Mutter zu überzeugen, daß er es ernst meinte. Wenn er seine Prüfungen gemacht hatte, würde sie ihm wohl ein eigenes Schiff kaufen.

Die einsame Familie, die sich von allen früheren Freunden zurückgezogen hatte, empfing ihn ohne das leiseste Mißtrauen. Und er beschrieb leichten Herzens und mit fließender Beredsamkeit sein Heim mit dem hohen, spitzen Dach, dem offnen Kamin im Eßsaal und den kleinen Fensterscheiben. Er schilderte auch die stillen Straßen seiner Vaterstadt und die langen Reihen gleichmäßiger hoher Häuser, in denen sein Heim mit den unregelmäßigen Vorsprüngen und Erkern eine angenehme Unterbrechung bildete. Und seine Zuhörer glaubten, daß er aus einem jener alten Bürgerhäuser komme, die mit ihrem bildergeschmückten Giebel und dem vorragenden Obergeschoß einen so mächtigen Eindruck von Reichtum und ehrwürdigem Alter machen.

Sehr bald hatte sie es heraus, daß er ihr gut war. Und dies machte der Mutter und den Geschwistern große Freude. Der junge, reiche Schwede kam gleichsam, um sie alle aus der Armut emporzuheben. Selbst wenn er ihr nicht so gut gefallen hätte als er es tat, wäre sie gar nicht auf den Gedanken gekommen, seine Werbung abzuweisen. Hätte sie einen Vater oder einen erwachsenen Bruder gehabt, so würden diese sich wohl genauer nach Herkunft und Lebensstellung des Fremdlings erkundigt haben, doch weder sie noch die Mutter dachten daran, ernstliche Nachforschungen anzustellen. Später erkannte sie, daß sie ihn förmlich zum Lügen gezwungen hatten. Anfangs hatte er sie ohne böse Absicht dazu gebracht, sich so große Vorstellungen von seinem Reichtum zu machen, aber als er später merkte, wie froh sie darüber waren, da hatte er es nicht mehr gewagt, die Wahrheit zu sagen, aus Furcht, sie zu verlieren.

Bevor er abreiste, waren sie verlobt, und als die Jacht zurückkam, hielten sie Hochzeit. Es war eine Enttäuschung für sie, daß er auch bei seiner Rückkehr als Matrose auftrat, aber er war durch seinen Kontrakt gebunden. Er brachte auch keine Grüße von seiner Mutter mit. Diese hätte erwartet, daß er eine andere Wahl treffe, aber sie würde schon zufrieden sein, sagte er, wenn sie nur Astrid erst sähe. – Trotz aller seiner Lügen wäre es ein leichtes gewesen, zu sehen, daß er ein armer Mann war, wenn sie nur die Augen aufgemacht hätte.

Der Schiffer erbot sich, ihr seine Kajüte zu überlassen, wenn sie die Überfahrt auf seiner Jacht machen wollte, und sie nahm das Anerbieten mit Freuden an. Börje wurde da fast ganz von seinem Dienst befreit und saß meistens mit seiner Frau plaudernd auf dem Achterdeck. Und jetzt schenkte er ihr das Glück der Einbildung, von dem er selbst sein ganzes Leben lang gezehrt hatte. Je mehr er an das kleine Hüttchen dachte, das zur Hälfte im Sandhügel begraben lag, desto höher erbaute er den Palast, den er ihr gerne geboten hätte. Er ließ sie im Geiste in einen Hafen gleiten, der zu Ehren der Braut Börje Nilssons mit Flaggen und Blumen geschmückt war. Er ließ sie die Begrüßungsrede des Bürgermeisters hören. Er ließ sie durch eine Triumphpforte fahren, während die Augen der Männer ihr folgten und die Frauen vor Neid erblaßten. Und er führte sie in das stattliche Haus, wo silberlockige, sich verneigende Diener an dem breiten Treppengeländer aufgereiht standen und der zur festlichen Mahlzeit gedeckte Tisch sich unter dem alten Familiensilber bog.

Als sie die Wahrheit entdeckte, glaubte sie zuerst, daß der Schiffer im Bunde mit Börje gewesen war, um sie zu betrügen, aber dann erkannte sie, daß es sich nicht so verhalten hatte. Sie hatten sich dort auf der Jacht daran gewöhnt, von Börje wie von einem großen Herrn zu reden. Es war an Bord der Hauptspaß, so recht im vollsten Ernst von seinen Reichtümern und seiner vornehmen Familie zu sprechen. Sie dachten, Börje hätte ihr die Wahrheit gesagt, und sie scherzte mit ihm wie sie alle, wenn sie von seinem großen Hause sprach. So war es möglich, daß sie, noch als die Jacht in dem Hafen Anker warf, der neben Börjes Heimatdorf lag, es nicht anders wußte, als daß sie eines reichen Mannes Gattin war.

Börje bekam für einen Tag Urlaub, um seine Frau in ihr künftiges Heim einzuführen und sie mit dem neuen Leben bekannt zu machen. Als sie nun an dem Kai landeten, wo Flaggen wehen und Menschenscharen den Neuvermählten entgegenjubeln sollten, herrschte da nur Leere und Alltagsruhe. Börje merkte, daß seine Frau sich mit einer gewissen Enttäuschung umsah.

»Wir sind zu früh gekommen«, hatte er da gesagt. »Die Fahrt ist bei diesem schönen Wetter merkwürdig rasch gegangen. Jetzt haben wir auch keinen Wagen da, und wir haben einen weiten Weg, denn das Haus liegt außerhalb der Stadt.«

»Das tut nichts, Börje«, hatte sie geantwortet, »das Gehen wird uns guttun, nachdem wir so lange an Bord still gesessen haben.«

Und so traten sie ihre Wanderung an, diese schrekkensvolle Wanderung, an die sie noch in ihren alten Tagen nicht denken konnte, ohne vor Angst zu stöhnen und schmerzlich die Hände zu ringen. Sie gingen über weite, menschenleere Straßen, die sie sogleich nach seiner Beschreibung erkannte. Sie glaubte in der dunklen Kirche und in den gleichmäßigen Holzhäusern alte Freunde zu begrüßen, doch wo blinkten die bildergeschmückten Giebel und die Marmortreppe mit dem breiten Geländer?

Da hatte Börje ihr zugenickt, so, als erriete er ihre Gedanken. »Es ist noch weit hin«, hatte er gesagt.

Wäre er doch barmherzig gewesen. Hätte er doch ihrer Hoffnung auf einmal den Todesstoß gegeben. Sie hatte ihn damals so lieb gehabt. Wenn er ganz aus freien Stücken alles gesagt hätte, so wäre in ihrer Seele kein Groll gegen ihn aufgekeimt. Aber daß er ihre Angst, betrogen zu werden, sah, und dennoch fortfuhr, sie zu täuschen, das hatte ihr allzu schweren Schmerz bereitet. Das hatte sie ihm nie ganz verzeihen können.

Sie konnte sich freilich sagen, daß er sie so weit wie möglich führen wollte, damit sie ihm nicht entfliehen konnte, aber sein Betrug rief eine solche Todeskälte in ihr hervor, daß keine Liebe sie ganz aufzutauen vermochte.

Sie gingen durch die Stadt und kamen auf die angrenzende Ebene. Da zeigten sich mehrere Reihen dunkler Wallgräben und hoher, grüner Erdwälle, Überreste aus jener Zeit, als die Stadt befestigt gewesen war, und an dem Punkt, wo das alles sich zu einer Festung zusammenschloß, sah sie ein paar altertümliche Bauten und große, runde Türme. Sie warf einen scheuen Blick hin, doch Börje bog zu den Wällen ein, die am Meeresufer entlangführten.

»Das ist ein Abkürzungsweg«, sagte er, denn sie schien sich zu wundern, daß hier nur ein schmaler Pfad war.

Er war sehr einsilbig geworden, sie begriff dann, daß er es nicht so ergötzlich fand, als er es sich gedacht hatte, mit seiner Frau zu der armseligen, kleinen Hütte im Fischerdorf zu kommen. Es schien ihm jetzt nicht so herrlich, eines besseren Mannes Kind heimzuführen. Er hatte große Angst vor dem, was sie tun würde, wenn sie die Wahrheit erfuhr.

»Börje«, sagte sie endlich, als sie lange den scharfen Winkeln der Strandwälle gefolgt waren, »wohin gehen wir?«

Da erhob er die Hand und deutete auf das Fischerdorf, wo seine Mutter in dem Hüttchen auf dem Sandhügel wohnte. Sie aber glaubte, er wiese auf eines der schönen Landgüter, die am Rande der Ebene auftauchten, und wurde wieder heiterer.

Sie stiegen zu den öden Gemeindeweiden hinab, und da überfiel sie wieder die alte Angst. Da, wo jedes Erdhügelchen, wenn man nur einen Blick dafür hat, Schönheit und Abwechslung bietet, sah sie nur ein häßliches, sumpfiges Feld. Und der Wind, der draußen in steter Bewegung war, fuhr ihnen pfeifend entgegen und flüsterte von Unglück und Verrat.

Börje beschleunigte seine Schritte immer mehr, und schließlich erreichten sie das Ende der Weiden und waren bei dem Fischerdörfchen angelangt. Sie, die es zuletzt gar nicht mehr gewagt hatte, irgendwelche Fragen zu stellen, faßte wieder neuen Mut. Hier war abermals eine einförmige Häuserreihe, und diese erkannte sie noch besser als die in der Stadt. Vielleicht, vielleicht hatte er doch nicht gelogen.

Aber ihre Erwartungen waren so herabgestimmt, daß sie seelenvergnügt gewesen wäre, wenn sie bei einer der schmucken Wohnstätten hätte haltmachen können, wo Blumen und weiße Gardinen hinter blanken Fensterscheiben blinkten. Es war ihr schmerzlich, an ihnen vorbeigehen zu müssen.

Da erblickte sie mit einem Male am äußersten Ende des Fischerdorfes eine elende Hütte, und es war ihr, als hätte sie diese schon längst in ihren Träumen so vor sich gesehen, wie sie jetzt in Wirklichkeit war.

»Ist es hier?« sagte sie und blieb gerade am Fuße des kleinen Sandhügels stehen.

Er nickte fast unmerklich mit dem Kopf und fuhr fort, auf die kleine Hütte zuzugehen.

»Warte«, rief sie ihm nach. »Wir müssen zuerst miteinander sprechen, bevor ich dein Heim betrete. Du hast mich belogen«, fuhr sie drohend fort, als er sich ihr zuwendete. »Du hast mich ärger betrogen, als wenn du mein größter Feind wärest. Warum hast du das getan?«

»Ich wollte dich zur Frau«, antwortete er mit leiser, unsicherer Stimme.

»Wenn du mich doch nur mit Maß zum besten gehalten hättest! Warum mußtest du alles so reich und so prächtig schildern? Was wolltest du mit Bedienten und Triumphpforten und all der anderen Herrlichkeit? Glaubtest du, ich sei so erpicht auf Geld? Sahst du nicht, daß ich ohnehin verliebt genug in dich war, um überallhin mit dir zu gehen? Daß du glaubtest, mich hinters Licht führen zu müssen! Daß du das Herz haben konntest, bis zuletzt bei deinen Lügen zu beharren!«

»Willst du nicht hereinkommen und Mutter begrüßen?« frage er ganz hilflos.

»Nein, ich gehe nicht hinein.«

»Willst du also nach Hause fahren?«

»Wie könnte ich nach Hause kommen? Wie sollte ich ihnen den Schmerz bereiten, zurückzukehren, wenn sie mich für glücklich und reich halten? Aber bei dir bleibe ich auch nicht. Für den, der arbeiten kann, findet sich immer ein Auskommen.«

»Bleib«, bat er, »ich tat es nur, um dich zu gewinnen.«

»Wenn du mir die Wahrheit gesagt hättest, so wäre ich geblieben.«

»Wäre ich ein reicher Mann gewesen und hätte mich für arm ausgegeben, so bliebest du schon.«

Sie zuckte die Achseln und wandte sich zum Gehen, als die Tür der Hütte aufgerissen wurde und Börjes Mutter herauskam. Sie war ein kleines vertrocknetes altes Weiblein mit wenig Zähnen und viel Runzeln, aber nicht so alt an Jahren und Gemüt wie sie aussah. Sie hatte wohl einiges gehört und das übrige erraten, denn sie wußte, worüber sie zankten. »So«, sagte sie, »dies ist die feine Schwiegertochter, die du mir gebracht hast, Börje. Und du hast es wieder nicht mit der Wahrheit gehalten, wie ich höre.« Aber auf Astrid ging sie freundlich zu und streichelte ihr die Wangen. »Komm du mit mir herein, du armes Kind. Ich kann mir denken, daß du müde und erschöpft bist. Siehst du, dies ist meine Hütte.

Er darf nicht herein. Aber komm du nur. Jetzt bist du meine Tochter, und ich kann dich nicht zu fremden Leuten gehen lassen.«

Sie streichelte die Schwiegertochter und gab ihr Koseworte und schob und zog sie ganz unmerklich zur Tür hin. Schritt für Schritt lockte sie sie weiter und bekam sie schließlich in die Hütte, aber Börje schloß sie wirklich aus. Und drinnen begann nun die Alte zu fragen, wer sie sei und wie alles zugegangen wäre. Und sie weinte über sie und brachte sie dazu, auch über sich selbst zu weinen. Furchtbar streng war die Alte gegen ihren Sohn. Sie, Astrid, täte ganz recht, nein, bei einem solchen Manne könnte sie nicht bleiben. Es stimmte wohl, daß er zu lügen pflegte, ja, ganz gewiß stimmte es.

Sie erzählte ihr, wie es ihr mit dem Sohne ergangen war. Er war schon als kleines Kind so schön von Gesicht und Gestalt gewesen, daß sie sich immer darüber wundern mußte, daß er armer Leute Kind war. Er war wie ein kleiner verirrter Prinz gewesen. Und später hatte es immer so ausgesehen, als wäre er nicht auf seinem richtigen Platze. Er sah alles so groß. Er konnte nicht den richtigen Maßstab finden, wenn es sich um ihn selbst handelte. Seine Mutter hatte deswegen schon viele Tränen vergossen. Aber nie zuvor hatte er mit seinen Lügen etwas Böses angestellt. Hier, wo er bekannt war, lachten ihn die Leute nur aus. – Aber jetzt war er wohl so sehr in Versuchung geführt worden ... Schien es ihr, Astrid, nicht selbst wunderlich, wie sie dieser Fischerjunge hatte hinters Licht führen können? Er hatte immer soviel von feinen Dingen gewußt, als wäre es ihm angeboren. Er war wohl ganz verkehrt in die Welt gekommen. Das sah man ja auch daran, daß er nie daran gedacht hatte, sich eine Frau aus seinem eignen Stande zu wählen. Die Alte redete und redete. Astrid schwieg und dachte. »Sieh«, sagte die Alte unter anderem, »mir kann es nie gelingen, ihm den Hochmut und die Prahlsucht abzugewöhnen, aber eine, die klüger wäre als ich, könnte es vielleicht. Und er ist tüchtig und gut, mein Junge. Es lohnte wohl der Mühe. Aber du kannst morgen gehen. Ja, du sollst gehen.«

»Wo schläft er heute nacht?« fragte Astrid plötzlich.

»Ich denke, er liegt hier draußen im Sande. Er hat wohl nicht die Ruhe, von hier fortzugehen.«

»Es wäre wohl am besten, wenn er hereinkäme«, sagte Astrid.

»Liebstes Kind, du kannst ihn doch nicht sehen wollen. Er wird sich draußen schon behelfen, wenn ich ihm eine Decke gebe.«

Sie ließ ihn wirklich diese Nacht draußen im Sande schlafen und schickte ihn am nächsten Tage in aller Frühe in die Stadt, da sie es für das beste hielt, wenn Astrid ihn nicht sah. Und mit ihr redete und redete sie und hielt sie fest, nicht mit Zwang, sondern mit Klugheit, nicht mit Schmeichelei, sondern mit wirklicher Güte.

Doch als sie es endlich erreicht hatte, daß die Schwiegertochter blieb und dem Sohne erhalten war, und als sie die jungen Leute versöhnt und Astrid gelehrt hatte, daß es gerade ihre Lebensaufgabe war, Börje Nilssons Frau zu sein und ihm soviel Gutes zu tun wie sie konnte – und dies war nicht die Arbeit einer Abendstunde, sondern die Mühe vieler Tage gewesen –, da hatte sich die Alte zum Sterben hingelegt.

Und in diesem Leben mit seiner treuen Fürsorge lag ein Sinn, dachte Börje Nilssons Frau.

Aber in ihrem eigenen Leben sah sie keinen Zweck. Der Mann ertrank nach einigen Jahren der Ehe, und ihr einziges Kind starb ganz jung. Sie hatte bei ihrem Mann keine Veränderung herbeiführen können. Ernst und Wahrhaftigkeit hatte sie ihn nicht zu lehren vermocht. Eher hatte sie sich verändert, denn sie war immer mehr wie die Fischersleute geworden. Sie wollte keinen der Ihren sehen, denn sie schämte sich, daß sie jetzt in allen Stücken einer Fischersfrau glich. Wenn nur dies alles irgend etwas genützt hätte! Wenn sie, die ihren Lebensunterhalt durch das Ausbessern der Fischernetze bestritt, nur wüßte, warum sie überhaupt lebte! Wenn sie doch jemanden glücklich oder besser gemacht hätte!

Nie kam es ihr in den Sinn, zu denken, daß, wer sein Leben für verfehlt hält, weil er anderen nichts Gutes getan habe, vielleicht durch diesen Gedanken der Demut seine Seele gerettet hat.

Die Grabschrift

Heute beachtet gewiß keine Menschenseele das kleine Kreuzlein, das in einer Ecke des Svartsjöer Friedhofs steht. Heute gehen alle Kirchenbesucher daran vorbei, ohne einen Blick darauf zu werfen. Und es ist ja nicht wunderlich, daß keiner es bemerkt. Es ist so niedrig, daß Klee und Glockenblumen ihm bis über die Arme reichen und Timotheusgras darüber wächst. Auch nimmt sich keiner die Mühe, die Inschrift zu lesen, die da steht. Die weißen Buchstaben sind heute fast gänzlich vom Regen verwischt, und es scheint nie jemand einzufallen, sie zu Worten zusammenzufügen.

Aber es ist nicht immer so gewesen. Das kleine Kreuz hat seinerzeit viel Staunen und Bewunderung erweckt. Eine Zeitlang konnte niemand den Fuß auf den Svartsjöer Friedhof setzen, ohne zu dem Kreuze hinzugehen. Und bekommt ein Mensch aus jener Zeit es heute zu Gesicht, so sieht er sogleich eine ganze Geschichte vor sich …

Er sieht das ganze Kirchspiel Svartsjö in Winterschlummer versenkt und mit glattem, weißem Schnee bedeckt, der anderthalb Ellen hoch liegt. Es sieht dort so aus, daß es kaum menschenmöglich ist, sich zurechtzufinden. Man muß nach dem Kompaß gehen, wie auf dem Meere. Es ist keinerlei Unterschied zwischen Strand und See, das Brachfeld liegt ebenso glatt da wie die Erde, die hundert Ernten Hafer getragen hat. Die Köhlerleute, die auf großen Moorflächen und nackten Bergfirsten hausen, können sich einbilden, daß sie über ebensoviel gepflügten und bebauten Boden geböten wie der reichste Großbauer.

Die Wege haben ihre sichern Bahnen zwischen den grauen Zäunen verlassen und abenteuern nun über die Wiesen und den Fluß entlang. Selbst drinnen zwischen den Gehöften kann man leicht verwirrt werden. Man kann plötzlich entdecken, daß der Weg zum Brunnen quer über die Spireahecke des kleinen Rosenbeets gelegt ist. Aber nirgends ist es so unmöglich, sich zurechtzufinden, wie auf dem Kirchhof. Erstens ist die graue Steinmauer, die ihn vom Pfarrhof trennt, ganz überschneit, so daß er jetzt völlig mit diesem zusammenfließt. Zweitens ist der Kirchhof jetzt nur noch ein großes, weißes Feld: Nicht die kleinste Unebenheit in der Schneedecke verrät die vielen Anhöhen und Hügelchen des Totenackers.

Auf den meisten Gräbern stehen Eisenkreuze, an denen dünne, kleine Herzen hängen, die im Sommer der Wind bewegt. Jetzt sind sie alle überschneit. Diese kleinen Eisenherzen können nicht mehr ihre wehmütigen Weisen von Schmerz und Sehnen erklingen lassen.

Leute, die drinnen in den Städten auf Arbeit waren, haben für ihre Toten daheim Trauerkränze mit Blumen aus Perlen und Blättern aus Eisenblech mitgebracht, und diese Kränze stehen so in Achtung, daß sie auf den Gräbern in kleinen Glaskasten liegen. Aber nun sind auch sie unter dem Schnee verborgen und begraben. Nun ist das Grab, das solchen Schmuck trägt, um nichts vornehmer als irgendein andres.

Ein paar Schneebeerenbüsche und Fliederhecken ragen aus der Schneedecke empor, allein die meisten sind verborgen. Die nackten Zweige, die aus dem Schnee hervorkommen, sind einander wunderlich gleich. Sie können dem nicht zur Richtschnur dienen, der sich auf dem Kirchhofe zurechtzufinden sucht. Alte Mütterchen, deren Brauch es ist, allsonntäglich einzutreten, um einen Blick auf die Gräber ihrer Lieben zu werfen, kommen jetzt des Schnees wegen nicht weiter als ein Stück über den Hauptweg hinaus. Dort bleiben sie stehen und versuchen zu erraten, wo »das Grab« liegen mag. Ist es bei diesem Busch oder bei jenem? Und sie fangen an, sich nach dem Schmelzen des Schnees zu sehnen. Es ist, als sei der Entrissene so unsagbar weit von ihnen entfernt, seit sie die Stelle nicht mehr sehen können, wo er in die Erde versenkt worden ist.

Da sind auch ein paar große Steine, die sich über den Schnee erheben. Aber es sind ihrer so wenige. Und der Schnee hängt über ihnen, so daß man den einen nicht vom andern unterscheiden kann.

Ein einziger Weg auf dem Kirchhof ist gebahnt. Er führt den Hauptgang entlang zu einem kleinen Leichenhause. Soll jemand begraben werden, so wird der Sarg in das Leichenhaus getragen, und dort hält der Pfarrer die Grabrede und nimmt die Zeremonie der Beerdigung vor. Es ist nicht daran zu denken, daß der Sarg in die Erde kommen könnte, solange dieser Winter währt. Er muß im Leichenhause stehen bleiben, bis Gott Tauwetter sendet und der Boden wieder zugänglich wird für Hacke und Spaten.

Gerade wie der Winter in seiner strengsten Laune und der Kirchhof ganz unzugänglich ist, stirbt ein Kind beim Hüttenherrn Sander auf dem Werke Lerum.

Das ist ein großes Werk, Lerum, und Hüttenherr Sander ist ein mächtiger Mann. Er hat sich erst jüngst ein Familiengrab auf dem Kirchhof herstellen lassen. Man erinnert sich gut daran, wenn es jetzt auch unter dem Schnee verborgen ist. Es ist von einem gehauenen Steinrand und einer dicken Eisenkette umgeben; mitten auf dem Grabe steht ein Granitblock, der den Namen trägt. Dort steht das eine Wort Sander mit großen Lettern eingegraben, die über den ganzen Kirchhof leuchten.

Aber jetzt, da das Kind tot ist und das Begräbnis zur Sprache kommt, sagt der Hüttenherr zu seiner Frau:

»Ich will nicht, daß dieses Kind in meinem Grabe liege!«

Mit einem Male sieht man sie vor sich. Da ist der Speisesaal auf Lerum, und da sitzt der Hüttenherr am Frühstückstisch und ißt allein, wie er zu tun pflegt. Seine Gattin Ebba Sander lehnt im Schaukelstuhl am Fenster, von wo sie die Aussicht über den See und die birkenbestandnen Inselchen hat.

Sie hat dagesessen und geweint, aber als der Mann dieses sagt, werden ihre Augen auf einmal trocken. Die ganze kleine Gestalt zieht sich vor Schrecken zusammen, sie beginnt zu zittern, als fühle sie starke Kälte.

»Was sagst du, was sagst du?« fragt sie. Und sie spricht wie einer, der vor Kälte klappert.

»Es widerstrebt mir«, sagt der Hüttenherr. »Vater und Mutter liegen da, und auf dem Steine steht Sander. Ich will nicht, daß dieses Kind dort liege.«

»Ah so, das hast du dir ausgeheckt?« sagt sie und schauert dabei fortwährend zusammen. »Ich wußte wohl, daß du dich einmal rächen würdest.«

Er wirft die Serviette fort, erhebt sich vom Tische und steht breit und groß vor ihr. Es ist gar nicht seine Absicht, seinen Willen mit vielen Worten zu ertrotzen. Aber sie kann es ihm ja ansehen, wie er so da steht, daß er seinen Sinn nicht ändern kann. Der ganze Mann ist schwere, unerschütterliche Halsstarrigkeit.

»Ich will mich nicht rächen«, sagt er, ohne die Stimme zu erheben. »Ich kann es nur nicht ertragen.«

»Du sprichst, als handelte es sich nur darum, ihn aus

einem Bett in das andre zu legen«, sagt sie. »Und er ist ja tot, ihm kann es wohl gleich sein, wo er liegt. Aber ich bin dann eine Verlorne.«

»Ich habe auch daran gedacht«, sagt er, »aber ich kann nicht.«

Zwei Leute, die mehrere Jahre miteinander verheiratet sind, brauchen nicht viel Worte, um sich zu verstehen. Sie weiß schon, daß es ganz zwecklos wäre, wollte sie versuchen, ihn umzustimmen.

»Warum mußtest du mir damals verzeihen?« sagt sie und ringt die Hände. »Warum ließest du mich auf Lerum bleiben als dein Weib und versprachst mir, du wollest mir vergeben?«

Er weiß bei sich, daß er ihr nicht schaden will. Er kann nichts dafür, daß er jetzt an der Grenze seiner Nachsicht angelangt ist. »Sag den Nachbarn, was du willst«, sagt er. »Ich schweige schon. Gib vor, es sei Wasser im Grabe, oder sage, es sei nicht Raum für mehr Särge als die von Vater und Mutter und meinen und deinen.«

»Und das sollen sie glauben?«

»Du mußt dir helfen, so gut du kannst«, sagt er.

Er ist nicht böse, sie sieht, daß er es nicht ist. Es ist, wie er selbst sagt. Er kann sich darin nicht überwinden.

Sie rückt sich höher in den Stuhl hinauf, verschränkt die Arme hinter dem Kopf und sitzt und starrt zum Fenster hinaus, ohne etwas zu sagen. Das Entsetzliche ist, daß es so viel im Leben gibt, was einen überwältigt. Vor allem ist es furchtbar, daß in einem selbst Mächte emporsteigen, die man nicht lenken kann. Vor einigen Jahren, als sie schon eine besonnene, verheiratete Frau war, kam die Liebe über sie. So eine Liebe! Es war nicht daran zu denken, daß sie sie hätte regieren können. Und was nun Gewalt über ihren Mann bekam, – war es Rachbegier? Er ist ihr nie böse gewesen. Er hat ihr sogleich verziehen, als sie kam und alles gestand. »Du bist von Sinnen gewesen«, hat er gesagt und hat sie weiter als seine Gattin leben lassen.

Aber obgleich es ein leichtes sein kann, zu sagen, daß man vergebe, es mag doch schwer genug fallen, es zu tun. Vor allem ist es schwer für einen Mann, der tiefsinnig und schwerblütig ist, der niemals vergißt und niemals aufbraust. Was er auch sagen mag, in seinem Herzen sitzt etwas, was hungert und danach schreit, sich sättigen zu dürfen an eines andern Leid. Ein wunderliches Gefühl hat sie immer gehabt, als ob es besser gewesen wäre, wenn er damals so gezürnt hätte, daß er sie geschlagen hätte. Dann hätte er nachher wieder gut werden können. Nun geht er umher und ist mürrisch und verdrossen, und sie ist schreckhaft geworden. Sie geht wie ein Pferd an der Deichsel. Sie weiß, daß hinter ihr einer sitzt, der die Peitsche in der Hand hält, – wenn er sie auch nicht gebraucht. Und nun hat er sie gebraucht. Nun ist sie eine Verlorne.

Die Menschen sagen, daß sie nie einen Schmerz gesehen hätten, wie den ihren. Sie sieht aus wie ein Steinbild. In diesen Tagen vor dem Begräbnis weiß man nicht, ob sie wirklich lebt. Es ist unmöglich, zu wissen, ob sie höre, was man sagt, ob sie wisse, wer zu ihr spricht. Sie scheint keinen Hunger zu fühlen, sie scheint draußen in der bittern Kälte gehen zu können, ohne zu frieren. Aber die Menschen irren sich, es ist nicht Schmerz, was sie versteinert, es ist Angst.

Sie denkt nicht daran, am Begräbnistag daheim zu bleiben. Sie *muß* mit zum Friedhofe, sie *muß* mit im Trauergefolge gehen, mitgehen und wissen, daß alle, die dem Sarge folgen, glauben, daß die Leiche zu dem großen Sanderschen Grabe geführt werde. Sie denkt, daß sie unter der Verwunderung und dem Staunen, daß sich gegen sie wenden werde, zusammenbrechen müsse, wenn er, der an der Spitze des Zuges schreite, ihn zu einem unbemerkten Grabplatz hinführen würde. Es werde ein Murmeln der Verwunderung von Reihe zu Reihe gehen, obgleich dies ein Leichenzug ist. Warum darf das Kind nicht in dem Sanderschen Grabe liegen? Man werde sich der ungewissen, unbestimmten Gerüchte erinnern, die einmal über sie im Schwange waren. Es müsse wohl irgend etwas hinter diesen Geschichten gewesen sein, wird man sagen. Bevor der Leichenzug vom Kirchhofe wiederkehre, werde sie gerichtet und verloren sein.

Das einzige, was ihr helfen kann, ist: selbst mit dabei zu sein. Sie wird da gehen, mir ruhigem Antlitz, wird aussehen, als ob alles in Ordnung wäre. Vielleicht werden sie dann glauben, was sie sagt, um die Sache zu erklären.

Der Mann fährt auch mit zur Kirche. Er hat alles geordnet: die Begräbnisgäste geladen, den Sarg bestellt und bestimmt, wer ihn tragen soll. Er ist zufrieden und gut, seit er seinen Willen durchgesetzt hat.

Es ist Sonntag, der Gottesdienst ist vorüber, und der Leichenzug stellt sich vor dem Gemeindehause auf. Die Träger legen die weißen Tragtücher über ihre Schultern, alle Standespersonen von Lerum gehen in der Prozession mit und ein großer Teil der Kirchenbesucher.

Während die Prozession sich ordnet, denkt sie, daß sie sich jetzt aufstellten, um einen Verbrecher zum Richtplatz zu geleiten.

Wie sie sie ansehen werden, wenn sie zurückkehren. Sie ist gekommen, um sie vorbereiten zu können, aber sie hat kein Wort über ihre Lippen gebracht. Sie kann nicht ruhig und besonnen sprechen. Was sie tun könnte, wäre: so heftig und laut zu jammern, daß man es über den ganzen Kirchplatz hörte. Sie wagt die Lippen nicht zu regen, damit dieser Schrei nicht über sie hereinbreche.

Die Glocken beginnen sich droben im Turme zu rühren, und die Menschen setzen sich in Bewegung. Und jetzt kommt es, ohne alle Vorbereitung! Warum hat sie nicht sprechen können? Sie tut sich Gewalt an, um ihnen nicht zuzurufen, sie möchten nicht auf den Kirchhof gehen mit dem Toten. Ein Toter sei ja nichts. Warum sie vernichtet werden solle für einen Toten? Sie könnten ja den Toten hinlegen, wohin sie wollen, nur nicht auf den Kirchhof. Sie will sie vom Friedhof verscheuchen. Er sei gefährlich. Er sei voll Pestkeimen. Man habe Wolfsspuren auf ihm gesehen. Sie will sie schrecken, wie man Kinder schreckt.

Sie weiß nicht, wo dem Kinde das Grab gegraben ist. Sie erfahre es zeitig genug, denkt sie. Wie jetzt der Zug in den Friedhof hineinschreitet, blickt sie über das Schneefeld, um ein frischaufgeworfnes Grab zu entdekken ...

Aber sie sieht weder Weg noch Grab. Dort draußen ist nichts als ein ungefurchtes Schneefeld. Und der Zug geht zum Leichenhause hinauf. So viele nur können, drängen sich hinein, und dort wird die Beerdigungszeremonie vorgenommen. Es ist nicht die Rede davon, zum Sanderschen Grabe zu gehen. Keiner kann wissen, daß der Kleine, der nun zur letzten Ruhe eingesegnet wird, niemals in das Familiengrab gebettet werden soll!

Hätte sie das nicht vergessen in ihrem Entsetzen, keinen Augenblick hätte sie sich zu fürchten brauchen. »Im Frühling«, denkt sie, »wenn der Sarg versenkt wird, ist wohl kaum einer außer dem Totengräber zugegen.

Jeder wird glauben, daß das Kind im Sanderschen Grabe liege.« Und sie begreift, daß sie gerettet ist.

Sie bricht in heftigem Weinen zusammen. Die Leute sehen sie mitleidig an.

»Es ist furchtbar, wie sie es sich zu Herzen nimmt«, sagen sie. Aber sie selbst weiß am besten, daß sie Tränen weint, wie eine, die aus Not und Lebensgefahr entronnen ist ...

Ein paar Tage nach dem Begräbnis sitzt sie in der Dämmerung auf ihrem gewohnten Platz im Speisesaal. Während das Dunkel einfällt, ertappt sie sich darauf, daß sie dasitzt und wartet und sich sehnt. Sie sitzt und horcht nach dem Kinde. Jetzt ist ja die Zeit, wo es hereinzukommen pflegt, um zu spielen. Wird es heute nicht kommen? Da fährt sie empor und denkt: »Es ist ja tot, es ist ja tot.«

Am nächsten Tage sitzt sie wieder in der Dämmerung und sehnt sich, und Abend für Abend kommt diese Sehnsucht wieder und wird immer mächtiger. Sie breitet sich aus, wie das Licht im Frühling, bis sie schließlich alle Stunden des Tages und der Nacht beherrscht.

Es ist ja beinahe selbstverständlich, daß ein Kind, wie das ihre, mehr Liebe im Tode empfängt als im Leben. Die Mutter hat, solange es lebte, an nichts andres gedacht, als daran, ihren Mann wiederzugewinnen. Und für ihn konnte das Kind ja nicht erfreulich sein. Es mußte ferngehalten werden. Es mußte oft fühlen, daß es ihm zur Last war. Die Gattin, die ihren Pflichten untreu geworden war, hatte ihrem Manne zeigen wollen, daß sie doch etwas wert war. Sie hatte unablässig in Küche und Webkammer gearbeitet. Wo hätte sich Platz für den kleinen Jungen finden sollen, mitten in dem allen! Und jetzt nachträglich erinnert sie sich, wie seine Augen zu bitten und zu betteln pflegten. Abends wollte er, daß sie an seinem Bette sitze. Er sagte, er fürchte sich im Dunkeln, aber nun denkt sie, daß das vielleicht nicht wahr gewesen sei. Er hat es gesagt, damit sie bei ihm bliebe. Sie erinnert sich, wie er dalag und gegen den Schlaf kämpfte. Jetzt begreift sie, daß er sich wach gehalten hat, um lange liegen und ihre Hand in der seinen halten zu dürfen.

Er ist ein pfiffiges Kerlchen gewesen, so klein er auch war. Er hat seinen ganzen Verstand aufgewendet, um auch ein bißchen von ihrer Liebe abzubekommen.

Es ist erstaunlich, daß Kinder so lieben können. Sie hatte es nie begriffen, solange er noch lebte.

Eigentlich fängt sie erst an, das Kind zu lieben. Jetzt erst fühlt sie sich berückt von seiner Schönheit. Sie kann sitzen und von seinen großen, geheimnisvollen Augen träumen. Er ist nie ein rosiges, rundwangiges Kind gewesen, er war zart und blaß. Aber er war wunderbar schön.

Es steht vor ihr als etwas wunderbar Herrliches, herrlicher mit jedem Tag, der geht. Kinder müssen ja das Köstlichste sein, was die Erde trägt. Man bedenke doch nur, daß es kleine Wesen gibt, die jedermann die Hand entgegenstrecken und von allen Menschen Gutes glauben, die nicht danach fragen, ob ein Antlitz schön oder häßlich ist, sondern das häßliche ebenso gern küssen wie das hübsche, die alt und jung lieben können, reich und arm. Und zu alledem sind sie wirkliche kleine Menschen.

Sie kommt dem Kinde mit jedem Tage näher und näher. Sie wünscht wohl, daß es lebte, aber sie weiß nicht, ob sie ihm dann jemals so nahe gekommen wäre wie jetzt.

Zuweilen gerät sie in Verzweiflung darüber, daß sie den Knaben nicht glücklicher gemacht hat, so lange er am Leben war. Darum ist er mir wohl genommen worden, denkt sie. Aber nur selten trauert sie in dieser Weise.

Sie hat sich früher vor Trauer gefürchtet, aber sie findet jetzt, daß Trauer nicht das ist, was sie sich gedacht hat. Trauern heißt ja: ein Vergangnes wieder und wieder erleben. Trauern heißt: sich in das ganze Wesen des Knaben hineinleben, ihn nun endlich zu verstehen. Diese Trauer macht sie sehr reich.

Am meisten fürchtet sie sich jetzt davor, daß die Zeit ihn ihr entführen könnte. Sie hat kein Bild von ihm, vielleicht könnten seine Züge in ihrer Erinnerung auslöschen. Jeden Tag sitzt sie da und prüft sich: »Sehe ich ihn, sehe ich ihn recht?«

Wie der Winter vergeht, Woche um Woche, ertappt sie sich auf der Sehnsucht, ihn nicht mehr im Leichenhause, sondern in die Erde gebettet zu wissen, damit sie zu dem Grabe kommen und mit ihm sprechen könne. Er soll gegen Westen liegen, da ist es am schönsten. Und sie wird seinen Hügel mit Rosen schmücken. Sie will auch eine Hecke haben und eine Bank. Sie will dort sitzen können, lange, lange.

Aber die Menschen werden sich ja wundern. Die Menschen sollen es ja nicht anders wissen, als wenn ihr Kind im Familiengrabe liege. Wie werden sie staunen, wenn sie sie ein fremdes Grab schmücken und dort stundenlang sitzen sehen! Was soll sie sich ausdenken, um es ihnen zu sagen?

Manchmal denkt sie, daß sie es auf diese Weise machen müsse: zuerst zu dem großen Grabe gehen und dort einen großen Strauß niederlegen und eine Weile dort sitzen. Dann würde sie sich wohl zu dem kleinen Grabe hinschleichen können. Er würde wohl zufrieden sein mit dem einzigen kleinen Blümlein, das sie ihm heimlich zustecken könnte.

Ja, er könnte sich wohl damit begnügen, aber kann sie es? Es ist, als würde sie auf diese Weise in keine Gemeinschaft mit ihm kommen. Und er würde es dann erfahren, daß sie sich seiner schämte. Er würde begreifen, welche brennende Schmach es für sie gewesen war, daß er geboren wurde. Sie muß ihn schützen, damit er das nicht erfahre. Er soll glauben, daß das Glück, ihn zu besitzen, alles überwogen hätte.

Endlich weicht der Winter. Man sieht, daß es Frühling wird. Die Schneedecke schmilzt, die Erde beginnt sich zu zeigen. Noch währt es vielleicht ein paar Wochen, bis der Frost aus dem Boden zieht, aber man hat doch die Hoffnung, daß die Toten nun bald aus der Leichenkammer kommen. Und sie sehnt sich, sie sehnt sich.

Kann sie ihn noch sehen? Sie prüft sich jeden Tag, aber es ist im Winter besser gegangen: Im Frühling will er sich ihr nicht zeigen. Da gerät sie in Verzweiflung, sie muß auf dem Grabe sitzen können, um ihm nahe zu kommen, um ihn sehen, ihn lieben zu können. Kommt er denn niemals in die Erde hinunter?

Sie hat nichts andres zu lieben, sie muß ihn sehen können, ihn sehen können, ihr ganzes Leben lang.

Mit einem Male verschwindet alles Zögern und aller Kleinmut vor ihrer großen Sehnsucht. Sie liebt, sie liebt, sie kann nicht leben ohne den Toten. Sie fühlt, daß sie auf niemand Rücksicht nehmen kann als auf ihn. Und als die Frühlingsfluten wirklich kommen, als auf dem Kirchhofe wieder Anhöhen und Hügel hervortreten, als die Herzen an den eisernen Kreuzen wieder zu klingen anfangen und die Perlenblumen in ihren Glaskasten leuchten, und als die Erde sich endlich dem kleinen Sarge öffnen kann, hat sie schon ein schwarzes Kreuz machen lassen, um es auf den Hügel zu pflanzen.

Quer über das Kreuz von Arm zu Arm steht mit deutlichen weißen Buchstaben geschrieben:

Hier ruht mein Kind.

Und dann, darunter auf dem Kreuzesstamm, steht ihr Name.

Sie fragt nicht danach, daß die ganze Welt erfährt, was sie getan hat. Alles andre ist eitel; nur das eine liegt ihr am Herzen, ohne Trug beten zu können an ihres Kindes Grab.

Selma Lagerlöf und die Liebe

»Die Autorin ist eine unverheiratete Dame, für die ein großer Bereich des Lebens (...) ein Buch mit sieben Siegeln ist«, schrieb Georg Brandes 1893 in seiner im Übrigen überaus positiven Rezension der dänischen Übersetzung von ›Gösta Berlings Saga‹. Anscheinend traute er einer ledigen Frau keinerlei Erfahrung in Liebesdingen zu, obgleich sich die Schriftstellerin zeitlebens intensiv mit diesem Thema beschäftigt hat.

Richtig ist sicher, dass Selma Lagerlöf schon früh ahnte, dass sie ein so konventionelles Leben wie das ihrer Eltern nicht würde führen können. Im Schweden des ausgehenden 19. Jahrhunderts war es für Töchter aus gutem Hause von entscheidender Bedeutung, eine gute Partie zu machen. Diese Möglichkeit sah Selma Lagerlöf für sich jedoch nicht. Sie hielt sich für unscheinbar und wenig geistreich und, was das Schlimmste war, sie zog ein Bein nach. Dieser Umstand trug sicherlich dazu bei, dass sie sich für amouröse Abenteuer ungeeignet hielt. Die Krankheit hätte sich behandeln lassen, wäre sie nur rechtzeitig erkannt worden und hätte man die Betreuung des Kindes nicht einfach, wie damals üblich, einem Kindermädchen überlassen. So behinderte sie dieses Leiden ein Leben lang, auch auf ihren ausgedehnten Reisen im Erwachsenenalter.

Mit Männern kam sie auf dem Värmländischen Gut Mårbacka nur selten in Berührung, und wurde von ihnen kaum beachtet. Ihr Gefühlsleben war von der Bewunderung für den Vater, später von der Verzweiflung über seine Trunksucht und im Erwachsenenalter von der Zuneigung zu zwei Frauen geprägt.

Im zweiten Band ihrer Lebenserinnerungen, den ›Memoiren eines Kindes‹, schreibt die Nobelpreisträgerin, dass sie bereits als Kind nach der Lektüre von Thomas Mayne Reids Indianerroman ›Osceola‹ beschlossen habe, Romanschriftstellerin zu werden. »Seit meinem achten Lebensjahr habe ich das von mir geglaubt. Das war das Zentrale in meinem Leben, nicht Liebe oder ein Heim wie bei anderen Frauen«, schrieb sie 1894 an ihre Freundin Sophie Elkan. Die Tatsache, dass sie sich damit von den Altersgenossinnen absetzte, führte wohl auch Georg Brandes zu der Einschätzung, Selma Lagerlöfs Erfahrungen in diesem Bereich seien spärlich, die von ihr beschriebenen »Umarmungen (...) kalt wie der Schnee der Nacht«.

Der Entschluss, einen Beruf zu ergreifen anstatt auf eine »gute Partie« zu warten, dürfte sich gefestigt haben, als Selma Lagerlöf dreizehnjährig zum ersten Mal einen Ball im Nachbarort Sunne besuchte und kein einziges Mal aufgefordert wurde. Ihr Vater hatte sie zum Besuch des Balls regelrecht gezwungen. Von schlechtem Gewissen geplagt, schlug er ihr nach diesem Erlebnis vor, ihr Hüftleiden ein halbes Jahr lang in Stockholm mittels Krankengymnastik behandeln zu lassen.

Dieses halbe Jahr in der schwedischen Hauptstadt beschrieb die Schriftstellerin 1932, im dritten, abschließenden Teil ihrer Memoiren, dem halbfiktionalen ›Tagebuch der Selma Ottilia Lovisa Lagerlöf‹. Eine zentrale Gestalt des Buches ist ein junger Student, Kommilitone ihres älteren Bruders Daniel, der in Uppsala Medizin studierte. Laut Tagebuch lernte Selma Lagerlöf ihn auf der Reise von Mårbacka nach Stockholm im Zug kennen und begann, für ihn zu schwärmen. Sie dichtete ihm eine königliche Abstammung an: Er sei der Sohn des Prinzen Gustav, der einer bürgerlichen Heirat wegen in Norwegen untergetaucht war und nicht – wie allgemein angenommen – verstorben. Selma war am Boden zerstört, als sie herausfand, dass der Angebetete mit einem jungen Fräulein verlobt war, das bei ihrer Englischlehrerin in Stockholm zur Untermiete wohnte. Sie tröstete sich jedoch: »Es macht mir überhaupt nichts aus, daß er verlobt ist, denn ich will Schriftstellerin werden und ich will weder ihn noch sonst jemanden heiraten.«

Der Student des Tagebuchs ist jedoch reine Erfindung. Im Mai 1911 schrieb Selma Lagerlöf an Sophie Elkan: »Wir müssen mir wohl eine Jugendliebe andichten. Es ist zu trivial, keine zu haben. In einem wohlgeordneten Leben muß es einfach eine geben. Was sollen die Biographen sonst sagen?« Der Schriftstellerin war sehr bewusst, dass sie die gesellschaftlichen Erwartungen hinsichtlich Liebe und Ehe nicht erfüllte. Der Student wurde zum Mittel, um die »Handlung« voranzutreiben. Interessanterweise trägt er Züge von Gösta Berling, dem Helden ihres Romanerstlings von 1891, in dem die Themen Liebe und Eifersucht viel Raum einnehmen.

Nach ihrer Rückkehr nach Mårbacka lebte Selma Lagerlöf bis sie dreiundzwanzig Jahre alt war auf dem Gutshof. Dann jedoch sah sie sich durch die immer prekärere finanzielle Lage ihres Vaters und seinen Alkoholismus gezwungen, einen Beruf zu ergreifen, der den Lebensunterhalt sichern konnte. Dafür, wie es unverheirateten Frauen ohne Arbeit erging, gab es in ihrer nächsten Umgebung zuhauf abschreckende Beispiele. Die Schwester ihres Vaters, Lovisa Lagerlöf, hauste beispielsweise auf Mårbacka in der Kammer hinter der Küche. Unverheiratete Frauen aus besseren Verhältnissen mussten im Schweden des ausgehenden 19. Jahrhunderts versuchen, bei der Verwandtschaft unterzukommen. Mit etwas Glück konnten sie einem Bruder den Haushalt führen oder als Gouvernante arbeiten: Auch die beiden Kindermädchen Selma Lagerlöfs, die Cousinen Aline und Elin Laurell, waren durch den frühen Tod ihrer Väter gezwungen, ihr Zuhause zu verlassen und Geld zu verdienen. Kam eine solche Lösung nicht in Frage, blieb häufig nur das Armenhaus.

Aufgrund der finanziellen Zwangssituation lagen die Schriftstellerträume der jungen Frau zunächst auf Eis. Sie ging 1881 nach Stockholm und absolvierte dort vier Jahre später das Lehrerinnenexamen.

In Landskrona, wo sie schließlich an einer Mädchenschule arbeitete, lernte sie durch verschiedene karitative Frauenvereine die Welt der Fabrikarbeiter und Fischer kennen. Ende November 1896 berichtete sie an Sophie Elkan von den Wohltätigkeitsbestrebungen in Landskrona und von ihrer Freundin Elise Malmros: »Wenn ich dem Nähkränzchen bei so einem Fest (einer Wohltätigkeitsgala mit Theateraufführung) helfe, dann ist das meine Gabe für den Opferstock. Ich gehe nie in die Kirche, das muß als Ersatz genügen. Wenn irgendwo auf der Welt Feste veranstaltet werden, ohne einen anderen Gedanken zu haben, als die schwere Pflicht, Geld zu sammeln, dann hier. Unser Verein ist wirklich chemisch frei von Eitelkeit und Bigotterie, dort läßt es sich also sehr gut aushalten. Elise hat eine Gruppe Arme um sich geschart, es ist schon verblüffend. Etwas erinnert hier alles auch an Sizilien. Elise kümmert sich u. a. um ein Mädchen, das ein Kind mit ihrem Stiefvater hat. (Ihre Mutter ist tot.) Sie dürfen nicht heiraten, und arm und krank sind sie alle, aber ins Armenhaus will sie nicht, und als die »Stadt« die Kinder nehmen und in Pflege geben wollte, da schrie sie und verteidigte sie wie ein wildes Tier. Die Ärmste, die in so verachteten Verhältnissen lebt, besitzt einen so rasenden Mutterinstinkt, daß man einfach Respekt vor ihr haben muß.«

Diese Eindrücke inspirierten Selma Lagerlöf zu der frühesten Erzählung dieses Bandes, »Der Roman einer Fischersfrau« aus dem Jahr 1892, und auch die erst sechs Jahre später entstandene Erzählung »Die Geisterhand« spielt in Landskrona. Darin geht es um ein Thema, das der Schriftstellerin sehr vertraut gewesen sein muss: Die Heldin der Geschichte will eigentlich nur heiraten, um ihrem aufreibend-eintönigen Leben bei zwei unverheirateten Tanten zu entfliehen und nicht etwa, weil sie ihren Verlobten liebt.

Selma Lagerlöfs Texte behandeln häufig moralische Probleme. Das gilt für ihre Trollerzählungen, wo sich die Mutter in »Der Wechselbalg« (in der Sammlung ›Geschichten von Trollen und Menschen‹, dtv 13594) zwischen Mann und Kind entscheiden muss, aber ebenso ist dies in den ›Weihnachtsgeschichten‹ (dtv 13603) und den ›Liebesgeschichten‹ spürbar: So will Helga in »Das Mädchen vom Moorhof« (1905) den Vater ihres unehelichen Kindes, einen verheirateten Bauern, bei dem sie als Magd gearbeitet hatte, davor bewahren, vor Gericht einen Meineid zu leisten. In »Der Stein im See«, 1914 entstanden und damit die späteste Erzählung dieses Bandes, wird eine Bäuerin schrecklich dafür bestraft, dass sie ihren Freier nicht nur abweist, sondern auch verspottet. Der Text entstand zu Beginn des Ersten Weltkriegs, in Schweden eine Zeit fürchterlicher Trockenheit und Missernte.

Moral ist jedoch nie das eigentliche Anliegen Selma Lagerlöfs. Im Frühjahr 1897 schrieb sie an Sophie Elkan: »Im Grunde meines Herzens sind mir Prinzipien äußerst gleichgültig, (...) solange die Menschen in interessante, ergriffene Stimmungen geraten.«

Die Jahre in Landskrona waren ihre produktivste Phase im Verfassen von Erzählungen. Hier entstand ein Zyklus aus sechs Stücken über die Königinnen der isländischen Sagas (›Die Königinnen von Kungahälla‹), und sie plante einen weiteren Zyklus über den Hof Anfasteröd in Bohuslän, der jedoch unvollendet blieb. Aus diesem stammt beispielsweise »Das Hünengrab«, das in seinen überbordenden Landschaftsbeschreibungen deutlich den Einfluss der impressionistischen Erzählweise des dänischen Schriftstellers Jens Peter Jacobsen erkennen lässt. In einem Brief an den einflussreichen Kritiker Georg Brandes im Januar 1893 schrieb sie: »Den ganzen Herbst befand ich mich in einem Beschreibungswahn, der mir beinahe selbst Angst machte, dem ich aber nicht widerstehen konnte. (...) Jetzt bin ich froh, daß ich aus diesen Versuchen der Wortmalerei herausgerissen worden bin.«

»Das Flaumvögelchen« entstand ebenfalls in Landskrona, und zwar als eine der ersten Erzählungen nach dem großen

Romanerfolg ›Gösta Berling‹ (dtv 19114). Die Heldin der Erzählung trägt deutliche Züge von Selma Lagerlöfs späterer Freundin, der Göteborger Schriftstellerin Sophie Elkan. Beide hatten sich auf einer Reise nach Stockholm im Jahr 1893 kennengelernt: »Wie auf einem Bilde habe ich das schmale kleine Gesichtchen vor mir und den Hut, der es umschließt und der unter dem Kinn gebunden ist, das dunkelbraune glattgekämmte Haar und den großen Schal mit den gestickten Seidenblumen.« Gleich zu Beginn des zweiten Absatzes heißt es dann aus der Sicht des Ich-Erzählers, der sonst nicht in Erscheinung tritt: »In sie bin ich vom ersten Augenblicke an verliebt gewesen.« Die Inkonsequenzen dieser wohl berühmtesten Liebesgeschichte Selma Lagerlöfs lassen sich durch ihre aufgewühlten Gefühle erklären. Im Frühjahr 1894 schrieb sie an ihre Freundin: »Ich vermute, daß das Flaumvögelchen seine Weichheit von dir bekam. Du warst mir in allem, was ich seit Ostern gedichtet habe, eine Hilfe.«

1997 erhielt der Dramatiker und Romancier Per Olov Enquist den Selma Lagerlöf-Preis. In seiner Dankrede erzählte er von dieser »Urerzählung« der Nobelpreisträgerin (»Das Flaumvögelchen«) und ihrer Auseinandersetzung mit dem Alkoholismus des Vaters: Zeit ihres Lebens habe sie sich schuldig gefühlt, den Vater seiner Trunksucht überlassen zu haben, als sie 1881 nach Stockholm zog. 1885, in dem Jahr also, in dem die junge Frau ihre Lehrerinnenstelle in Landskrona antrat, war er an den Folgen seiner Erkrankung gestorben. Enquist sprach mit Hingabe über die »süße, berühmte, allgemein geliebte Erzählung ›Das Flaumvögelchen‹. Heute gelesen ist das eine unglaublich rohe und frivole Geschichte, die, kurz zusammengefaßt, davon handelt, wie ein värmländisches Bonnie und Clyde-Paar zu einem reichen Gönner reist. Das Mädchen, Flaumvögelchen, soll den Gönner bezirzen und ihm Geld abnehmen. Aber das kleine Flaumvögelchen Bonnie lehnt sich gegen seinen Zuhälter auf, wirft ihn raus, verführt den Gönner und heiratet ihn. Da tritt die Lagerlöfsche Urerzählung an den Tag und die Handlung wird oberflächlich betrachtet vollkommen unlogisch. Aber die innere Logik greift. Es ergibt sich gegen den Willen ein reiner, phantastischer Text, die vielleicht schönste Erzählung Selma Lagerlöfs über sich und ihren Vater. Plötzlich ist Selmas eigene Stimme zu hören, verzweifelt und flehend.«

Mit Freundin Sophie Elkan, die sie zu dieser Erzählung inspiriert hatte, unternahm die Schriftstellerin ausgedehnte Reisen, anfangs teilweise auch auf deren Kosten. In ihrer Korrespondenz, unter anderem in den Briefen an die Mutter, bezeichnete sie sie deswegen auch gerne als »Reskamraten« (»Reisegefährtin«, so der Titel eines H. C. Andersen-Märchens). Im Sommer 1894 fuhren die beiden Freundinnen nach Visby auf Gotland, 1895–96 waren Italien, die Schweiz, Deutschland und Belgien an der Reihe, und 1899–1900 erkundete das Paar Ägypten, Palästina, die Türkei und Griechenland. Sophie Elkan hatte zehn Jahre zuvor (im Alter von sechsundzwanzig Jahren) Mann und Tochter verloren und trug anschließend zeit ihres Lebens Trauer. Sie schwärmte für den verheirateten Belgier Alexis Sluys, und Selma Lagerlöf sah ihre eigenen Gefühle nicht in erhofftem Maße erwidert. Ihre 2015 Briefe an Sophie wurden erst fünfzig Jahre nach dem Tod der Schriftstellerin, im März 1990, der Forschung zugänglich. 1992 erschien eine umfangreiche, von der Lagerlöf-Forscherin Ying Toijer-Nilsson herausgegebene und kommentierte Briefauswahl unter dem Titel ›Du lär mig att bli fri‹ (›Du lehrst mich, frei zu sein‹).

Im Frühjahr 1894 schrieb Selma Lagerlöf an Sophie Elkan: »Ich sehe in Kopenhagen so viele Beziehungen zwischen Frauen, daß ich mir darüber Klarheit verschaffen muß, was die Natur damit beabsichtigt. (Ich spreche natürlich nur von absolut unangreifbaren Frauen.) Deswegen formuliere ich die Definition der Liebe jetzt folgendermaßen: Es handelt sich um das Bedürfnis, einen anderen zu besitzen, um das Gefühl zu haben, ein Lebensrecht zu haben. Wer niemals von niemandem geliebt werden kann, der muß sterben. Was glaubst du? Wir wollen die prähistorische Erklärung auf sich beruhen lassen, sie ist häßlich. Aber mein Gefühl für dich ist nicht häßlich. Ich glaube nicht, daß es das je gewesen ist.«

Ihr letztes Buchprojekt war eine große Biographie über die 1921 verstorbene Freundin. Vor deren Tod stellte sie noch zwei Kapitel fertig (»Judenkind« und »Ein Sonntagsessen«), die 1940 in einem großformatigen, reich illustrierten Erinnerungsalbum erschienen (›Selma Lagerlöf. Ett minnesalbum‹).

Bereits 1901 hatte die berühmte Autorin in Falun die Lehrerin Valborg Olander kennengelernt. Es entwickelte sich eine intime Freundschaft. Sophie Elkan wurde rasend eifersüchtig. »Oh, Liebe, du nimmst doch wohl nicht Valborg – sie hieß doch Valborg – anstelle von mir«, schrieb sie am 13. Dezember 1901. Valborg Olander wird in einem von Selma Lagerlöfs Briefen als »Schriftstellergattin« bezeichnet. Im ersten erhaltenen Schreiben aus dem Jahre 1902 heißt es: »Jedes Mal, wenn du hier bist, versuche ich dich wirklich so zu küssen, daß ich ein paar Tage lang gesättigt bin. Aber dann sehne ich mich nach dir, noch ehe Du das Haus verlassen hast.« Am 9. März 1902 schrieb sie aus Göteborg, wo sie bei Sophie Elkan zu Besuch war: »Es geht mir immer noch sehr gut. Interessen, Vergnügungen, literarisches Leben, Freundlichkeit und Freundschaft, das Leben hier läßt sich wirklich sehr gut ertragen. Aber dort oben im grauen Falun habe ich zwei andere Dinge, große Liebe und harte Arbeit, und das ist ja doch das Wesentliche, und ich sehne mich wirklich nach Hause.«

Die erste große, wunderbar erzählte Lagerlöf-Biografie wurde in den Jahren 1942 bis 1943 von der Schriftstellerin Elin Wägner geschrieben. Ihre wichtigste Informantin war Valborg Olander. Kein Wunder, dass Elin Wägner ein recht negatives Bild der Reisegefährtin Sophie Elkan zeichnet. Dieses Bild haben Selma Lagerlöfs Briefe und die moderne Biografie von Vivi Edström (›Livets vågspel‹, ›Unwägbarkeit des Lebens‹) aus dem Jahre 2002 jedoch korrigiert.

Im Obergeschoss von Mårbacka existiert ein Zimmer mit

Sophie Elkans Möbeln, die Selma Lagerlöf geerbt hatte. 1921 schrieb die Nobelpreisträgerin an Jeanna Oterdahl, eine gemeinsame Freundin: »Als ich in das neue Mårbacka einziehen konnte, stellte ich als erstes in einem Zimmer Sophies Möbel auf, und zwar in einem großen Giebelzimmer im ersten Stock, etwas abseits, wie es einem solchen Zimmer angemessen ist. Dort war jedoch Platz für das große Gemälde (ein Porträt von Sophie Elkans Mann und Tochter) und den Gobelin. Darunter steht eine Chaiselongue mit ihren Kissen, ihre übrigen Möbel nehmen den Rest des Zimmers ein. Es kann zwar nicht alles so werden wie früher, aber ich glaube trotzdem, daß es ihr gefällt. Ich hatte solche Angst, kein Zimmer zu finden, in das ihre Sachen gepaßt hätten. Ich war hochzufrieden, daß das endlich geregelt ist. Das Zimmer ist so schön und gemütlich. Ich sehne mich danach, darin zu sitzen und so viele glückliche Stunden noch einmal zu erleben. Es wird dich auch freuen, wenn du es siehst. Dort herrscht nicht die Stimmung des Todes, sondern es gibt nur die Erinnerung an einen intelligenten und kultivierten Menschen.«

Selma Lagerlöfs große Leidenschaft war zweifelsohne das Schreiben und sie beschäftigte sich dabei intensiv mit der Liebe, die in ihrer Vielseitigkeit dargestellt wird: Die Liebe zwischen Ehepaaren, zwischen Eltern und Kindern, sogar über den Tod hinaus. Aber sie thematisiert auch das fehlende Gefühl, die Pflicht zur Ehe gemäß der damals geltenden Konventionen, Betrug und Rachsucht.

Gerade weil die Nobelpreisträgerin persönlich eine für ihre Zeit und ihr Umfeld ungewöhnliche Lebenspartnerschaft wählte, bezeugen die ›Liebesgeschichten‹ ihre scharfe Beobachtungsgabe, ihr Einfühlungsvermögen und ihre literarische Meisterschaft. In der Fiktion konnte sie alle Facetten der Liebe durchspielen, auch die, die ihr im wirklichen Leben verwehrt blieben. Vielleicht liegt darin auch das Geheimnis ihrer Erzählungen, denn sie berühren, stimmen nachdenklich und lassen in jeder Zeile die Faszination und Hingabe Selma Lagerlöfs spüren.

Quellenverzeichnis

Das Flaumvögelchen [Dununge n], entstanden 1894, erste Buchveröffentlichung: Osynliga länkar, 1894

Der Stein im See [Stenen i sjön Rottnen], entstanden 1914, Erstveröffentlichung: Stockholmstidningen, 1914 (Julbrev till barnen), erste Buchveröffentlichung: Höst, 1933

Wie der Adjunkt die Pfarrerstochter freite [Hur adjunkten fick prostdottern], entstanden 1904, Erstveröffentlichung unter dem Titel ›Hur farfar fick farmor‹ in: Vinterkvällen, 1905, erste Buchveröffentlichung (stark überarbeitet): Troll och människor II, 1921

Die Geisterhand [Spökhanden], Erstveröffentlichung: Idun, 11. Jg., 1898, erste Buchveröffentlichung: Från skilda tider. Efterlämnade skrifter I, 1943

Das Mädchen vom Moorhof [Tösen från Stormyrtorpet], entstanden 1905, erste Buchveröffentlichung: En saga om en saga och andra sagor, 1908

Das Hünengrab [Stenkumlet. Ur en medeltidshistoria], entstanden 1892, Erstveröffentlichung: Dagny, 8. Jg., 1893, erste Buchveröffentlichung: Osynliga länkar, 1894

Reors Geschichte [Reors Saga], entstanden 1893, Erstveröffentlichung: Svea, 8. Jg., 1893, erste Buchveröffentlichung: Osynliga länkar, 1894

Der Roman einer Fischersfrau [En fiskarhustrus roman], entstanden 1892, Erstveröffentlichung: Nornan, 20. Jg, 1893 (Druckjahr 1892), erste Buchveröffentlichung: Osynliga länkar, 1894

Die Grabschrift [Grafskriften], entstanden 1898, Erstveröffentlichung: Ord och Bild, 7. Jg., 1898, erste Buchveröffentlichung: Osynliga länkar, 3. Auflage 1904